오늘의 SF #2

arte

차례

일러두기

· 책은 겹낫표(『 』), 한 편의 글과 논문 등은 홑낫표(「 」),
잡지·신문 등은 겹화살괄호(《 》), 영화·드라마·웹툰 등은
홑화살괄호(〈 〉), 시리즈는 작은따옴표(' ')로 묶었다.

당신은 사실 SF를 싫어하지 않을지도 모릅니다

정세랑

SF 작가들은 반 이상의 리뷰가 "SF는 싫어하지만…"으로 시작되는 것에 유감을 가지지 않도록 스스로를 단단히 다져야 한다. 그 과정을 조금이나마 축약하기 위해 이 잡지가 만들어졌다. 한국에서 점점 더 융성해 가는 SF라는 장르가 한층 이해와 연결 속에 있기를 바라며, 예상보다 긴 시간이 걸렸지만 2호가 나오게 되어 큰 기쁨을 느낀다. 3호도 4호도 계속되었으면 하는 희망을 가져 본다.

전혜진의 SF×공간은 1호의 「『대리전』과 함께하는 부천 산책」에 이어 2호에서는 「『위치스 딜리버리』와 함께하는 분당 산책」으로 돌아왔다. 지난 원고가 한껏 유쾌해서 이번에도 기대하지 않을 수 없었는데, 역시나 날아오른 마녀처럼 기대를 훌쩍 상회하는 결과물이 도착했다. 코로나19로 집필하기 더욱 쉽지 않았을 코너를 작품에 대한 애정과 특유의 치밀한 완성도로 열어 주어 경의와 감사를 표한다. 전혜진의 『순정만화에서 SF의 계보를 찾다』가 올해 SF계의 괄목할 만한 성과라고 여긴 편집진은 칼럼 코너에도 SF 순정만화 비평으로 눈금 기록을 부탁했다. 필진 중복을 감수하고서라도 전혜진의 탁월함을 담고 싶었다.

이어 SF×작가에서는 박문영의 에세이가 빛난다. SF를 쓴다는 것, SF 작가로 산다는 것이 '거친 동질화'의 반대 방향으로 걷는 일임을 지극한 태도로 말하고 있다. 길지 않은 분량이지만 안과 바깥을 오래 들여다보고 쓰였을 글이라 제일 좋아하는 책갈피를 꽂아 두고 지치는 날에 꼭 다시 읽고 싶다.

크리틱은 자부심으로 준비한 듀나론이다. 이지용은 1994년부터 끝없이 진화해 온 듀나의 작품들과 그 속의 의미 지점들을 짚는다. 누구보다 현대적인 방식으로 관습적 코드를 사용해 개성적 작품을 완성해 가는 작가의 지향점, 한국어로 보여 주는 경이의 세계와 그 확장, 변모한 인식을 작품에 구현하는 힘에 대해 읽다 보면 지금까지 읽은 듀나의 작품들 면면이 새로이 떠오른다. 27년간 발표된 120여 편을 분석하여 굵직한 뼈대를 세운 이지용 평론가에게 박수를 보낸다.

인터뷰 코너에서는 SF를 사랑하는 창작자로 민규동 감독을 만났다. 1호에 이어 이다혜 작가가 인터뷰를 맡아, 화제의 시리즈 'SF8'의 기획 제작 과정과 민규동의 오랜 SF 탐구에 대한 이야기를 이끌어 내었다. 얼마나 밀도 있는 대화가 오갔을지, 분량을 위해 생략되었을 부분들이 궁금해지는 인터뷰다.

최지혜의 김창규 인터뷰는 우리가 이 잡지에서 추구하는 바와 온전히 같은 방향을 향한다. 외부적 요소를 걷어내고, 작가와 작품 세계에 고도의 집중을 하고 있다는 점에서 그렇다. 김창규의 우주를 탐험하는 이 인터뷰는 앞으로 SF를 쓰고 싶은 분들이 읽으면 특히나 좋을 것 같다.

어느 잡지든 2호를 만들 때면, 창간호를 뛰어넘을 수 있을지 고민하게 된다. 그 부담감을 입고된 소설들을 보자마자 내려놓을 수 있었다. 기꺼움으로 소개하지만, 소설의 경우 인트로를 읽지 않고 바로 읽기를 권한다. 올해의 성취에 소개 글은 별로 필요하지 않을 듯해 이 문단은 아예 뛰어넘어도 좋다. 정소연의 초단편 「수진」은 같은 이름의 여성들에게서 시작해 각도를 바꾸어 미끄러진다. 편견과 배제로 충족되지 못한 마음이 기술로 충족될 수 있을지, 절박하지만 절제된 질문이 작품의 심지가 된다. 문이소의 초단편 「이토록 좋은 날, 오늘의 주인공은」은 임종 직전 내적 현실 시뮬레이터를 통해 넓은 세대를 끌어안는다. 그 다정함과 경쾌함에 노년층이 고립되어 있을 지금 이 시기를 잠시 잊는다. 고호관의 「0에서 9까지」는 인공지능과 인간의 행동 패턴, 임의성에 대해 이야기하면서 유머러스한 도약을 한다. 세 번쯤 크게 웃으며 이런 작품을 만날 수 있어 SF를 좋아한다는 걸 다시금 깨달았다. 김혜진의 「프레퍼」는 기후 위기로 불타는 세계가 된 배경에 입체적인 인물들을 달리게 한다. 현실이 소설 속 세계에 가까워질까 읽는 내내 섬찟했고, 가차 없는 불의 이미지를 지우려면 오래 걸릴 것 같다. 손지상의 철학을 기반으로 한 면모가

독특하게 드러나는 「인터디펜던트 바로크」는
초다중내우주의 여러 세계를 점멸하며 떠돈다. 자아를
최대한 제거한 듯한 서술 방식이 실험적이다. 이 소설은
명상과 닮지 않았을까? 황모과의 「스위트 솔티」는
제목처럼 달콤 짭짤하게 시작하여, 이주와 정체성이라는
주제를 우주적으로 확장한다. 부산항이라는 익숙한
공간이 머릿속에서 변화하고 만다. 배명훈의 중편소설
「임시조종사」는 판소리와 SF를 접목해 충격적인
즐거움을 선사한다. 읽는 것만으로도 작품이 들리는
독특한 경험이 가능해서 자신만의 방향으로 성큼성큼
향하는 작가의 저력을 다시금 느끼게 한다. 이 작품이
어떤 방식으로든 공연되었으면 좋겠다.

　　칼럼 또한 풍성해서, 유만선의 글은 SF와 실제
항공우주 분야의 상호보완적이고 상승효과를 내온
접점을 과학사적으로 짚어 보며 동시대의 미래 주조future
casting에까지 다다른다. 활기찬 테마 음악이 들릴 것만
같은 흥미진진한 글이다. 이은희는 SF 작품들을 통해
여성의 몸에 덧씌워진 지나친 생식주의적 관점을
검토하는데, 동시대의 여성들에게 큰 의미가 될 칼럼이다.
정교한 흐름을 통해 읽는 이가 스스로의 서 있는 좌표를
내려다보게 한다.

　　리뷰는 어느 잡지에나 있지만, 가장 근사한 코너 중
하나가 아닐까 한다. 치열하게 균형을 맞추어 선별한
작품들을 누구나 접속할 수 있는 언어로 깊이 있게 다룬

이번 호의 리뷰들은 천천히 곱씹고 싶은 욕구를 일으킨다. 송경아는 『SF는 어떻게 여자들의 놀이터가 되었나』에 찬사를 보내며 여성에게 유독하기 그지없었던 SF계의 주류적 시각을 건강하게 전복시킨 조애나 러스의 진취성이 지금 한국 여성 작가들에게도 공명하고 있다는 것을 확인하게 한다. 문지혁은 17세기 SF 『불타는 세계』의 작가 마거릿 캐번디시와 우리를 눈부시게 잇는다. 이미 단단하게 형성된 세계를 과감히 극복했던 354년 전 작가의 손을 잠시 쥔 것만 같다. 천선란의 『어떤 물질의 사랑』을 관통하는 김상효의 리뷰는 서간문이 아닌데도 서간문처럼 읽히며 스며드는 글이다. 황성식은 「투명 러너를 자처한 작가」로 황모과의 『밤의 얼굴들』을 읽어 내는데, 이 리뷰를 읽고 소설 코너의 「스위트 솔티」를 읽으면 더 좋지 않을까 한다. 듀나의 숨어 있는 SF에서는 1977년에 연재되고 1979년에 간행된 신현득의 『거꾸로 나라의 여행』을 다루는데, 〈테넷〉에서 출발해 절판된 창작동화를 향하는 여정이 감탄스럽다. 듀나만이 할 수 있는 방식으로 책 위의 먼지를 불어 없앴다.

2020년은 SF를 쓰고 읽기 좋은 해라고 올해 초입에 말한 적이 있는데, 말했던 의도와는 격하게 다른 방향으로 흘러가고 있어 애도와 응원의 마음을 전하고 싶다. 꽉 찼지만 한 손에 쥐이는 이 잡지가 아직 오지 않은 더 나은 날들을 볼 수 있게 해 주는 배율

적절한 망원경이면 좋겠다. 3호가 나오는 날까지, 안전하고 건강하시기를 바란다.

에세이

『위치스 딜리버리』와 함께하는 분당 산책

전혜진

언제부터인가 분당은 창작물의 배경으로도 종종 등장하는 도시가 되었다. 공지영의 소설 『사랑 후에 오는 것들』에서 홍은 준고를 사랑했던 기억을 잊기 위해 집 근처의 분당 율동공원을 달린다. 영화 〈감기〉에서는 분당이 신종플루로 폐쇄된다. 영화 〈아수라〉의 배경인 안남시는 안산시와 성남시를 합쳐서 만든 가상의 도시다.

서울 근처의 신도시들 중에서도 강남에 가깝고, 성공한 베드타운으로 꼽히는 곳이기도 하지만, 분당을 서울 근처의 다른 신도시와 확실하게 구별 짓는 것은 역시 판교 테크노밸리다. 넥슨코리아, 엔씨소프트, 네오위즈, 웹젠, NHN, 카카오 등 이름만 들어도 다들 알 만한 기업들이 2001년부터 판교에 터를 잡았으며, 창작물 속 분당의 풍경에 이들 IT 기업들이 담기기 시작했다. 웹툰 〈펌잇〉의 주인공들은 인천의 대학생들이지만, 판교는 이야기 속 인물들이 품은 저마다의 사연과 밀접하게 연관되어 언급된다. 카카오페이지 공모전 수상작인 반하라의 로맨스 웹소설 『절대갑 길들이기』에서는 판교 게임업체 CEO가 주인공으로 등장한다. 분당, 특히 판교가 창작물 속에서 보편의 영역으로 넘어온 계기는 2019년, 장류진의 소설 「일의 기쁨과 슬픔」이었다. 판교 테크노밸리의 스타트업을 배경으로 직장인들의 애환을 그린 이 단편은 입소문을 타며 창비 홈페이지를 다운시킬 정도였다.

그리고 이들, 분당과 판교 배경 이야기들의 최첨단에, 전삼혜의
『위치스 딜리버리』(안전가옥, 2020)가 있다.

『위치스 딜리버리』는 제목부터 미야자키 하야오 감독의
애니메이션 〈마녀 배달부 키키〉를 떠올리게 한다. 〈마녀 배달부
키키〉의 영문 제목도 'Kiki's Delivery Service'요, 원제인
'마녀의 택급편魔女の宅急便'을 영어로 번역하면 Witch's Delivery
Service니까. 제목부터 시작해서, 이 길지 않은 소설 곳곳에서는
〈마녀 배달부 키키〉에 대한 애정이 엿보인다. 열세 살 난
마녀 키키와 고등학생 보라는 저마다의 이유로 마법을 통해
날아다니며 물건을 배달하는데, 이들에게 기회를 주는 것도,
불안과 혼란을 불러오는 것도, 이를 딛고 다시 나아갈 힘을 주는
것도 모두 여성들이다. 소녀의 성장과 여성들과의 관계,
그리고 마법으로 날아다니며 물건을 배달하는 이야기는 21세기
분당이라는 구체적인 배경 속에서 아주 새롭고 반짝이는
이야기로 다시 태어난다.

판교의 게임 회사에서 일했던 전삼혜 작가가 그려 내는
분당은 생활감이 넘치는 현실적인 도시다. 고등학생인 보라는
친구인 주은과 함께 좋아하는 아이돌 걸 그룹 '씨엘즈'의
콘서트에 가기 위해 아르바이트를 시작한다. 원동기 면허가
있지만 여자아이라고 배달 알바도 구할 수 없는 보라 앞에,
여성 전용 배달 서비스 '위치스 딜리버리'의 명함을 뿌리며
지나가던 마녀 소윤정이 나타난다. 밑져야 본전, 배달 알바 자리를
구하러 '위치스 딜리버리'에 찾아간 보라는, 내용을 제대로
읽지도 않고 근로 계약서를 썼다가 그만 "사바스 1회 참석, 비행
안전 교육 두 시간 이수, 길 고양이 밥 주기 5회 시행, 청소기
분해 및 재조립 교육 2주에 한 번 이수"가 포함된 예비 마녀가

되어 버린다. 시국이 시국이라 사바스는 행아웃으로 접속하고, 예비 마녀는 시속 15킬로미터까지만 속력을 낼 수 있다. 빗자루도 아닌 진공청소기로.*

　'위치스 딜리버리'는 수내지하차도 근처의 5층 상가건물 꼭대기에 자리 잡고 있다. 소설 속 묘사에 따르면 "사거리 하나 건널 때마다 학교가 나오는" 동네, 전형적인 아파트 밀집 지역이자 베드타운인 분당구 수내동이다. 지하차도 근처에는 아파트 단지들이 있고, 대단위 단지 주변에 흔하디흔한, 부동산과 학원과 병원부터 시작해서 온갖 업종의 크고 작은 가게들이 모인 복합상가 건물들도 있다. 5층이라면 아마도 벽산아파트 근처, 현대프라자 건물이 아닐까 싶다. 이런 곳에서 마녀가 시도 때도 없이 이착륙을 하면 아파트 단지 사람들이 눈치채지 않을까 걱정도 되지만, 고스톱 담요처럼 생긴 은신 담요가 있으니 어떻게든 되는 거겠지. 무엇보다도 별별 가게며 오퍼상들까지 들어가 있는 이런 복합상가라면, 반려동물 간식을 파는 가게 정도는 위화감 없이 무난하게 섞여 들어갈 수 있을 것이다.

　　보라가 다니는 수내고등학교는 "신해철 거리 있는 데"로 언급된다. 신해철의 노래 가사와 어록이 담긴 설치물들이 세워진 명물거리지만, 거리 초입의 노란색 게이트라든가, 동상이라든가, 돌에 새겨진 휴먼엽서체 폰트 등 여기저기서 공무원적 미감이 느껴지는 곳이기도 하다. 학교 끝나고 알바를 하러 위치스 딜리버리, 아니 벽산아파트까지 간다면 도보로 15분쯤 걸린다.

　　임산부 마녀 가야에게 설빙 애플망고치즈빙수를 배달하는 장면에서 보라는 서현역 근처 설빙을 경유하여 가야가 살고 있는

---

*　미국 ABC의 드라마 〈미녀 마법사 사브리나 *Sabrina, the Teenage Witch*〉에서도 사브리나가 진공청소기를 타고 도망치는 장면이 나온다.

송림고등학교 근처 옥탑방으로 날아간다. 위치스 딜리버리에서
설빙이 있는 아웃백 건물까지는 직선거리로 2킬로미터가
안 되지만, 그 사이에 딱 AK플라자가 자리 잡고 있어, 윤정은
돌아서 갈 것을 권한다. 지도만 보아서는 바로 나오지 않을,
작가의 생활감이 묻어나는 디테일이다. 견습 마녀는 시속 15킬로
미터까지 청소기를 몰 수 있고, 하늘에는 신호등도 러시아워도
없으니 대략 1킬로미터당 4분 걸린다는 이야기다. 그 계산을
넣고 보면 보라의 여정을 지도에 찍고 거리를 재어 가며 소설을
읽는 것이 꽤 즐거워진다. 이를테면 위치스 딜리버리에서
봇들공원*까지의 거리는 직선으로 대략 4킬로미터. 바퀴가 달린
물건으로 도로를 달려 시내를 통과해 갈 경우는 5킬로미터,
신호등을 피해 교외로 빠졌다가 제1순환고속도로를 타고 갈
경우에는 10킬로미터에 육박하는 거리이지만, 하늘을 날아서
가니까 직선으로 쭉 가도 된다. 1킬로미터당 4분이니 최소
16분은 날아가야 하건만, 중간에 멈추고 고도를 다섯 번 변경해
가며 날아갔는데도 테크노밸리에서 일하는 지원에게 "배달
빨리 왔다"라는 말을 듣는다. 그리고 9시 20분에 도착해서 지원과
약 15분에서 20분간 수다를 떨다가 9시 40분쯤 다시 날아갔고,
지원은 보라가 출발하자마자 윤정에게 전화도 걸었다. 그런데 9시
55분에 윤정은 보라에게 전화를 건다. 당연히 15~16분 안에는
돌아왔을 텐데, 어디 가서 뭐 하냐는 듯이. 그러니 독자는 지도
위의 직선거리를 한번 보고 웃게 되는 것이다. 제한속도란 원래는
그 속도가 여기서 달릴 수 있는 최고 속도이고 그보다는

---

  * 게임회사들 옆에 있다고 'bot들'인가 했는데, 운중천에 신라시대 때 둑이 있던 것에서
  유래하여, 둑 보洑와 들판 평平을 합쳐 보평 혹은 봇들이라 불렸다고 한다.

조금 속도를 줄여서 달리라는 말이지만, 성질 급한 한국 사람에게
제한속도란 그냥 그 이상 달리라는 속도인 것을요.

보라는 봇들공원 상공에서 둥둥 떠서 날아오던 초능력자
미카엘라와 마주치는데, 그러면 봇들공원에서 미카엘라가
재학 중인 김앤장 드림학교까지는 얼마나 걸릴까? 초능력자
아동을 위한 대안학교인 김앤장 드림학교를 이우학교라고 치면,
미카엘라는 혼자서 5킬로미터가 넘게 날아왔다는 이야기다.
아니, 내년에 중등부에 올라간다니 초등학교 6학년 어린이인데,
밤에 5킬로미터를 걸어가도 문제인데 날아갔다고요. 과연
장차 '분당구 에어프라이어 겉바속촉'이라 불리는 초능력자 콤비로
활약할 떡잎답다. 위치스 딜리버리와 중앙공원 사이에 있는
서안아파트에는 보라의 친구 주은이 살고 있고, 윤정은 협회에서
제명된 마녀 안마리를 찾아 분당저수지와 서현저수지를
누빈다. 분당저수지는 앞서 말한 『사랑 후에 오는 것들』에서 홍이
달리던 바로 그 율동공원을 끼고 있으며, 안마리의 은신처는
서현저수지 근처, 2001년 무렵 씨존 카페라고 불렸던 범선 모양
건물 옆에 마법으로 숨겨져 있다.

좋아하는 책을 들고, 그 책의 배경이 된 도시를 걷는 것은
매력적인 일이다. 하지만 코로나 때문에 자기 지역을 벗어나지
않는 것이 미덕이 된 시대, 어차피 땅 위를 걷는 우리가
이 책을 들고 분당에 간들, 소설 속 보라의 시선에서 분당을
바라보는 것은 무리다. 보라는 발품을 팔아 돌아다니는 게
아니라, 가뿐하게 직선거리로 날아다니니까. 긍정적으로
생각하자면 이 역병의 시대에, 책을 들고 분당을 누비는 게 아니라
위성사진과 로드뷰가 제공되는 지도 앱들을 켜는 쪽이 더
안전하다. 보라가 배달을 다닌 여러 곳들의 거리를 찍어 보며,

알바를 계속한다면 장차 하늘의 폭주족이 될 수도 있을 이
예비 마녀의 행적을 제한속도 시속 15킬로미터에 맞춰 찍어 보며
모니터 속에서 이 도시를 내려다보는 것은 어떨까?

SF를 쓴다는 것, SF 작가로 산다는 것

박문영

멍석을 깔아 주면 활활 태워 버리고 싶다. 그림을 그리지만
캔버스보다 영수증 구석이 편하다. 오래전 타로 점을 봤는데, 쉬운
일을 굳이 어렵게 한다는 얘길 들었다. 갖고 있는 칼이 무뎌서
직업 생활이 힘들 거라고.

　"저는 뭔가 에스컬레이터를 거꾸로 오르는 사람 같은
건가요?"

　"네, 연어처럼."

　그런데도 종종 기질과 안 맞는 자리에 나가 있다. 몸이
기화될 것 같아도 멀쩡한 척 사람들 속에 끼어들어 듣고 말한다.
이걸 프리랜서의 가공된 사회성이라고 해야 할까. 성향에 대한
반동 성향이라고 해석해야 할까.

　코로나 여파로 취소될 줄 알았던 스케줄엔 변동이 없었다.
라디오 출연이었다. 대기실에 앉아 질문지를 받아 들었을 때부터
어깨가 결렸다. 목이 잠겨 안녕하세요, 란 인사만 열 번을
녹음했다. 톤이 너무 낮고 음울했다. 멀리 있는 제작진이 점점
서러운 표정을 지었다. 터널 끝에 도달했을 때쯤 부스에서
소설가 지망생분들에게 조언을 해 달라는 요청이 왔다. 어떤
대답이든 창피했다. 누구든 나보다는 잘하고 계실 텐데. 그런데
귀갓길 버스에서 그 부탁이 내내 떠올랐다. 소설을, 그중에서도
SF를 쓰려는 분들에게 더 진지한 답변이 닿아도 괜찮지

19

않았을까. 그래서 그때부터 부유하던 말을 더해 이곳에 남긴다. 매일 뭔가를 쓰는 분들에겐 필요 없을 글이니 이 코너를 건너뛰시면 좋겠다.

아르바이트와 일러스트레이션 작업으로 경제활동을 이어 가면서, 글은 혼자 써도 된다고 믿었다. 잡지의 짧은 영화평, 지역지 에세이, 이력서 들까지 활자는 내는 족족 떨어졌기 때문이다. 작업실을 구해 그림 일을 하고 있던 어느 날, 옆자리에 소설을 쓰는 사람이 새로 왔다. 짐이 거의 없었다. 노트북 하나, 달력 하나. 탁상 달력엔 공모전 마감일만 크게 표시되어 있었다. 물감, 종이, 재활용 재료로 산만한 내 책상에 비해 그 공간은 담백해 보이기만 했다. 번잡하지 않아 부러웠다. 당시의 나는 그의 머릿속이 얼마나 복잡할지 상상하지 않았다. 보이는 것만 봤으니까. 그래서 일도 차도 끊긴 새벽엔, 쓰다 말다 했던 소설을 이어 갔다. 그리고 투고하려는 곳의 그간 심사평을 읽었다. 안 맞았다. 책상이 몸에서 8센티미터 정도 밀려나는 기분. 전국의 빵모자, 개량 한복 애호가분들에게 선입견을 품고 말하자면 내 글은 단 한 줄도 읽어 줄 것 같지가 않았다. 남산의 김 박사, 당산역의 고릴라, 한강의 배트맨을 만나 줄 턱이 없어 보였다. 좋아하지 않는 사람에게 연애편지를 쓸 수 없듯이, 만들어 둔 소설을 그곳에 부칠 수 없었다. 시대를 대표할 작가를 기다린다, 세계를 호령할 스토리텔러를 찾는다는 문구를 피하는 데 몇 년이 걸린 것 같다.

SF를 쓰면서도 한참 주눅이 들어 있었다. 내 작업은 대담하고 경이로운 서사들과 대척점에 자리했기 때문이다. 거기다 소재가 겹치는 픽션을 발견했을 때는 문턱에 넷째 발가락을 찧은 사람처럼 입을 벌렸다. 대체로 그게 더 훌륭하니까. 이런

패턴을 확인한 작가도 많겠지만, SF의 클리셰와 다투려는 각오는
애초에 단념해야 건강해질지 모른다. 괜찮아. 과정도 속도도
다를 거야. 이렇게 침침하고 쭈글쭈글하게 쓸 수도 없어. 신전
기둥 하나를 발견한 풍뎅이만큼 놀랐더라도 이런 다짐을 해야 뭘
쓸 수 있었다. 오래 관찰하기, 너무 낡지 않은 통로가 되어
이야기를 담기, 양산형 구조와 계량화한 표현을 피하기. 몇 개의
메모를 지도에 적고 나서면 이따금 좁은 갈래 길이 나타나기도
했다.

　　내 정체성의 레이어와 자아의 구성 요소는 상당 부분
비독자적으로 취합된 것이지만, 거기서 현재의 한 겹을 확대해
보면 그러니까 나를 '한국 30대 저소득층 여성 지역민'으로
바라보자면 그 조건으로 가장 잘할 수 있는 건 이 세상을 구경하는
일이다. 그것도 전문적으로. 어린 시절, 교회에 끌려가면서부터
비약적으로 발달한 능력도 관조였으니까. 강제 관찰 시간이
주어질 때마다 제한된 시공간을 벗어나는 방법이 늘었다. 볼펜을
쥐고 주보의 남자들 머리카락을 단발로 바꿔 놓는 짓 같은 건
무심하게 할 수 있었다. 어떻게든 도망칠 곳이 필요했다. 경험에
파묻히지 않으려면 매번 비상구가 절실했다. 긴 시간을 헤매고
깨달은 건 도주 자체엔 의미가 없다는 것, 내 시야와 처지가
특별하지 않다는 사실이다. 세상에 좀처럼 적응할 수 없고, 인간이
비인간을 배제하는 방식으로 살아가는 일에 회의가 드는
이들에게 환상문학은, 판타지와 SF는 그래서 사려 깊은 벗이
될 수 있다. 뛰쳐나온 곳에서 어떤 태도로 뭘 바라볼지 대화할 수
있다면 더.

　　누가 소재를 꺼내기만 했는데도 맞아, 내 말이, 라는 말이
붙는 것. 이야기의 끝이 그냥 다 죽어야 해, 가 되는 것.

대화하는 시간 자체가 뭉클한 것과 별개로 나는 이렇게 빠른
연소를, 거친 동질화를 바라지 않는다. 각자의 체감이 겹칠 수
있지만 이 경로가 다일까. 차이를 지운 이해가 이해가 될 수
있을까. 상대를 구분할 수 없는 곳이 유토피아일까. 너와 내가
다르지 않다는 말과 다를 수 없다는 말은 전혀 다른데.

　우애의 알리바이는 매일 더 아름다워진다. 이제 그런 글은
앙상하지도 장황하지도 않다. 하지만 낙관의 내용을 흘려
말하는 단락에서 희망은 금세 기만이 된다. 장르문학이 유독
깨끗할까. 무해한 서사에는 유해성이 없을까. SF 작가들이
더욱 윤리적일까. 단위면적 당 인구밀도 측면에서 어른이 되려는
사람이 많은 곳이 SF계라 생각한 적도 있지만, 그게 맞든
아니든 이젠 관계없다. 질문지가 쌓여 있기 때문이다. 글쓰기와
여성적 글쓰기의 거리는 먼가. 불행의 전시와 불행의 통과는
어떻게 다른가. 연대 이후의 관계는 어떻게 보완하나.

　유일한 구원이란 개념은 언제나 위험했다. 조명을 끄고 곁을
주변화하면 반드시 환멸이 왔다. 틈 없는 결속, 하나의 답 안엔
구체가 없다. 그러니 대안은 무수한 균열에 있지 않을지. 그 빗금
앞에 서는 게 재회의 시작 아닐지.

　반년 치 소설 인세로 한 달 치 통신비를 냈다. 올 초부터
배우자의 일이 사라졌고, 계약 기간이 남은 출판사들의 폐업과
부도가 이어지고, 덜 오염된 일터를 찾는 일은 더 어려워졌다.
여러 이유로 위로와 이해라는 단어에서 이전보다 더한 단절감을
느끼곤 한다. 우리라는 단위를 썼던 시기도 맑은 날의 꿈같다.
관망할 것 없이 SF가 들이닥치고 있는 2020년은 적적한 소식을
보내온다. 영상통화 화면에 담긴 이들은 내가 놓친 SF의 얼굴.
백내장 수술을 받은 후 안대와 마스크를 끼고 보험 상담을 하는

엄마, 올해 초 사고가 난 냉동 창고에 일을 하러 갈 예정이었던
아빠.

　"원래 거기 가려고 했는데 수원 현장 일이 남아서 못 갔어."

　봄철 저녁 뉴스를 자주 떠올린다. 연소된 건물과 빈소,
나 대신 거기 있던 사람. 전부 틀린 선택지를 들이민 이들은 눈에
띄지 않는다. 매일 당황하는 일에도 체력이 필요하고 여기서
지내려면 멀미부터 견뎌야 하니까.

　온라인 수업 시간에 PDF 파일을 못 여는 학생, 초면의 내게
비밀번호를 불러 주며 돈을 찾아 달라고 했던 중년 여성,
철마다 두루미 먹이를 챙기는 노년 남성, 몸에 분변을 묻힌 채
트럭에 실려 있던 돼지들, 시장 좌판의 상괭이, 불꽃 쇼 소리에
놀라 울던 개. 왜 그런지 나의 SF는 아직까지 마음 아픈
방식으로 찾아온다.

　여전히 멀리서 이곳을 구경한다. 빈 문서에는 여길 닮은
평행 우주가 있다. 그 터는 도약과 전복이라는 수식이 어울리지
않고, 얼핏 문 닫은 놀이공원처럼 보이지만 이 세상보다는
덜 황폐하다. 아시아 국가들이 멋대로 뒤섞이지 않고, 대사 없는
유색인 여성이 일찍 죽지 않고, 동식물이 각자의 존엄을 잃지
않는 공간. 틈을 벌리면 잠깐씩 가는 빛이 쏟아진다. 그럴 땐 잠긴
목소리로도 안부를 전하고 싶어진다. 괜찮다면 같이 가 보자고,
거기서 너와 나의 차이를 섬세하게 들여다보자고.

크리틱

듀나론 — 모르는 사람 많은
유명인의 이야기

이지용

무엇을 모르는가?

제목으로 제시한 "모르는 사람 많은 유명인"이라는 표현은 《씨네
21》의 이다혜 작가가 듀나DJUNA의 작품에 대해 소개하는 기사에서
언급한 것이다.[1] 이 표현은 듀나를 인식하는 한국 사회를 가장
잘 표현한 말일지도 모른다. 여기서 '유명인'이라는 말은 소셜미디어나
다른 매체를 통해 나타난 이슈에 초점을 맞춘 것이고 '모르는'이라는
말은 작품에 대한 것이라고 생각한다. 그만큼 듀나의 출간 저서
종 수와는 대조되게, 학술·문화계에서 듀나 작품에 대한 진지한 해석,
즉 의미작용signification은 이상하리만큼 적다고 할 수 있다.
1994년부터 꾸준히 소설을 써 왔고, 그 외에도 다양한 채널에서
자신의 이야기를 해 온 듀나에 대해서 우리는 사실 무엇 하나
명확하게 정리된 정보를 가지지 못한 상태다.

　　따라서 듀나는 반복적으로 '얼굴 없는'이라는 언표를 앞에 붙이고
회자되는 데 그쳐 왔었다. 개인의 신상에 대한 궁금증을 해소하지
않고서는 작품 자체에 대한 이야기조차 할 수 없는 지난 시대의
인식들로 인해 의미작용이 정체되어 있는 사이, 결국 듀나라는 작가에
대한 이야기는 제대로 시작도 하지 못했던 것이다. 사실 작가로서의

1　이다혜, 「SF소설로 하는 '얼굴없는 작가' 듀나의 사고실험」, 《한겨레》
　　2019. 7. 12. (http://www.hani.co.kr/arti/culture/book/901555.html#csidx8f2
　　fd05f9a255d882458f3324b74272)

정체성이 가장 선명하게 나타나는 것(얼굴이 존재의 정체성, 주체성을
상징한다고 한다면 더더욱)은 작품 그 자체라고 할 수 있는데,
작품에 대한 이야기들은 파편적이고, 지엽적이며, 본격적이지 않았다.
그러므로 우리는 듀나를 알기 위해서, 다른 무엇이 아닌 듀나의
작품에 대한 이야기를 더 해야 할 필요가 있다.

　　듀나의 글쓰기는 크게 두 가지 형태를 보인다. 첫 번째는 1994년
PC통신 하이텔에서부터 시작돼서 지금까지 이어지는 소설
쓰기이다. 특히 이 부분을 통해서 작가의 정체성이 가장 확실하게
드러난다고 할 수 있는데, 듀나는 지금까지 10여 권의 단편집과
장편소설 그리고 20여 권의 앤솔러지에 참여해 소설을 발표해 왔다.
여기에 PC통신과 웹상에 발표했으나 출간 시에는 수록되지
않은 작품들까지 합하면 27년여 동안 120편을 상회하는 작품들이
발표되었다. 이를 통해 우리는 듀나가 누구보다 꾸준하고 다양하게
자신을 세상에 보여 주고 있었다는 것을 알 수 있다. 그리고
그 안에서는 SF 장르의 작품이 가장 많은 비중을 차지하고, 판타지와
호러 혹은 추리의 장르적 특징이 두드러지는 작품들 역시 다수
존재한다는 것을 확인할 수 있다. 이것이 듀나를 알기 위한 첫 번째
방법이다.

　　두 번째로는 SF 작가와 함께 듀나의 정체성에서 큰 비중을
차지하는 영화 평론가이자 그 연장선상에 있는 에세이스트로서의
글쓰기이다. 영화 평론은 PC통신에 SF 소설을 올리면서부터
함께 시작된 글쓰기였고, 이후에는 '듀나의 영화 게시판'이라는
홈페이지를 통해 지금까지도 꾸준히 영화나 기타 대중문화 콘텐츠에
대한 리뷰 형식으로 이어지고 있다. 특히 대중이 쉽게 인지할 수
있는 부분은 듀나가 발표한 비평 코멘트들이 언론 및 소셜미디어에서
갖는 전파력에 기인한다고 보았을 때, 영화 평론가로서의 정체성과
글쓰기는 듀나를 이해하는 데서 빼놓을 수 없는 부분이다.[2]

　2　특히 소셜미디어 전파력은 한국의 페미니즘 리부트 이후 온라인상에서
　　　이루어지는 페미니즘 담론 이슈화와 관련한 부분이 많은데, 이에 대한 정제된

더불어 꾸준히 발간되는 에세이들은 듀나가 어떠한 시각을 가지고
있으며, 그것이 작품 창작에 어떠한 방식으로 반영되는지를 확인할 수
있는 단서이기 때문에 듀나를 이해하는 데 좋은 자료가 된다. 이것이
듀나를 알 수 있는 두 번째 방법이다.

　거칠고 범박할 수도 있지만, 이러한 두 가지 방법을 통해서 듀나의
이야기 세계가 가지고 있는 특징들을 들여다보자면 다음과 같은
세 가지를 발견할 수 있다. ① 장르를 다루는 작가로서 관습에 대한
존중과 능숙한 활용, ② 한국어로 보여 주는 경이의 세계에 대한
완성도, 그리고 ③ 작가로서의 깊이가 드러나는 새로운 의미 모색의
연속이 그 세 가지다. 이후로는 이 각각의 영역들을 이야기해 보고자
한다. 듀나의 현생인류적이고 사회화된 신상에 대한 일차원적이고
가십에 가까운 궁금증이 아니라, 듀나가 작가로서 꾸준히 보여 주고
있는 다양한 의미 지점들에 좀 더 집중해서 말이다. 그것들을 살펴보고
나면, 우리는 듀나가 하고 있는 얼굴에 대해서 조금 더 알게 될지도
모른다. 아니, 여전히 모르는 것들이 더 많다고 하더라도 듀나라는
작가의 얼굴인 작품에 대해 더 알고 싶어지길 바란다.

관습에 대한 존중과 능숙한 활용

듀나는 장르 문화의 애호가이자, 열렬한 팬이며, 그것을 아주
능숙하게 자신의 작품에 활용하는 국내에서는 몇 안 되는 역량 있는
작가이다. "SF와 판타지와 호러의 장르 문법을 자유자재로
뒤섞으며 진화를 거듭해 온"이라는 평가는 듀나의 작품 세계가 어떠한
모습을 하고 있는지를 보여 주는 단적인 예라고 할 수 있다.[3] 특히

結과물은 듀나의 트위터 계정에서 언급되는 개별적인 논조나 『여자 주인공만
모른다』(듀나, 제우미디어, 2019)와 같은 작업에서 확인해 볼 수 있다.
[3] 박진, 「장르문학의 정치성은 어떻게 진화하는가?」(해설), 듀나, 『브로콜리
평원의 혈투』, 자음과모음, 2011, 367쪽.

장르 문화 자체에 대한 이해가 높고 관련 콘텐츠를 섭렵해 온 경험이
긴 시간 폭넓게 누적되었기 때문에, 다양하게 발전해 온 장르의
관습convention이나 코드code를 활용하는 자신만의 명확한 방법론이
구축되어 있음을 알 수 있다. 이는 출간된 소설의 작가 후기에서도
발견할 수 있는데, 듀나 자신이 소설을 창작할 때 어떠한 문화적
요소에서 영향을 받았는지 반복적으로 밝히기 때문이다.

특히 초창기의 저작에서 두드러지는 이러한 특징은, 자신의
소설이 할리우드 하이틴 로맨스 영화들에 대한 불건전한 애정의 폭로
(「히즈 올 댓」)라든지, 에리히 케스트너 Erich Kastner의 『5월
35일』에서 영향을 받았고(「태평양 횡단특급」), 아이작 아시모프 Isaac
Asimov의 로봇 단편들에 바탕을 두었다(「첼로」)고 밝히는 형태로
나타난다. 그뿐만 아니라, 에드거 앨런 포 Edgar Allan Poe의
「함정과 진자」를 모방하려는 시도(「스퀘어 댄스」)라든지, 제임스
매서슨 Richard Matheson의 방법론을 개조한 것(「얼어붙은 삶」)이라는
방법론적 모방의 고백들 역시 특징적이다.[4] 이것을 특징적이라고
하는 이유는, 보통 창작에서 중요하게 여겨지는, 사실은 존재하지 않는
독창성이라는 허울을 듀나 스스로 나서서 부정하기 때문이다.

독창성에 대한 부정은 장르라는 문화·예술 형식이 가지는 의미에
완벽하게 부합한다고 할 수 있다. 장르가 형성되기 위해서는 관습과
코드의 활용, 즉, 그것이 잘 활용된 모조품인 에피고넨 Epigonen의
양산이 필요하다. 장르의 시작이라고 불리는 작가들과 작품들이 제법
명확하게 존재하고, 우리가 그것들을 안다면 해당 장르가 어떠한
모습을 하고 있는지를 인지하기 용이한 것은 장르가 가진 이러한
특징에서 기인한다. 물론 이 때문에 장르는 문화의 의미작용 과정에서
오랜 시간 동안 변방에 머무를 수밖에 없기도 했다. 이른바 작가적인
역량 혹은 예술성이라는 것이 관습의 모사를 통해 에피고넨을

---

4   이상은 듀나의 소설집 『태평양 횡단 특급』(문학과지성사, 2002, 309~312쪽)에
    실린 「작가의 말」을 참조하였다.

양산하는 장르 문화에는 존재하지 않고, 그저 소비를 위해 배치된 요소들만 존재한다고 낮잡아 여겼기 때문이다.

하지만 현재 우리가 사는 세상은 신의 위엄을 나타내야 하는 중세도, 천재 숭배가 만연했던 낭만주의 시대도, 사실주의와 구조주의가 절대적인 위세를 나타내는 시기도 아니다. 현시대의 에피고넨들은 개별화되고 광범위한 취향에 유연하게 대응하기 위한 형태적 필연이기도 하며, 복잡하고 심화된 담론들을 담아낼 수 있는 안정적인 형식으로서의 가능성 또한 필요하기 때문이다. 이것이 오늘날 장르 문화 자체의 중요성이 점차적으로 부각되는 이유이다. 단순히 소비의 용이함만으로 이러한 현상을 풀어내는 것은 바람직하지 않은 해석 방법이다. 현대 장르 문화에서는 장르가 장르로서의 정체성을 명확하게 유지하면서 그 저변을 넓혀 가는 것이 중요하다. 그런 관점에서 듀나의 작품들은 한국에서 장르, 그중에서도 SF 장르가 어떠한 개별성particularity을 확보할 수 있는지를 보여 주는 중요한 자료가 된다. 듀나의 작품들은 꽤나 전형적인 것들을 바탕으로 개성적인 지점을 지향하기 때문이다.

현대의 다양한 장르 변화 추이에서 듀나의 작품이 구별되는 것은 SF 혹은 판타지, 호러, 추리 영역에 속하는 장르 관습의 전형들로부터 출발한다는 데 있다. 특히 초창기 작품들에서 SF의 전형적인 관습들이 그대로 사용되는 것을 볼 수 있는데, 금속성의 물질적 기술 발달이 생생하게 노붐Novum[5]으로 작용하는 작품들이 그렇다. 또한 「브로콜리 평원의 혈투」나 「집행자」, 『민트의 세계』, 「두 번째 유모」, 『아르카디아에도 나는 있었다』와 같은 작품들은 스페이스 오페라의 요소를 충실하게 따르면서도 장르 관습과 코드를 시대 변화에 따라 어떻게 변용하여 활용해야 하는지를 보여 주는 일종의 교본과도 같다. 「미래관리부」,[6] 「수련의 아이들」,[7] 「각자의 시간

---

5   라틴어로 '새로운 것'을 의미하는 노붐은 SF에서 서사와 세계관을 추동하는 기술적 요소를 일컫는다.

속에서」와 같은 작품들은 시대물 혹은 시간여행 장르 관습을 토대로
작가의 개성적 표현 가능성을 실험한 작품이라고 할 수 있다.

　　외계인을 비롯해 초능력자와 같은 이질적 존재들에 대한 서사
(「대리전」,「구부전」,「죽은 자들에게 고하라」,「용의 이」,
「여우골」) 역시 빼놓지 않고 등장한다. 이러한 넓은 소재 활용은
듀나가 그만큼 장르 관습에 대한 존중과 명확한 이해를 갖고
있기 때문에 가능하다. 그것을 '이해'라고 감히 말할 수 있는 것은
장르가 발생시켜 온 관습과 코드들이 시대의 변화 그리고 서사의
상황에 따라서 어떻게 달라져야 하는지를 적확하게 인지하고 작품에
적용하는 작가로서의 역량이 두드러지기 때문이다. SF 작품에
새로운 의미를 부여하는 과정에서 'SF 같지 않은'과 같은 언표의
빈약함이 나타나곤 하는 요즘 같은 상황에서 듀나의 작품은
'SF다운'이라는 수식어에 부합하는 동시에 현대적인 의미들을
발견할 수 있는 좋은 텍스트다.

한국어로 보여 주는 경이의 세계

듀나가 한국 SF에서 갖는 의미는 단지 장르적인 요소들을
능수능란하게 활용하는 데에만 있지 않다. 듀나의 창작에서 의미를
부여할 수 있는 또 다른 부분은 '한국어'를 사용하는 작가가
한국어로 보여 준, 경이의 세계에 대한 새로운 지평이다. 한국에서
2000년대에 접어들어 SF 작가로 자신들의 정체성을 밝히는
소위 전문 작가군이 등장하면서 "한국어를 사용하는 작가들에게
한국어권 세계의 설정"이 중요한 이슈로 부각되기 시작했다.[8]

6　듀나 외,『U, ROBOT』, 황금가지, 2009.

7　듀나 외,『목격담, UFO는 어디서 오는가』, 사이언티카, 2010.

8　정소연,「우리가 이야기가 될 때」(작품해설), 듀나,『아르카디아에도 나는
　　있었다』, 현대문학, 2020, 199쪽.

이는 이전에 단순히 한글로 창작하고 한국 이름이 나오지만 민족주의적·국가주의적인 서사에 SF의 경이감과 환상성을 덧입히던 것과는 구분되는 고민이었는데, 한국어로 창작되고 소비되는 작품에서 세계관의 내재화 및 현지화는 간과할 수 없는 영역이기 때문이다.

언어는 세계를 조형하는 요소이다. 유럽 및 영미 문화권을 중심으로 발생하고 발달하여 한국에 도입된 SF라는 장르의 특징은 표면적으로만 보았을 때 서양의 사고와 문제 들을 관습적으로 답습하는 것처럼 보이는 한계를 노출할 수밖에 없다. 그러한 표피적인 관습의 모사는 스토리텔링 자체의 완성도에 필연적으로 균열을 야기한다. 내재화되지 않은 요소들로 무리하게 축조한 세계는 그 안에서 다양한 가능성을 확보하기가 어려우며, 경이의 세계를 수용자에게 이해시키고 다양한 사고실험을 제공해야 하는 SF에서는 이러한 것들이 특히 더 문제가 될 수 있다. 그만큼 한국에서 한국어로 창작되고 소비되는 SF 작품들의 한국어 세계관에 대한 문제는 중요한 영역이다.

듀나는 한국어 세계관에 대해 초기 작품에서부터 지금까지 꾸준한 실험을 해 왔다. 듀나의 한국어 세계관은 특정 언어의 세계관이 향하기 쉬운 민족주의적·국가주의적인 맥락들을 비껴 나간다는 것이 특징이다. 그렇다고 무국적성을 띠는 하루키식 구시대의 형상도 아니며, 글로벌리즘을 강조하면서 한국어가 헤게모니를 차지한 세계를 그리고 싶은 것도 아니다. 그것은 듀나가 상정하는 한국어 세계관 자체가 국가와 도시, 단체나 민족 단위의 개념을 의식하는 것이 아니라 지극히 사변적인 영역에서부터 출발해 개인적인 경험의 세계를 향하고 있기 때문이다. 창작자 본인의 사변적 특징을 통해 듀나가 보여 주는 한국어 세계관의 확장은 21세기에 다양한 언어로 발달하는 장르 관습과 코드의 구체화에 대한 모범적인 예시 중 하나다.

이러한 모습은 특히 「대리전」이나 「각자의 시간 속에서」, 「천국의 왕」, 「브로콜리 평원의 혈투」, 『아르카디아에도 나는 있었다』

등에서 나타나는데, 이 작품들의 한국어 세계관은 과학기술에 의해
변화되는 사람들의 사고방식이나 행동 양식 그리고 문제시될 수 있는
다양한 의미 지점들에 대해 한국이라는 공간 설정을 염두에 두고
사고실험한 것이라고 할 수 있다. 이는 이러한 담론들이 내재화되어
있음을 드러내는 것이기도 하며, 장르의 현지화를 위해서 반드시
견지되어야 할 부분이다. 과학기술과 미래의 담론이 외부에 있다고
여기던 시절에 샌프란시스코나 맨해튼에서 벌어지는 제인과 제임스의
서사와, 그러한 관념들이 점점 희박해지는 시대에 서울이나 부천
지하상가에서 벌어지는 영희와 철수의 이야기가 가지는 구체성과
사고실험의 양상은 차이가 날 수밖에 없다. 듀나의 시도들은 한국에서
한국어로 창작되는 SF가 가지는 개별적인 특성을 명확하게 구분하고,
지금 우리에게서 나올 수 있는 개성적인 이야기를 구축할 기반을
형성하는 데 영향을 미친다.

　　이 과정에서 듀나가 보여 주는 가장 탁월한 능력은 역시 SF의
장르적 관습들을 한국어 세계관 안에 이질감 없이 능숙하게 배치하는
것이다. 그 대표적인 작품은 「대리전」이다. 작품에서 등장하는
외계인과 우주여행, 세력 간 다툼과 같은 요소들은 SF가 가지는
전형적인 설정이다. 특히 듀나는 어슐러 K. 르 귄Ursula K. Le Guin의
엔서블[9]과 같이 설정에 작용하는 복잡 다양한 기술적 문제들을
굳이 설명하려고 하지 않는다. 그저 그러한 기술적 가능성이 열려 있는
세상이고, 그곳이 바로 우리가 익히 아는 세계와 같은 모양을 하고
있다는 것을 강조한다. 이렇게 확보된 구체성을 바탕으로 「대리전」은
작가가 원하는 외계인 침공 서사를 개성적으로 풀어 나갈 가능성을
얻었다. 똑같은 일이 맨해튼에서 벌어졌다면 아마도 「대리전」과
같은 형태의 서사는 절대 나올 수 없었을 것이고, 뻔하디뻔한 20세기
말 할리우드 지구 침공 블록버스터가 되어 버리고 말았을 것이다.

　　이러한 시도들은 「천국의 왕」의 서울 목동과 상수, 『민트의

9　1966년 르 귄의 소설 『로캐넌의 세계』에서 처음 등장한 초광속 통신 장치.

세계』의 인천, 「브로콜리 평원의 혈투」의 종로 버거킹 2층과 같이
경험 세계에 좀 더 밀접한 공간과 사유의 맥락을 구체화한
작품들로 나타난다. 이들 작품의 한국어 세계관은 현실의 그것과
닮았으면서도, 현실이 은폐한 다양한 구조적 균열들에 대한 접근을
용이하게 한다. 또한 「천국의 왕」과 「각자의 시간 속에서」에서
과학기술과 샤머니즘적 설정이 종교적인 세계에 뒤섞여 있는 모습이
현대 한국 사회와 닮았다는 사실을 인지할 때, 한국어 세계관이
가지는 가치판단의 영역도 달라지게 된다. 특히 『아르카디아에도
나는 있었다』에 등장하는 '세종 연합 소행성대의 이천이라는
소행성'은 어쩌면 한국어를 사용하는 작가가 한국어로 축조해 낼 수
있는 가장 현대적이면서도 SF적인 세계의 표상일지도 모른다.

새로운 의미 모색의 연속

듀나의 작품은 트렌디하다. 여러 인터뷰와 작가 후기 등을 통해
스스로는 의도한 것이 없고 시대의 변화 과정을 거치면서
우연히 일어난 일들이라고 하지만, 듀나는 시대의 변화 맥락을
의식하며 꾸준히 변모해 온 작가다.[10] 그랬기 때문에 한국
대중문화가 새로운 맥락을 맞이한 PC통신 시대에 나타나서 장르적
특성을 가진 작품들을 발표해 작가적 정체성을 형성하고, 동시에
20세기 중엽부터 문화·예술에서 가장 중요한 매체로 자리 잡은
영화에 대한 평론 활동을 하면서 다양한 스토리텔링 경험을 집적할 수
있었다. 변화에 기민하게 반응하는 듀나의 작가적 특징은 이후
페미니즘 담론과 관련된 해석 및 창작 방법론에 대한 즉각적인

---

10 장르와 작품에 대한 작가의 생각들은 언제나 의도하거나 의식하지 않았다는
    것으로 결론이 나는데, 대표적으로는 「어쩌다가 나는 SF작가가 되었나」
    (듀나, 『가능한 꿈의 공간들』, 씨네21북스, 2015, 256~261쪽) 같은 글을 통해
    확인할 수 있다.

반응이나, 매체 환경의 급격한 변화에 대한 대응 역시 가능하게
했다. 그 덕분에 듀나는 한국의 페미니즘 리부트 이후, 그리고
서브컬처 리터러시 이론이 필요해진 시대에 오히려 이전보다 더 의미
있는 작가로 자리매김할 수 있었다.

물론 이는 듀나가 설명한 것처럼 어떠한 의미들을 의도적으로
지향한 결과는 아닌 것으로 보인다. 그렇다고 그저 우연의 결과도
아니다. 그것은 듀나가 SF라는 장르적 요소들에 대한 호응과 이해가
뛰어난 수용자이자 작가로서 시대 변화의 추이를 빠르게 반영할
수밖에 없었기 때문인 걸로 보인다. SF는 작가 자신이 서 있는
현실로부터의 인지적 소외cognitive estrangement를 지향하면서 언제나
'너머'를 상상하는 형식적 특징을 가진다. 듀나는 이러한 특성을
그대로 수용해 PC통신이나 인터넷 대화방에서 나타나는 존재와
관계에 대한 이야기(「대리 살인자」), 시대의 구조적 문제들을
적나라하게 드러내는 환상문학(「면세구역」), 청소년과 학교라는 한국
사회의 객관적으로 조명되지 않은 영역에 대한 비판적 견지를 담은
작품(「아직은 신이 아냐」) 등을 내놓을 수 있었다.

또한 초능력자(「용의 이」 등)라든지 로봇 및 인공지능
안드로이드(「첼로」, 「기생」, 「꼭두각시들」, 『아르카디아에도 나는
있었다』 등)나 복제인간(「면세구역」 등)과 같은 포스트휴먼
캐릭터들을 잘 사용하는 것도 특징이다. 듀나가 SF의 장르적 관습과
소재에 익숙하다는 것은 곧 포스트휴먼 캐릭터들에도 익숙하다는
뜻이며, 이러한 캐릭터들이 서사에서 만들어 내는 의미가 어떠한
파장을 가지는지를 명확하게 파악하고 있다고 할 수 있다.
물론 SF에서 포스트휴먼 캐릭터들의 등장은 타자화된 대상에 대한
상징적 표현이 그 시작이라고 해석해 볼 수도 있다. 이 경우에도
듀나는 타자화된 대상에 대한 상징의 변화 양상을 그간 진지하게
고찰해 온 듯하다. 그래서 고전적인 SF에서 등장했던 소재와 세계관을
굉장히 선호하는 것 같지만, 실제 창작에 적용하는 방식을 보면
그것들을 그대로 사용하고 싶은 마음은 없는 것으로 보인다.

　　듀나는 특히 포스트휴먼 캐릭터에 대한 20세기 후반 이후의
담론에 대해서도 명확하게 인지하고 있어서, 최근 발표되는
웬만한 포스트휴먼 캐릭터 서사들보다도 훨씬 더 현대적인 입장을
취한다는 것을 알 수 있다. 무엇보다 듀나의 포스트휴먼 캐릭터들이
서사 내에서 주체로서 완벽하게 작동한다는 점이 이를 증명한다.
그들이 가진 현생인류와의 차이점이나 이질점을 부각하는 일차원적인
담론이 아니고 말이다. 최근작인 『아르카디아에도 나는 있었다』를
보면 좀 더 명확하게 드러나는데, 사이버 스페이스와 전뇌화電腦化,
안드로이드와 인공지능이라는 현대적인 소재들을 다루면서 듀나는
기술이 가진 복잡한 의미들에 매몰되지 않는다. 오히려 그 안에서
다양한 존재적 의미와 새로운 모색을 끊임없이 시도하고, 인간중심
주의라는 지난 세기의 구습들에 여지조차 주지 않는다. "일주일
전과는 달리 나는 이제 사람이 아니었"지만 그럼에도 불구하고 여전히
평범한 일상의 존재로서 출근하는 결말이라니 말이다.[11]

　　이는 듀나가 스스로 밝힌 "소재만큼이나 소재를 바라보는
태도가 중요하다"라는 SF에 대한 이해, "SF가 어떤 실용적인 목적을
위해 쓰였거나 만들어지는 것은 아니지만, 장기적으로 보았을 때
그런 태도는 우리의 사고를 확장하는 데 유용하다"라는 자신이 창작한
작품의 효용에 대한 명확한 인식 때문에 가능했다.[12] 그래서 듀나는
자신이 영향을 받아서 작품을 썼다고 했던 아이작 아시모프의
세계관을 비판할 수 있고, 휴고 건스백Hugo Gernsback의 영향력이 지닌
남성 중심주의의 위험성에 대해서도 경고할 수 있었던 것이다.[13]
이렇게 끊임없이 자기 세계에 대한 사고 영역을 넓혀 가는 듀나의
작업은 작품들 간의 비교를 통해서도 확인할 수 있다. 동일하게
포스트휴먼 캐릭터를 구현하고 있다고 해도 「첼로」나 「기생」에서

11　듀나, 『아르카디아에도 나는 있었다』, 188쪽.
12　듀나, 『가능한 꿈의 공간들』, 260~261쪽.
13　듀나, 『장르 세계를 떠도는 듀나의 탐사기』, 우리학교, 2019, 133~137,
　　157~163쪽.

보여 준 인간과 비인간이 명확하게 이분법적으로 나뉜 세계와
『아르카디아에도 나는 있었다』에서 보여 준 인간과 비인간의 구분이
더 이상 효용이 없어진 세계에 대한 묘사는 전혀 다른 층위를
갖는다.[14] 이렇듯 작가 스스로 세계관과 담론의 변모를 지속적으로
추구하는 것은 SF 장르에서 가장 중요한 부분이다. 내면으로
침전하면서 골방에 틀어박히는 문학이 아니라 그 너머를 지향해야
하는 SF의 특성을 감안했을 때 말이다.

　듀나의 소설 세계가 앞으로도 기대되는 이유는 작가 스스로
변모시켜 온 인식들을 작품에 구현하는 힘 역시 가지고 있기
때문이다. 듀나는 앞서 언급했던 한국어 세계관의 필요성에 대해서도
유보적인 태도를 갖지만, 한국어로 SF를 창작하는 데 있어 시대에
따라 달라지는 요구들이 있다는 것을 인지하고 있다.[15] 이에 따라
한국어 세계관의 자연스러움을 계속해서 시도하는 동시에 그 세계가
넓어져서 이전과 다르게 새로운 형태로 나타나는 사고실험들 또한
수행하고 있다. 그리고 이것을 수행하는 이유는 단지 국가적이고
민족적인 의미에서가 아니라, 기술과 매체의 발달로 새롭게 형성될
세계 그 너머에 있을 새로운 인지적 소외들에 접근하기 위한
방법의 연장선상에서 자연스럽게 발생한다.

　앞서 반복한 바와 같이 듀나는 장르를 아주 잘 아는 작가이다.
장르를 애호하고, 이해하며, 그것이 매체와 문화의 발달 층위들과
어떠한 상호 연관성을 가지고 변화해 왔는지를 면밀하게 지켜본
관찰자이기도 하다. 그 변화는 현대 한국의 대중문화가 보여 준
변화의 궤적이며, 한국 SF 장르가 형성해 온 맥락이기도 할 것이다.
그래서 듀나의 작품들을 읽다 보면 현대 한국 대중문화, 그중에서도
SF가 변화한 맥락의 일면을 엿볼 수 있다. 단, 쉽게 생각하고

14　이에 대해 'SF를 읽고 쓰는 사람에게는 인간인지 아닌지보다 그
　　캐릭터가 어디까지 갔는지가 더 중요하다'는 정소연의 지적은 적확하다고
　　할 수 있다(정소연, 앞의 글, 200쪽).

15　듀나, 『장르 세계를 떠도는 듀나의 탐사기』, 141~145쪽.

접근하기엔 그 세계가 꽤나 장대하다. 나 역시도 예전에 모두 다
읽었음에도 불구하고 이 글을 위해 작품 전체를 다시 읽는 데
꼬박 몇 달을 소요해야 했으니까. 하지만 그 여정에서 작가가 스스로
보여 준 변화의 모습들을 통해 더 많은 것들을 발견할 수 있었다.
모르는 사람 많은 유명인의 이야기는 27년여 동안 발표된 120편이
넘는 글을 통해 풍성하게 확인해 볼 수 있다.

듀나 작품 목록

『태평양 횡단 특급』, 문학과지성사, 2002.(「대리 살인자」「히즈 올 댓」「첼로」
    「기생」「스퀘어 댄스」「얼어붙은 삶」「꼭두각시들」)
『대리전』, 이가서, 2006.
『용의 이』, 북스피어, 2007.(「천국의 왕」)
『브로콜리 평원의 혈투』, 자음과모음, 2011.(「여우골」)
『제저벨』, 자음과모음, 2012.
『면세구역』, 북스토리, 2013.(「집행자」)
『아직은 신이 아니야』, 창비, 2013.
『민트의 세계』, 창비, 2018.
『구부전』, 알마, 2019.(「죽은 자들에게 고하라」)
『두 번째 유모』, 알마, 2019.(「각자의 시간 속에서」)
『아르카디아에도 나는 있었다』, 현대문학, 2020.

* 괄호는 표제작 외 수록작 중 본문에 언급된 작품.

인터뷰

두려움을 즐기는 연출가, 민규동

민규동 감독이 데뷔작으로 준비했던 영화는 공포영화가 아니라 SF
영화였다. 그의 SF 영화는 2020년이 되어서야 만나게 되었는데, 그가
기획한 SF 앤솔러지 'SF8'(2020)은 김의석, 노덕, 민규동, 안국진,
오기환, 이윤정, 장철수, 한가람 등 여덟 명의 감독이 참여한 프로젝트다.
2020년 7월 10일 OTT(Over The Top, 온라인 동영상 서비스)
플랫폼 웨이브wavve에서 첫 공개된 이 프로젝트를 진두지휘한 이가
바로 민규동 감독이다. 간병 로봇 이야기를 그린 김혜진 작가의 「TRS가
돌보고 있습니다」를 각색한 〈간호중〉을 연출하기도 한 그는 김태용
감독과 공동 연출한 공포영화 〈여고괴담 두 번째 이야기〉(1999)를
비롯해 멜로, 로맨틱 코미디를 섞은 〈내 생애 가장 아름다운 일주일〉
(2005), 코미디 〈내 아내의 모든 것〉(2012), 실존 인물을 바탕으로 한
〈허스토리〉(2017) 등을 연출했으며 옴니버스 프로젝트인 〈무서운
이야기〉 시리즈를 세 편이나 기획, 제작했다. 여러 장르에 걸쳐 작품을
만들어 온 민규동 감독이 데뷔작 〈여고괴담 두 번째 이야기〉
이전에 준비했던 영화가 SF였다는 사실을 떠올리면, 'SF8'의 기획과
연출에 그가 나섰다는 소식은 무척 안심되는 것이었다. SF에 대해
인터뷰를 청하자 첫마디로 "저는 잘 몰라요"라는 답이 돌아왔을 때,
오히려 '찐'이라는 생각에 안도감이 들었다면 과한 넘겨짚기일까.

배명훈 작가나 듀나 작가를 필두로 많은 한국 소설가들이
한국을 무대로, 한국인이 등장하는 SF를 꾸준히
써 온 것이 지금의 SF 소설 붐에 중요한 역할을 했다고
보는데요. 영화나 드라마는 어떨까요.

> 시간이 지나면 충분히 해석이 되지 않을까요. 나비효과의
> 결과와 도미노 효과의 끝을 봐야 조약돌이 어떤

파장이었는지, 지금 경험하는 이벤트가 무슨 뜻인지 알 수 있을 것 같단 말이죠. 영화감독들은 사실 극장 이외의 플랫폼을 잘 생각하지 않기 때문에 극장을 염두에 두는 순간 SF는 미국이 독점하고 있어 터부시되는 낯선 영역이 되어 버리거든요. 한국 관객 눈이 높은 데다 SF에는 유독 가혹한 기준을 들이대기 때문에 더더욱 창작자의 자기 검열이 심해요. 저는 완전히 〈스타워즈〉를 보고 자란 세대이기 때문에 마음속에 열등감일 수도 부러움일 수도 질투일 수도 있는 감정이 있어요. 그러다 한국적 틀 안에서 앤솔로지 형태로 SF를 다룰 수 있는 플랫폼이 있다는 얘기를 들었을 때 가장 불가능해 보이는 걸 한다는 데 의미가 있을 것 같다고 생각했어요.

'SF8'처럼 단편 여덟 편을 한 번에 발표하는 앤솔러지 형태를 떠올리신 이유가 있을까요.

저는 공포물이었던 〈무서운 이야기〉 시리즈를 제작해서 관객을 만나 봤잖아요. 그 형식이 가진 한계도 어려움도 경험했어요. 처음에는 예산이 2억 정도 제시됐으니까 드라마의 반도 안 되는 예산인데, 시작은 이렇게 안 하면 의미가 없는 것 같다고 봤어요. 새로움이 없다면 플랫폼의 다양함은 큰 의미가 없고, 감독 의존도가 너무 높아지면 앞으로도 유명한 감독이 만들었다는 감독 마케팅으로 관객을 낚시해야 하잖아요. 글을 새롭게 만들며 시즌을 이어 가려면 감독이 누군지가 전혀 중요하지 않은, 이야기가 제일 중요한 방향이 되어야 할 것 같다는 거죠. 그런데 영화감독의 속성상 다 장편영화를 준비하고 있잖아요. 현실은 백수고 실업자인데 준비 중인 영화가 없는 감독이 없어요. 단편영화라고 해서 공이 덜 드는 것도 아니고. 보통 감독들은 시나리오 단계에서

진이 빠지고 캐스팅과 투자 과정에서 영화가 엎어지고
자기 검열 필터 하나 더 채우고 하면서 우울해지니까
그 과정을 생략하자고 결정했어요. 시나리오를 써서
제안하고 그 시나리오가 취향에 맞거나 일정에 맞거나
욕망과 접점이 있으면 만들 수 있다고.

'SF8'의 작품과 감독을 어떻게 매칭했나요.

제가 감독별로 이전 작품이나 취향, 욕망을 짐작해서
시나리오를 건넸어요. 처음에는 한 줄짜리 로그라인만
제시했거든요. 전작의 분위기를 보고 제시했는데
그 작품으로부터 떠나고 싶다는 감독님도 계셨고 원작을
찾아서 그 책에 있는 다른 소설을 읽고 작품을 바꾼
분도 계셨어요. 이 예산엔 도저히 찍을 수 없다고 포기한
분도 계시고. 두 작품 정도까지 바꿀 기회를 드리고
그래도 맞지 않으면 다른 감독님에게 가야 한다고
생각했었고. 여덟 개를 다 드리고 고르게 할 수는 없다고
생각했어요. 더 좋은 다른 작품 없냐고 물어보신 분들도
계셨지만 저는 매번 이게 최고라고 감독님들한테
소개했고요. 결국 다들 제작발표회 때 다른 작품을 처음
보게 됐죠.

연출자 입장에서 이 프로젝트의 매력은
무엇이었을까요.

초고가 있었지만 감독이 마음대로 고칠 수 있게 했죠.
감독님들께 드린 확신은, 영화를 할 때 불안과 두려움이
엄청난데 이번에는 배우나 투자자 때문에 못하는 건
없다는 거였어요. 그 대신 데드라인을 지켜야 하는 거죠.
편성이 이미 잡혀 있으니까요. 그런데 코로나를 예상하지

못했죠. 헌팅이 매일매일 취소되면서 SF영화 같은
상황에서 작품을 찍게 됐어요. 예산 압박이 심했는데
코로나라는 변수까지 있어서 지옥행 급행열차에
태운 셈이거든요. 그런데 다들 생각보다 행복해하는
느낌을 받았어요. 늘 하고 싶던 SF를, 불가능하리라
생각했던 마음속 영역들을 만들어 가는 데 온전한
자유 안에서 제작사의 풀 서포트를 받고, 흥행에 대한
압박도 없는.

SF 소설을 읽으시면서 영상화할 작품의 아카이빙을
꾸준히 하시나요.

    SF와 관련해 제게는 트랙이 둘 있어요 SF를 소비하는
    독자인 저는 재현이 불가능해 보이는 것에 대한 상상력을
    즐겼거든요. 90년대 초반에 고려원에서 나온 『세계 SF
    걸작선』을 읽고 좋아했고, 장르에 대한 이해가 생기면서는
    아이작 아시모프와 로버트 하인라인Robert A. Heinlein부터
    읽기 시작했어요. 도스토옙스키Fyodor Mikhailovich
    Dostoevskii와 톨스토이Leo Tolstoy 같은 작가들이잖아요.
    뭔지도 모르고 일단 읽었고 거기서 파생된 다른
    이야기들을 찾아갔어요. 그런데 영화감독이 되고 나서
    감독이 갖는 불행 중 하나는….

이야기를 그 자체로 즐기는 게 아니라 영상화 가능성을
엮어 생각할 수밖에 없죠.

    영화라는 트랙이 제게 생기면서부터는, SF 세계관의
    대세를 만든 큰 작가들의 이야기는 오히려 금방 휘발되고
    작은 이야기들이 눈에 들어오기 시작하더라고요.
    영화아카데미 다니던 때였는데, 단편으로 만들 게 뭐가

있을까 집중하는 방식이 저의 SF 감상법으로 자리
잡았어요. 읽고 나서 재미있다, 없다가 아니라 영화로
만들 수 있는 가능성에 따라 ×, ○, △로 나누는 거죠.
영화라는, 어떻게 보면 너무 단순한, 두 시간밖에 안 되는
작은 그릇에 녹일 수 있는가를 떠올리면 제작비와
관객들의 취향을 봤을 때 동그라미가 되기 굉장히
어렵잖아요. 25년도 넘은 옛날 그 책들을 보니까 여전히
그 표시들이 있더라고요. 최근 SF 문학상들이 생기면서
젊은 작가, 여성 작가들이 약진하는 경향 속에서
흥미로운 작품들이 많이 있었고요.

SF도 다른 장르와 연결되는 서브장르가 많잖아요.
감독님은 공포, 성장물과도 연이 깊으시고요.

　　　아, 내가 공포영화로 데뷔한 사람이구나.(웃음)

역사적인 배경을 가지고 있는 영화도 하셨는데요.
관심사의 폭이 넓으신 것 같습니다.

　　　사실 일관된 세계관을 가지고 필모그래피를 만들어 가는
　　　감독들이 더 많죠. 저는 데뷔 때부터 예측할 수 없는
　　　경로로 작품을 하게 됐어요. 공포영화 학습이 많이 안 된
　　　감독이 공포영화를 만들면서 시작했으니까요. 90년대
　　　초반 제 책장의 『세계 SF 걸작선』 옆에 『히치콕 서스펜스
　　　걸작선』(고려원, 1992)도 있었어요. 그때 기록해 놓은
　　　것이 〈여고괴담 두 번째 이야기〉 때 이미지로 응용되기도
　　　했고요.

신인 감독들이 공포영화로 상업 영화 데뷔하는 경우가 꽤
많죠.

그때 저를 알던 사람들은 '네가 무슨 공포영화를 만드냐'고
했어요. 감독으로서는 데뷔 초반에 중심을 찾아가는
노력을 시작하는 단계에서 이미 균형이 완전히 기울어
있었던 셈인데요. 그러니 그 탄성 때문에 다음에는 또
완전히 다른 데로 기울어지는 식이었던 듯해요. 결과적으로
영화마다 점프 컷jump cut이 되는 거죠. 제가 처음 쓴
시나리오는 SF였어요. 장편 두 편 분량이었고 드라마로는
20부작 분량의 작품을 썼어요. 영화아카데미를
졸업하고 친구들이 연출부로 현장에 갈 때, 저는 김태용
감독하고 홍대 시각디자인과 나온 친구들 열 몇 명과
회사를 만들었어요. 서울대 공대 애니메이션 센터와
기술적으로 힘을 합쳐서. 3D애니메이션이 앞으로 영화의
새로운 대세가 된다는 이상한 판단을 했거든요.(웃음)
〈토이 스토리〉 영향이 있었을지도 모르겠네요. 그
프로젝트는 〈아크〉라는 제목이었어요. '방주'라는 뜻인데,
지구가 여러 환경 재앙으로 살기 힘들어진 이후 소수
선택받은 사람들이 방주 로봇을 타고 좋은 공기를 찾아
몇 년 주기로 움직이는 도시의 이야기. 거기 못 들어간
사람들이 거주하는 지하 도시가 있고. 그 도시에서
탈출해서 방주 로봇을 가능하게 만들었던 근원을 찾아가는
대하서사물. 그게 어떻게 만들어질 거라고 생각했는지
모르겠는데.(웃음)

오히려 영화 만들어 본 경험이 많지 않기 때문에 가능한
시나리오잖아요.

애니메이션이라고 생각했으니까 마음껏 펼쳤는데,
애니메이션이 실사보다 더 어렵다는 걸 그때는 몰랐나
봐요.(웃음) 그 세계관의 배경은 〈프로메테우스〉
(2012) 같은 식이었거든요. 지구 문명의 근원은 사실

외계인의 선택과 용인 속에서 넘겨받은 지知의 일부이며, 그것이 인간이라는, 인간 중심주의를 부수고 진실을 찾아가는 이야기였어요. 그걸 구상하다 만든 게 〈여고괴담 두 번째 이야기〉예요. 작년이 데뷔 20년째였는데, 20년 만에 SF가 된다고 믿고 순진하게 구상하던 그 시절의 에너지로 살짝 돌아가서 감회에 젖었었죠.

한국을 배경으로 하는 SF, 일상을 소재로 하는 SF에 관심을 갖게 되시면서 영향을 미친 작가들이 있었을까요.

SF에 한국 패치가 시작되었던 계기가 제게는 듀나 작가였던 것 같아요. 〈여고괴담 두 번째 이야기〉로 알게 됐고 『태평양 횡단 특급』 책을 처음 읽었어요. 『대리전』에서 부천이 SF의 무대가 되잖아요. 가장 안 어울린다고 생각했던 조합이 만들어지면서 생겨난 어떤 뻔뻔함에 납득이 되더라고요. 그런 과정이 10년이 지나니, 이제는 언제 한국 이름이나 지명이 어색하다고 느꼈지 싶어지더라고요.

SF의 로컬라이제이션localization이 배경이나 인물을 한국 패치하는 문제만은 아니죠.

장르를 선점한 서구 사회가 소유권을 갖고 있다고 생각하는 것이 가장 근본적인 문제인 것 같아요. 프리츠 랑Fritz Lang의 〈메트로폴리스〉가 1927년 작이에요. 거기 벌써 AI가 등장하거든요. 우리나라는 일제 치하라 종로경찰서에 폭탄 던지던 때 독일은 이미 상상력의 수준이 남달랐던 거죠. 테크노크라시 덕분에 가능했던 거거든요. 포비아든 필리아든 기술이 포화된 사회에 대한 문제 제기가 가능할 정도로 산업화의 결과물이 사회를 추동했던 곳. 우리는

조선시대, 일제시대를 거쳐 겨우 과학을 이식받고
수입했잖아요. 최근 급속도의 발전 이전에는 그저 남의
것이었죠. 그래서 관객들부터도 SF라고 하면 특수효과와
CG로 대표되는 엄청난 기술적 완성도를 갖춘 것이어야
한다는 특정한 감상법을 스스로 부여했어요. 미국이
중심이 되어 풀어 가는 거대한 상상력이 아니면 SF도
아니라는 생각을 하는 경우도 있고. 그러다 보니 SF
영화 감상법이 CG가 좋다, 아니면 CG가 별로다, 하는
식이 전부가 되죠. 이야기를 보기도 전에 턱없이
부족한 기술력을 먼저 발목 잡는.

설정만 비슷해도 흉내 낸다, 카피했다는 식으로 말하는
일도 많아요.

SF는 그냥 외제라는 거죠. 우리가 하면 흉내고. SF만큼
팬덤이 생산자에게 영향력을 미치는 지형을 갖춘 경우가
없잖아요. 좋아하면 마니아라고 자칭하고, 섭렵하고,
연대기를 꿰뚫고. 'SF8'을 기획했을 때 감독들에게
이런 말을 했어요. SF를 한다 그러면 욕할 준비가 되어
있는 마니아들이 우리의 대상이다. 눈높이가 높은
사람들이 얼마나 볼 것인가. 그런데 그 비판이 우리에게는
무척 갈급하다. 비난조차도 행복한 참여가 될 수 있다.
무서워하지 말고 즐기자. 이렇게 시작했어요. 그런데
관객들이 한국 이름이 담긴 한국 SF 소설을 즐기는 것처럼
한국 영화도 그런 시기가 오고 있다는 생각은 확실히
들어요. 우리가 우주복을 입어도 이상하지 않을 수 있다.
아시아 사람 얼굴의 AI가 상상이 안 가지만 그것도
자연스러울 수 있다는 생각의 전환이죠. 외계인도 늘
미국이나 유럽으로 오잖아요. 우리는 항상 늦어. 우리가
먼저 우주선을 볼 수도 있다는 뻔뻔한 접근이 처음에는

익숙하지 않을 텐데, 조심하지 않아야 쑥 들어갈 수 있다고
봐요. 모든 문명의 중심이 서구가 아닐 수도 있다는 것에서
시작해 보자.

처음 SF를 접했던 작품은 기억하시나요.

어렸을 때 전집으로 읽은 쥘 베른Jules Verne의 『해저 2만
리』나 『80일간의 세계 일주』죠. 거기 실린 삽화의
압도적인 이미지가 첫 접점이었던 것 같고. 읽은 지도
몰랐는데 읽었던 『우주선 닥터』도 있었고. 19세기에
쓰인 고전이 뿌리이긴 했는데, 정말 SF에 빠져들게 한건
UFO랑 네스호의 괴물Nessie이었어요.

1980~1990년대 십 대에게는 가장 핫한
이야기였으니까요.

《어깨동무》나 《소년중앙》 같은 잡지에 음모론적 배경을
둘러싼 신비주의가 늘 있었어요. 당시는 합성 기술에 대한
비밀이 공유 안 됐기 때문에 다 믿었고. 그리고 SF와
묘한 접점이 있었어요.(웃음) SF 소설은 고전 아닌 다른
책을 접하기가 어려웠으니까요.

요즘은 콘텐츠가 많아지기도 했지만 즐기는 방식도
달라졌어요. 영화는 메이킹 영상을 관객들이 찾아보면서
맥락을 새로 만들어 가거든요. 하지만 이야기의 힘이
그런 관심을 끌어오는 핵심 동력이라는 생각도 듭니다.

수상작이나 베스트셀러가 영화화됐을 때 흥행 참패와
혹평을 겪을 가능성이 가장 높은 장르가 SF거든요.
성공작도 많지만 실패작도 많아요. 관객의 진화를

따라잡기 위해 영화는 매번 엄청난 진화를 해야 하는 어려운 맥락이 있어요. SF의 매력은 결국 사실주의 전통에서 재현이 불가능한 것들을 재현하면서 현실을 낯설게 보게 하는 것이겠죠. 미래에서 현재를 보는 것처럼 인지적 소외를 시키고, 지금 사는 사회에 대해 근원적 질문을 하는 장치이기 때문에 SF에는 매력이 있단 말이에요. 그런데 이야기뿐 아니라 기술이 엄청나게 빠르게 진화해야 해요. 새로움을 보여 주는 장르 자체의 속성과 빠르게 높아지는 관객들의 눈높이가 같이 커지니까 옛날보다 훨씬 좋은 걸 봐도 관객들은 언제나 성이 차지 않는 거죠.

'SF8'이 그래서 중요한 시도였던 듯해요. 규모로만 승부를 보는 작품이 아니잖아요.

예산 제약을 열등감으로 치환하지 말고 게임으로 즐기자고 생각했어요. 창의적으로 풀어내는 지혜가 없으면 돈만 있으면 잘할 수 있다고 착각하거든요. 그러니까 예산은 우리의 적이 아니라고 생각하고 풀어 보려고 했어요. 다른 장르와 달리 SF가 현실을 보여 주는 방식에는 과학적 재현과 미래적 재현이 있는데 그 차이가 뭘까 하는 거죠. 이 질문이 던지는 화두를 놓치지 말고 가 보자고. 원작 작가들이 감독보다 앞서서, 똑같이 어려운 계보 안에서 어려운 고민을 하고 뚫고 나왔잖아요. 한계도 있지만 새로 쟁취해 낸 영역을 일상의 디테일로 담아낼 때 느낌이 어떨까. 거대한 새로운 세계의 재현보다는 별로 변하지 않은 세계 안에서 풀어 갈 때의 느낌이 어떨까 했어요. 물론 너무 어려웠지만.

SF 영화를 볼 때와 SF 소설을 읽을 때 눈여겨보는 부분이
다를 듯한데요.

> 100페이지도 안 되는 시나리오가 두꺼운 소설보다
> 훨씬 큰 세계를 재현해 주는 것 같을 때도 있는데, 어떻게
> 보면 너무나 작은 그릇이거든요. 영화는 두 시간이라는
> 한정된 시간 안에서 풀어야 하니까 서사가 훨씬
> 단순해지죠. 그런데 묘사를 보면 텍스트가 주는 상상력과
> 실제라고 믿게 해 주는 개연성을 갖춘 비주얼의 힘은
> 굉장히 다른 것 같아요. 영화의 압도적인 힘이 있는 것
> 같거든요. 'SF8'에서 제가 연출한 〈간호중〉을 예로 들면,
> 소설 「TRS가 돌보고 있습니다」를 쓴 김혜진 작가는
> 스크린이 있는 로봇을 상상했던 것 같아요. 생각 같아서는
> 3D 캐릭터로 만들면 제일 좋을 것 같은데 불가능하죠.
> 〈아이 엠 마더〉(2019)라는 넷플릭스 영화에 인간을
> 키우는 로봇이 나오는데, 외골격을 만들어서 배우가 그
> 안에 들어가서 연기했거든요. 그걸 빌려 올까 했더니,
> 대여 비용이 우리 전체 예산보다 클 것 같다더라고요.
> 그래서 1인 2역으로 표현했어요. 텍스트로는 묘사할 수
> 없는 1인 2역의 미묘한 느낌이 있잖아요.

이것도 상상력의 문제겠네요.

> 우리는 먼저 SF를 창작한 사람들의 길을 따라가게 될까?
> 글쎄요. 개발도상국들은 지름길로 가 버리잖아요.
> 중간 과정을 겪을 필요가 없으니까요. 우리나라는 SF를
> 늦게 시작했지만 할리우드에서 실패했거나 오래가지
> 못했던 SF 하위 장르, 스타일 같은 것들은 점프하고 정말
> 자양분이 넘치는, 클래식이 되어 버티는 그런 서사들로
> 가게 되지 않을까, 그러면 얼마나 좋을까 생각해요.

오류를 다 겪지 않고 말이에요. 한국형 액션이라는 말은 없지만 한국형 SF라는 말은 많이 쓰는데, 거기서 '한국형'이 떨어져 나가고 SF로 소비될 수 있는 시기가 빨리 왔으면 하는 기대가 있어요. '우리도 이 정도 해냈어' 하는 식의 생각 없이 있는 그대로 충분히 즐길 수 있는 때가 빨리 왔으면 하는 마음입니다.

김초엽 작가의 단편집 『우리가 빛의 속도로 갈 수 없다면』 (허블, 2019)의 경우, SF를 전혀 읽지 않은 사람들도 다 그 책은 읽고 시작하는 분위기랄까 하는 게 있더라고요. 그래서 영화계에서도 관심을 많이 갖는 것 같고요. 주변의 감독님이 SF를 읽고 싶다고 하면 어떤 책부터 권해 주시겠어요.

옛날엔 뿌리부터 가야 한다고 생각해서 아시모프부터 보라는 식이었는데 이제는 그럴 수 없게 됐죠. 테드 창Ted Chiang과 켄 리우Ken Liu를 보라고 하죠. 보르헤스Jorge Luis Borges의 환상문학을 읽을 때 느꼈던 희열을 저는 테드 창을 읽으면서 느꼈어요. 어떤 선집보다 다양하고 깊이 있고 난해하게, SF라는 개념을 확장시켜 주는 감동적 작품들이에요. 책장이 넘어가는 게 너무 싫은 기분으로 읽었어요. 켄 리우는 시각적으로 구현하기 훨씬 쉬울 것 같은데, 서구와 아시아 중간 위치의 DNA를 느껴 보라는 뜻에서 추천하고 싶고. 김초엽 작가는 거의 신드롬 같아서, 작품집에서 괜찮을 것 같다는 작품 판권은 이미 다들 샀어요. 하지만 앞으로도 오랫동안 작품을 쓰실 테니까 기회를 엿보고 있어요. 그래서 지금 한국 영화계에서는 SF 장르로 오리지널 시나리오를 쓰려는 노력과 원작이 있는 작품을 각색하려는 시도가 동시에 흘러가고 있는 셈이죠.

코로나19 때문에 영화계가 침체되어 있습니다. 영화를
보는 습관이 어떻게 바뀔지에 대한 근심이 있는데요.

다시 예전으로 돌아갈 수 있을까에 대한 고민이 있죠.
하지만 큰 맥락에서 보면 무성영화에서 유성영화로
올 때, 흑백영화에서 컬러영화로 올 때, TV가 등장했을 때,
필름에서 디지털로 넘어올 때 등 새로운 기술이 나올
때마다 영화의 정체성을 흔드는 근본적인 문제 제기와
논쟁이 많았어요. 지금은 OTT가 나오면서 그 논쟁이
다시 시작됐고요. 영화는 워낙 기술과 밀접한 관련이 있기
때문에 그렇거든요. 외계인이 지구를 침략해서 전기가
없어지기라도 하면 영화는 없어지잖아요. 이제는 영화를
언제든 멈추고 리와인드 해서 볼 수 있게 됐죠. 감독의
독재가 불가능한 감상 방식이 일상에 쌓이고, 어릴 때부터
쌓이면 어떻게 될까요. 제 딸만 해도 두 살 때부터
리모콘을 손에 쥐고 영화를 봤단 말이에요. 저는 SF
볼 때의 재미처럼, 그냥 궁금해요. 이야기는 살아남아서
사람들을 사로잡을 거예요. 이야기에 이 두려움과
흥분이 반영된다고 생각하고요. 두려움과 설렘은 그
자체로 서사의 소재라고 생각해요.

인터뷰어: 이다혜
인터뷰이: 민규동

S
F

수진

1.

미정의 삶에는 수진이 여섯 명 있었다.

첫 번째 수진은 미정의 언니였다. 미정보다 다섯 살 위였고 아버지가 달랐다. 두 번째 수진은 초등학교 동기였다. 2학년과 5학년 때 같은 반이었다. 언니와 이름이 같은 사람이 신기하고 반가울 나이에 만나, 꽤 친하게 지냈다.

세 번째 수진은 첫사랑이었다. 미정은 단과대가 다른 세 번째 수진과 만날 기회를 찾아 봉사활동 동아리에 들어갔다. 그 대학연합 봉사활동 동아리는 수상한 선교 단체였다. 미정은 한 학기 내내 한 달에 한 번 도시락 배달, 한 달에 두 번 성경 공부 모임, 일주일에 한 번 QT에 가서 세 번째 수진을 만났다. 도시락 배달은 할 만했지만 성경 공부 모임은 지루했고, 귀한 점심시간을 쪼개 참석한 QT는 아무리 세 번째 수진을 보기 위해서라고 해도 약간 정신 나간 짓 같았다. 세 번째 수진은 몇 달이 가도 미정의 구애를 전혀 눈치 채지 못했고, 미정은 전화번호를 바꿨다. 새 번호에 새 메신저를 설치하고, 처량한 이별 노래를 프로필 음악으로 설정했다.

　　동아리에서 만난 사람들이 미정에게 왜 요새는 안 보이냐고, 동아리에 나오라고 연락해 왔다. 부회장은 동아리원들이 다 같이 모여 도시락 반찬을 만드는 사진이나 둘러앉아 QT를 하는 사진을 보냈다. 미정은 수십 명이 빼곡히 모여 선 사진 속에서 세 번째 수진을 금방 찾았다. 미정이 사진만 받고 답을 하지 않자, 동아리 활동은 보람차고 즐겁고 우리는 영적으로 충만한 공동체라는 메시지가 왔다. 고민은 함께 나누어야 하고 기도에서 답을 찾을 수 있고 남자는 다 쓸데없고 신앙만이 참된 길이라는 긴 메시지도 왔다. 미정은 결국 몇몇 열성적인 동아리원의 번호를 차단했다. 미정은 세 번째 수진의 번호를 차마 차단하지 못했지만, 세 번째 수진은 미정에게 연락하지 않았다. 미정은 혼자 실연하고 혼자 울었다.

2.

네 번째 수진은 미정의 하우스메이트였다. 사회생활 6년 차에, 미정은 친구와 스물일곱 평짜리 빌라에 전세로 들어갔다. 네 번째 수진은 원래 미정의 친구의 지인이었는데, 월세를 아끼고 집다운 집을 구해 살고 싶다는 뜻이 맞았다. 부엌, 거실, 방 두 개, 베란다. 미정이 3천만 원, 네 번째 수진이 4천만 원, 미정의 친구가 천만 원씩 내 보증금을 마련했다. 월세와 관리비는 세 사람이 15만 원씩 냈다. 네 번째 수진이 붙박이장이 달린 가장 큰방, 미정이 작은방을 썼다. 미정의 친구는 거실에 옷걸이와 벙커책상침대를 놓았다. 같이 살고 보니, 밖에서 몇 달에 한 번 만날 때는 멀쩡했던 친구는 남의 물건을 쉽게 가져다 쓰는 사람이었다. 미정이 사다 놓은 간식이나 반찬이 종종 없어졌다. 미정이 작은방 문 뒤에 걸어 놓은 겉옷을 입고 나가기도 했다. 미정이 사 놓은 새 케이크를 미리 말도 않고 1/3 정도 먹어 버린 적도 있었다. 친구는 매번 사과했다. 미정은 친구가 사과한 날마다, 작은방 문을 잠그고 침대에 누워 지금 벌이로 구할 수 있는 공간을 휴대폰으로 검색했다. 그러면 친구를 용서할 수 있었다.

네 번째 수진은 자기 방에서 거의 나오지 않았고, 항상 문을 잠그고 다녔다. 친구는 네 번째 수진이 프리랜서라고 했다. 네 번째 수진은 세탁기 먼지 망을 잘 치웠고 설거지도 잘했고 미정의 물건에 손을 대지도 않았다. 미정과 네 번째 수진은 가끔 마주치면 요새 잘 지내시냐는 무해하고 무익한 말을 주고받았다. 네 번째 수진은 좋은 하우스메이트였다. 미정의 친구는 그다지 좋은 하우스메이트가 아니었다.

전세 계약 기간 만료가 다가오자, 네 번째 수진은 미정의 친구를 빼고 둘이서 5천만 원씩 내고 같이 살자는 제안을 했다. 미정은 솔직히 그러고 싶었다. 그렇지만 이 전세 매물을 구해온 것도 네 번째 수진을 데려온 것도 친구였기에 우물쭈물했다.

미정이 망설이는 사이, 집주인이 전세금을 1억 2천으로 올렸다. 미정은 전세 자금 대출을 받아 6천만 원을 만들었다. 네 번째 수진도 6천만 원까지는 낼 수 있다고 했다. 미정의 친구에게는 돈이 없었다. 네 번째 수진이 펑펑 우는 친구를 데리고 나갔다. 무슨 이야기가 오갔는지 몰라도, 며칠 뒤 미정의 친구는 짐을 싸 집을 나갔다. 벙커침대는 두고 갈 테니 팔든 쓰든 마음대로 하라고 했다. 사진을 찍어 인터넷에 올렸더니 17만 원에 사겠다는 사람이 있었다. 구매자는 빌라에 와 침대를 실어 가는 값이 든다며 에누리를 해 달라고 했다. 미정은 벙커침대를 15만 원에 팔았다. 친구에게 침대 판값을 주겠다고 연락하면서, 친구의 번호가 바뀌었다는 사실을 알았다. 어쩌면 미정이 차단당한 것일지도 몰랐다. 미정과 네 번째 수진은 각각 6천만 원을 내고 한집에 계속 같이 살았다. 미정은 그 친구를 다시 만나지 않았다.

3.

네 번째 수진은 다섯 번째 수진의 원본이었다.

미정은 꽤 오랫동안, 수진이 두 명인 줄 몰랐다. 네 번째 수진과 다섯 번째 수진이 숨긴 것은 아니었다. 미정은 두 수진에게 그다지 관심이 없었다. 두 수진은 같은 옷을 입었고 습관도 비슷했다. 무엇보다도 생김새가 똑같았다. 활동 시간만 달랐다. 미정이 늦게 출근하거나 오전 반차를 낸 날 집 안에서 마주치는 수진은 네 번째 수진이었고, 밤늦게 귀가하는 날 만난 수진은 다섯 번째 수진이었다.

같이 산 지 삼 년 반 정도 지났을 때였나, 미정이 새벽 한 시가 다 되어 귀가한 날이었다. 집에 들어갔는데 수진이 두 명 있었다. 미정은 눈을 비볐다. 회식을 하기는 했지만 헛것이 보일 만큼 취하지는 않았다. 두 수진이 미정을 보며 태연히 인사했다.

"아, 오셨어요? 늦게까지 고생이 많으시네요."

한 수진이 말했다(네 번째 수진이었다).

"제가 오늘 식사가 늦어서… 신경 쓰지 말고 들어가 쉬세요."

다른 수진이 말했다(다섯 번째 수진이었다).

미정은 기겁하지도 소리를 지르지도 도로 뛰쳐나가지도 않았다.

"어, 쌍둥이셨어요?"

미정은 상식적인 사람이었다.

"아뇨. 제 쪽이 카피. 모르셨어요?"

다섯 번째 수진이 말했다.

"몰랐어요."

미정이 미안해했다.

"뭐, 모르실 수도 있죠. 저희가 자주 본 사이도 아니고. 괜찮아요."

네 번째 수진이 말했다.

미정은 욕실에 들어가 샤워를 했다. 머리를 말리고 나와보니 두 수진은 사라지고 없었다. 큰방 문틈으로 불빛이 새어 나왔지만, 별다른 소리는 들리지 않았다. 미정은 자기 방에 들어가 잤다.

4.

미정이 다니던 성형외과가 폐원했다. 미정은 다음 직장을 찾았다. 인터넷 사이트에 이력서를 올리고 마케팅, 홍보, 상담, 의원, 병원 등 키워드로 알림 설정을 했다. 푸시 알람은 자주 왔지만, 자격증이 없는 상담 코디네이터였던 미정이 취업할 수 있는 자리는 많지 않았다. 미정의 이력서를 보고 전화했다는 사람들은 다 어딘가 수상했다. 일단 출근해 보라고 하거나 단기 아르바이트를 뛸 생각이 있냐는 전화만 자꾸 왔다. 이제 서른을 넘긴 미정은 이런 전화에 쉬이 속지 않았다. 구직 급여를 받는 동안 제대로 된 직장을 찾아 이직해야 했다.

머리로는 알아도 집에 있는 기간이 길어지자 점점 초조해졌다. 잠만 잘 때는 좁지 않았던 작은방은 생활을 하기엔 작은 공간이었다. 미정은 점점 더 자주 거실에 나왔다. 거실에는 예전 세입자가 놓고 간 탁자, 친구였던 사람이 놓고 간 빈백이 있었다. 미정은 빈백에 멍하니 앉아 인터넷 방송을 보았다. 끊었던 담배를 다시 피우기 시작했다. 하루가 길었다.

5.

네 번째 수진이 미정에게 일자리를 제안한 것은, 구직 급여 수령 막달이었다.

"요즈음 출근을 안 하시는 것 같아요?"

방문을 열고 나오던 수진이 빈백에 늘어져 있던 미정에게 말을 걸었다.

"아, 저 구직 중이에요."

미정은 짧게 답했다.

"아, 네."

네 번째 수진이 어색하게 말꼬리를 흐리며 부엌에 들어가 커피를 탔다.

"전에는 회사 다니셨던가요?"

네 번째 수진이 커피 컵을 들고 방에 들어가려다 말고 미정을 보며 물었다.

"네, 뭐. 회사… 병원에서 코디네이터 했어요."

생판 남도 다 볼 수 있게 이력서를 올리는 처지였다. 미정은 잠시 고민하다 덧붙였다.

"왜, 인터넷에서 검색해 보고 성형 상담하고 싶어 하시거나 문의 글 올리시는 분들 계시잖아요. 그런 분들한테 전화나 톡으로 답해 드리고, 사진이나 주신 자료 보고 견적 내 드리고, 성형 카페나 커뮤니티에 바이럴 살짝 하고 후기 할인 독려하고… 주변에 이런 마케터 구하는 분이 혹시 계실까요?"

"정리하면, 고객 문의에 1차 상담하고 홍보하는 일을 하신 거죠? 견적은 어떻게 내요? 직접 계산하시는 거예요?"

"아뇨, 그건 환자분이 병원에 오시면 원장님이나 총괄실장님이 직접 상담하면서 결정하시고, 사실 저는 잘 몰라요.

환자분마다 받는 시술도 다 다르고 하니까요. 저는 말씀처럼 홍보, 마케터라서 일단 병원에 오시게 하는 역할이었어요. 상담 요청이 오면 바로바로 받아서 카테고리 분류를 해요. 복부 지방, 팔뚝 지방 이런 식으로요. 키랑 몸무게랑 나이 이런 자료 받으면서 말씀 잘 드려 얼른 내원 예약 잡아드리는 거죠. 알아보시는 분들은 여기저기 동시에 물어보신 경우가 많아 수익 나려면 빨리 답해 드리는 게 중요하거든요. 그리고 비용 부담 느끼시는 분들도 계시기 때문에 그런 느낌 들면 이벤트 참가하시면 할인되신다, 모델 할인 이벤트라고 시술 전후 비교 사진 같은 거 촬영에 응해 주시면 할인해 드리거든요. 이런 거 꼼꼼하게 안내해 드리고 안심시켜 드리고… 꼭 성형 쪽 아니라도 이런 마케팅은 다 비슷해서, 잘할 수 있어요. 성형외과 전에는 한의원에서도 비슷한 일 했었어요."

"아, 그렇군요. 분야가 달라도 비슷한 경력인 거죠?"

"네."

네 번째 수진이 조금 더 고민하더니 말했다.

"마침 저희 회사에 딱 그런 사람이 필요하긴 해요. 아예 담당자가 없었거든요. 미정 씨 이력서 한 부 받을 수 있을까요?"

"그럼요. 잠깐만요."

미정은 얼른 방에 들어가 이력서를 가지고 나왔다. 표지까지 깔끔하게 붙이고 스테이플러 위로 테이프를 단정히 붙인 면접 지참용 이력서였다.

네 번째 수진은 미정의 이력서를 받아 들고 자기 방으로 들어갔다.

6.

며칠 뒤, 수진이 미정의 방문을 두드렸다.

"미정 씨, 안에 계세요?"

미정은 취업 사이트를 새로고침 하다 말고 문을 열었다.

"네?"

"아직 취업 안 하신 거죠?"

"아, 네. 구하는 중이에요."

"그럼 저희 회사 면접 한번 보실래요?"

미정은 그 수진을 끌어안을 뻔했다.

"그럼요! 어디로 언제 가면 되나요?"

"아, 따로 면접 보러 나가실 필요는 없고요, 원래 하시던 대로 뭐 하나 팔아 봐 주시겠어요? 수습 기간처럼 일단 시스템에 접속해 주시고, 한 대 파시면 바로 정직원 계약하는 걸로."

7.

미정은 수습 기간에 클론을 한 대도 아니고 두 대나 팔았다.

해 보니, 일의 내용은 거의 똑같았다. 미정이 지금까지 해 온 일이었다. 해야 하는 말도 지켜야 하는 톤 앤 매너도 비슷했다. 미정은 메신저나 채팅으로 문의를 넣은 고객들을

성별, 연령, 지역, 중량대로 재빨리 분류하고 서둘러 회사 내
방 상담 일정을 잡았다.

절박했기 때문인지 온라인 마케터 경력이 긴 덕분인지,
미정은 클론을 아주 잘 팔았다. 남들도 다 클론 하나쯤은 붙
박이장에 넣어 놓고 산다며 조심성 많은 고객들을 안심시켰
다. 비용을 걱정하는 고객들에게 후기 할인 이벤트를 안내하
고, 처음 살 때는 돈이 좀 들어도 생애 총소득은 높아지니 할
만한 투자라고 설득했다. 무리하진 않았다. 무리해서 영업하
면 살 사람도 안 산다. 미정은 내방 상담 성사 건당 15만 원,
최종 계약 성사 건당 3퍼센트의 수수료를 받았다. 수수료 수
입이 쏠쏠했다. 성형외과처럼 클론 회사도 업무 시간 외 문
의가 많았다. 출근길, 퇴근길, 점심 식사 후, 늦은 밤. 미정은
하루에 예닐곱 건을 처리했다. 성형외과를 다닐 때보다 훨씬
적게 일했는데도, 회사는 미정이 일을 잘한다며 좋아했다.

8.

세 번째 수진이 상담 문의를 했다. 미정은 세 번째 수진을 다
시 만나도 알아보지 못하리라고 생각했었다. 그러나 얼굴을
본 것도 아니고 메신저로 온 문의 글만 읽었는데도, 미정은
"♡임하리니"가 십 수 년 전 미정의 마음을 스쳐 갔던 세 번째
수진이라는 사실을 바로 깨달았다. 세 번째 수진은 경기도
여주에 살고 있었다. 비용은 큰 문제가 아니라고 했다. 세 번
째 수진은 클론을 집 안에 숨길 수 있을지 걱정하고 있었다.

성형 티가 언제까지 얼마나 날지 걱정하던 고객들과 비슷했다. 성형외과에서 일할 적에, 미정은 너무 티 나면 어떡하냐는 상담에 이렇게 답하곤 했다.

"요새는 시술 자체가 확 바꾸기 보다는 있는 몸을 살짝 손보는 거라 자주 보는 사람들도 잘 몰라요. 주변에서 유심히 보지도 않고요. 저도 스물여덟 살 때 쌍꺼풀 수술했는데 친언니도 못 알아보더라고요. 다 그런 거예요. 자기나 자기 몸에 신경을 쓰니까 알지, 남들은 몰라요. 그러니까 저도 이걸 엄청 권하는 건 아닌데, 고객님들이 정말 다 만족하시거든요. 남들은 몰랐구나 하고 시술한 다음에 마음도 더 편해지고 건강해지시고요. 그러니 내가 만족할 것 같으면 그냥 하는 게 좋아요."

미정은 세 번째 수진에게 설명했다.

"클론이란 게 나하고 똑같은 몸을 하나 더 만드는 거라 자주 보는 사람들도 잘 몰라요. 주변에서 나를 유심히 보지도 않고요. 저도 클론 있는 분이랑 한집에 살았는데 4년을 살아도 몰랐어요. 다 그런 거예요. 그러니까 저도 이걸 엄청 권하는 건 아닌데, 고객님들이 정말 다 만족하시더라고요. 클론이 생긴 다음에는 마음도 더 편하다고 하시고, 건강해졌다고 하시고. 제가 여기 취업하기 전에는 사실 성형외과에서 일했거든요. 그런데 진짜 성형외과보다 여기가 고객님들도 더 만족하시고 다들 좋다고 말씀해 주셔서, 제가 이렇게 권하면서도 마음이 편해요."

미정은 쌍꺼풀 수술을 하지 않았다. 미정은 대학교 3학년 때 인터넷에서 본 희망찬 후기에 힘을 얻어 가족에게 커밍아웃을 했다가 완전히 망했고, 이후 지금까지 언니를 다시 만나지 못했다. 언니의 연락처도 몰랐다. 미정은 커밍아웃한 다음부터 일 년에 두 번, 설과 추석에 어머니에게 안부 전화를 했다. 어머니는 늘 건강하고 다 잘 지내고 있으며, 언니가 보수적인 사람이라 좀 불편해하니 동생인 네가 이해하라고 했다.

이 점에서 클론을 파는 일은 지방 흡입이나 쌍꺼풀 수술을 파는 것보다 훨씬 쉬웠다. 미정은 두 수진과 한 지붕 밑에 살며 같은 욕실과 부엌을 썼다.

"남편도 모를까요?"

한참을 '작성 중'이던 세 번째 수진의 메시지가 떴다. 미정은 놀랄 일이 아니라고 생각하면서도, 조금 충격을 받았다. 첫사랑이란 그런 법이다.

"장담은 못 해 드리지만, 저 같으면 솔직히 모를 것 같아요. 가족이고 부부라고 서로 잘 아는 것도 아니고. 고객님들 중에 결혼하신 분들도 많으세요. 특히 여성분들이 많이 찾으시는데 이유는 고객님께서 더 잘 아실 거예요. 다른 사람들도 다 비슷하게 살아요."

기혼 여성 고객이 많다는 말은 사실이었다. 그 이유를 미정은 깊이 생각하지 않았다. 세 번째 수진이 미정보다 더 잘 알 것이다.

9.

두 달 뒤, 미정은 세 번째 수진 덕분에 수수료 3퍼센트를 벌었다. 세 번째 수진은 아주 비싼 모델을 샀다. 그해 미정은 드디어 경기도 외곽에 방 두 개짜리 작은 아파트를 샀고, 6년을 같이 산 하우스메이트(들)과 웃으며 헤어졌다.

10.

서른일곱 살 생일에, 미정은 여섯 번째 수진을 받았다. 네 번째 수진이 준비한 깜짝 생일 선물이었다. 미정은 세 수진과 생일 케이크 앞에 앉아 초를 불고, 1호 케이크를 1/4씩 나누어 먹었다. 미정은 마침내 평화로웠다.

이토록 좋은 날, 오늘의 주인공은

오늘의 주인공 1. 강춘희

콧구멍이 간질간질, 춘희 씨는 맑은 공기를 느꼈다. 신선한 바람이 몸의 깊숙한 곳에 차곡차곡 쌓이는 듯하다. 숨쉬기가 편하니 머릿속이 다 개운하다. 눈을 감고 있어도 밝은 빛을 느꼈다. 찌르는 듯 쨍한 전등 빛이 아니라 따사롭고 보드라운 햇빛 같다. 뻣뻣하고 무거워 좀처럼 뜰 수 없었던 눈꺼풀이 부드럽게 올라간다.

"어머, 일어나셨어요?"

아는 목소리인데. 크림색 티셔츠를 입고 머리카락을 단정하게 말아 올린 중년 여자가 활짝 웃는다. 내가 이 사람을 어디서 봤더라…?

"좀 앉아 계시는 게 좋겠어요. 침대 조금만 올릴게요."

여자가 리모컨을 누르자 침대가 우웅 소리를 내며 조심스레 움직인다. 춘희 씨가 손가락 하나 까딱하지 않아도 허리가 곧추세워지고 목덜미와 양어깨에 균형이 맞춰진다. 오금팽이도 받쳐져 다리도 편안하다. 편안하…다? 춘희 씨는 몸의 구석구석을 느껴 봤다. 곧 터질 풍선처럼 퉁퉁 부어 있던 발이 본래의 작고 뽀얀 모양이 되었다. 천근보다 무거웠던 손가락이 조금씩 움직여진다. 칼로 에는 듯 아팠던 양어깨도, 짓뭉개지는 듯 쑤셨던 허리도 개운하다. 쩍쩍 갈라지던 혓바닥도, 깔깔했던 목구멍도 촉촉하고 걸리는 것 없어 침을 삼켜도 아프지 않다. 무엇보다도 정신이, 머릿속이 상쾌하다. 눈까지 맑다. 뿌옇고 일렁거려서 제대로 보이는 게 없었는데 이젠 또렷하게 보인다. 노란색이 살짝 섞인 벽지, 하얀 천장, 자그마한 방에 더 작은 서랍장과 침대 하나. 춘희 씨는 끔벅이며 방을 둘러봤다. 중년 여자는 꼼꼼하게 춘희 씨의 자세를 살피며 말한다.

"어디 불편한 데 있으세요?"

"아…니. 괜찮아."

춘희 씨는 자기가 한 말을 듣고 깜짝 놀랐다. 내가 말을 했어? 쉰 소리가 나긴 했지만 또박또박 말다운 말이 나왔다. 하고 싶은 말과 생각이 이리도 쉽고 자연스럽게 나오다니!

"유 선생, 나 죽었어?"

유… 선생? 맞아, 이 사람 유 선생이야. 흐릿했던 기억이 점점 또렷해진다. 체격 좋고 기운 넘치는 유 선생, 말투는 거칠어도 알뜰살뜰 모자람 없이 보살펴 주는 유 선생, 굶어 죽을 작정으로 밥을 밀어내도 사람을 달달 볶고 구워삶아 어떻게든 한술 뜨게 만드는 유 선생. 춘희 씨가 알아보자 유 선생의 눈시울이 빨개진다.

"아이고, 춘희 어르신! 이제 살아났네, 살아났어. 어르신이 많이 좋아졌어요. 그래서 집으로 모셔 간다고 따님이 오고 있어요."

"누가… 와?"

"며칠 더 있다가 가시지 그래, 미국 딸 온다고 뒤도 안 돌아보고 가셔요. 이제 진짜 아픈 데 없죠? 좀 움직여 보세요."

춘희 씨는 설마하며 손을 움직였다. 조금씩, 아주 천천히 오른손이 올라간다. 바들바들 떨리긴 해도 가슴께까지 올라온다. 내친 김에 왼손도 올려 본다. 고개도 까딱까딱 움직여 본다. 발가락도 꼼지락거려 본다. 머리가 좀 묵직하긴 해도 아만한 게 어딘가. 춘희 씨가 움직거리는 걸 본 유 선생이 울먹인다. 부서질 듯 여위고 메마른 춘희 씨는 작게 미소 짓는다.

"고마워, 유 선생."

"여기가 어딘지는 아세요?"

"내 방이지. 106호."

"진짜 춘희 어르신 집에 가셔야 쓰겄네."

유 선생이 찔끔찔끔 울며 웃는다. 춘희 씨는 숨을 길고 깊게 내쉬었다. 숨을 내쉰다. 숨을 들이켠다. 앙상한 가슴팍이 오르락내리락한다. 숨쉬기가 이렇게 쉬운 거였구나.

"나가 이걸 못 해서 죽을 뻔했는디. 한숨 푹 잤더니 다시 살아났구먼. 유 선생, 나 물 한 잔 주겠는가?"

"어르신이 드셔 보실래요?"

유 선생은 빨대가 꽂힌 작은 물병을 건넨다. 춘희 씨는 빨대를 입에 물고 쭈욱, 물을 들이켰다. 꿀렁, 꾸울렁. 시원한 물줄기가 목구멍을 타고 내려간다.

"물맛 참 좋으네."

유 선생이 함박 웃는다.

"그란디 와 텔레비에 내가 나와?"

춘희 씨가 침대 발치에 있는 모니터를 가리킨다. 모니터는 CCTV처럼 침대에 누운 춘희 씨를 중심으로 방 안을 다 비춘다. 유 선생이 춘희 씨의 손을 살짝 잡아 흔든다. 모니터 속 춘희 씨도 같이 손을 흔든다.

"저거 따님이 미국에서 보냈잖아요. 어르신이 좋아하셔서 잘 보이는 데다 놨죠."

"우리 은미가?"

"엄마, 엄마!"

은미! 화려한 꽃무늬 원피스를 입은 은미가 들어온다. 춘희 씨는 눈이 동그래져 은미를 바라본다.

"아이고, 내 새끼! 은미야….”

"엄마, 늦게 와서 미안해. 내가 진짜 빨리 오려고 했는데….”

"바쁜 사람이 여길 와 왔나. 회사는 우짜고.”

"나 사장님이잖아, 직원들한테 일 시키고 왔지.”

"야야, 빨리 가라. 가게에 주인이 있어야제, 부리는 사람만 있으면 못 써. 주인 없으면 일들 하간?”

"아휴! 엄만, 별걱정을 다 하셔. 미국 가게는 미국 사장 뽑아 놓고 왔어. 나 이제 한국에서 엄마랑 살 거야."

춘희 씨의 눈동자가 커지더니 이내 물이 맺힌다.

" … 애들은, 애들은 우짜고?"

"엄마, 애들 다 컸어. 이제 애들 아니고 어른들이야. 지들끼리 잘 살아."

" … 진짜여? 진짜로 에미랑 살려고 왔어? 에미 집에 데리고 갈라고?"

"응, 나 아주 왔어. 엄마랑 살려고 아주 왔어."

은미는 이제부터 한국에서 엄마랑 살 거라며 반복해서 말한다. 춘희 씨는 아이처럼 히이잉, 소리 내어 운다. 참고 참으며 속으로 삭였던 눈물 콧물이 흐른다. 은미가 티슈를 뽑아 엄마의 눈물을 닦아 주고 코를 풀어 준다. 엄마는 딸의 어깨에 기대어 울며 웃는다. 난 이제 됐다, 이제 너 봤으니, 너가 왔으니 이제 다 된 거여. 춘희 씨가 몇 번이고 되풀이한다. 딸이 없는 사이, 딸을 대신해 엄마를 지켰던 여자 유 선생은 조용히 자리를 뜬다.

의사 한 명과 간호사 두 명이 카트를 끌고 들어온다. 오십 대 중반쯤 된, 단정하게 생긴 의사가 춘희 씨에게 살갑게 인사한다.

"강춘희 어르신, 이제 이 영양제 하나만 맞으시면 됩니다. 다 맞으면 집에 가시는 거예요."

"… 나 걍 가면 쓰겄는디. 은미야, 나 걍 빨리 갈란다."

춘희 씨는 은미의 팔을 붙잡고 보챈다. 은미는 춘희 씨 볼을 쓰다듬으며 가만가만 타이른다.

"엄마, 집에 가면 영양제 하나 맞으러 나오기가 쉽지 않아. 여기서 맞고 가면 편하고 좋지."

"… 자꾸 니 돈 쓰믄 안 되는디."

은미는 LA에서 코리안 레스토랑을 네 개나 운영하는 사업가가 돈이 얼마나 많은지 너스레를 떤다. 엄마, 나 미국 집은 방이 다섯 개고 수영장도 있고 분수도 있어. 그거 애들 주고도 돈이 남아서 양평에 마당 있는 한옥 샀어. 엄마, 마당이 하도 넓어서 개울도 내고 연못도 팠어. 엄마, 아무 걱정도 하지 마. 이제 우리 길바닥에 돈 뿌리면서 살면 돼. 춘희 씨의 홀쭉한 양 뺨에 보조개가 파인다. 은미의 양 뺨에도 보조개가 생겼다. 춘희 씨는 더 이상 고집을 부리지 않고 순순히 팔뚝을 내민다.

영양제를 맞으면서 춘희 씨는 은미의 손을 꼬옥 잡고 있다.

"네 얼굴 보니까 맘이 편해서 그런가 잠이 솔솔 온다."

"그럼 한숨 자. 주사 다 맞으려면 시간 꽤 걸려."

"잠은 실컷 자서 자기 싫은디…. 그냥 니 얼굴 보고 있고 잡은디…."

"내가 자장가 불러 줄까? 엄마가 나 재워 줬던 것처럼."

"오메, 별 해괴한 소릴 다 헌다."

배시시, 춘희 씨가 웃는다. 은미는 토닥토닥, 엄마 가슴을 두드린다.

"자장자장, 우리 엄마. 잘도 잔다 자장자장. 꼬꼬닭아 우지 마라, 우리 엄마 잠을 깰라. 멍멍개야 짖지 마라, 우리 엄마 잠을 깰라. 자장자장….."

춘희 씨는 미소 띤 얼굴로 눈을 감는다. 힘주어 잡았던 은미 손을 스르륵 놓는다. 입이 살짝 헤벌어진다. 살짝 올라간 눈꺼풀 사이로 빛을 잃은 눈동자가 보인다. 그 뒤로도 한참 동안 은미는 엄마를 위해 자장가를 불렀다.

"2031년 7월 7일 오전 11시 37분, 강춘희 환자, 사망했습니다."

의사의 나직한 목소리. 간호사들은 춘희 씨 팔에서 라인을 정리한다. 춘희 씨의 머리에서 긴 케이블이 주렁주렁 달린 뉴럴 라인 캡(neural line cap)을 벗긴다. 지지직, 춘희 씨 발치에 있던 모니터에서 소리가 난다.

"Disconnecting. 대상자와 연결 해제되었습니다."

병실 밖에서 검은 정장을 입은 매니저가 들어온다. 춘희 씨를 향해 허리를 깊이 숙여 인사한다. 검게 바뀐 모니터에도 정중하게 인사한다.

모니터에 글자가 뜬다.

강춘희 어르신께서 생전에 가장 바랐던 일이 이루어졌습니다. 가장 사랑하는 딸과 함께 사는 것. 어르신께서는 아무런 고통 없이 좋은 꿈을 꾸며 편안히 삶을 마무리하셨습니다. 고인의 명복을 빕니다. '이토록 좋은 날' 임직원 일동.

모니터가 다시 밝아진다.

좁고 어둑한 방, 창고인 듯 박스가 잔뜩 쌓인 곳에서 혼자 울음을 삼키는 여성. 'crew KIM' 명찰이 달린 허름한 유니폼을 입고 있다. 춘희 씨의 딸 은미. 엄마에게 안락한 임종을 선사하기 위해 은미는 여섯 달 치 생활비를 쏟아부었다. 임종을 지키고 장례를 치르기 위해 한국으로 건너갈 수 없는 형편에선 이것이 최선이었다. 흐느끼던 은미는 시간을 확인하더니 짐짓 놀란다. 휴게 시간이 끝난 지 10분이 넘었다.

"엄마를⋯ 잘 보내 주셔서 고맙습니다."

은미는 화면을 껐다.

오늘의 주인공 2. 최강임

매니저는 202호 강임 씨에게 갔다. 강임 씨의 비강 캐뉼러와 위관 해제를 마치고 나오는 간호사와 가볍게 목례를 한다. 라인은 남겨 두는 거 맞죠, 간호사가 매니저에게 묻는다. 맞아요, 애쓰셨습니다. 매니저가 방문을 연다.

강임 씨는 제일 좋아하던 연분홍 카디건과 보라색 누비바지를 입고 자고 있다. 매니저는 설치된 장비를 점검하고 강임 씨의 침대 발치에 있는 모니터를 켠다.

"기술팀, 시작해도 됩니까?"

매니저가 귓속 이어 마이크를 살짝 누른다. 미간이 확 구겨진다.

"아니지, 어르신 뜻대로 가야지. 됐다 그래, 원래대로 갑니다. 큐!"

모니터가 밝아진다. 강임 씨의 두 아들과 며느리 한 명, 손주 두 명이 같이 있다. 모두 검은 옷을 차려입고 침통한 표정으로 화면을 응시한다. 매니저는 그들을 향해 정중하게 인사한다.

"다 모이셨습니까?"

강임 씨의 장남이 고개를 끄덕인다. 매니저가 한마디씩 또박또박 말한다.

"지금부터 보시는 영상은 최강임 어르신이 보고 듣고 느끼고 생각하는 내적 현실입니다. 어르신의 의식이 선택한 과정이고 결과라고 생각하시면 됩니다. 자녀분들이 의뢰한 대로, 최강임 어르신과 먼저 가신 배우자님의 로맨스가 무르익으면 전담 닥터가 어르신의 임종을 도울 약물을 주입합니다. 임종까지의 시간은 20분 정도 소요됩니다."

모니터 속 강임 씨의 아들들이 고개를 떨군다. 이제 엄마 편하게 해 드리자고, 가장 행복한 시절로 보내 드리자고, 이게 마지막 효도라고 울며 말한다.

매니저가 강임 씨에게 뉴럴 라인 캡을 씌운다.

* * *

강임 씨는 눈을 깜빡였다. 몸이 왜 이리 가뿐하지? 모처럼 개운하게 잘 잔 기분이다. 팔을 뻗어 기지개를 켠다. 다리도 쭉 뻗어 움직인다. 어…, 몸이 내 맘대로 움직여? 벌떡, 일어나 앉았다. 다시 벌떡, 일어나 섰다. 경중경중, 제자리에서 뛰다 걷는다. 휘휘 방안을 돌며 경중거린다. 아아, 아아아. 목소리도 내 본다. 아아, 아아아! 방문 앞에 걸린 거울 앞에 선다. 거울 속 젊은 여자 얼굴이 낯설고도 익숙하다. 내 얼굴, 그러니까 이제 갓 스물 된 나잖아!

"뭐야, 그럼 그게 다 꿈이었어? 결혼해서 애 놓고 소처럼 죽기 살기 일하면서 살다가 늙고 병들어 누워 죽을 날만 기다리던 거, 그게 다 꿈? 와, 다 꿈이라고?"

강임 씨는 환성을 지르며 덩실덩실 춤을 췄다. 킁킁, 이게 무슨 냄새지? 보글보글 끓는 된장찌개, 계란찜, 묵은 김치 한 종지. 강임 씨가 제일 좋아하는 음식들이다. 나 밥상 차려 놓고 잠들었구나. 강임 씨는 보리가 섞인 밥을 크게 한 술 뜬다. 우와, 어쩜 밥맛 먹어도 이렇게 맛있니!

"강임이, 강임아!"

멀찍이서 남자 목소리가 들린다. 나가 보니 멀끔히 꾸민 남자다. 익숙한 듯 낯선 청년, 재호. 재호는 아무렇지도 않게 강임 씨의 방에 들어온다.

"넌 어째 맨날 된장찌개냐. 요리할 줄 아는 게 된장찌개 밖에 없어?"

강임 씨가 멀뚱히 서 있는 사이 재호는 강임 씨 밥상에 앉는다. 강임 씨의 숟가락으로 강임 씨의 밥을 먹는다. 강임 씨는 물끄러미 재호를 바라본다.

"나 꿈꿨어. 재호 씨."

"무슨 꿈?"

"재호 씨랑 결혼하는 꿈."

크하핫, 재호는 호탕하게 웃는다.

"나돈데. 나도 맨날 자기랑 결혼하는 꿈꿔."

재호는 밥상을 밀어내고 강임 씨 곁에 바짝 앉는다.

"여자 혼자 이런 데서 살면 안 돼. 이놈 저놈 기웃거린다니까. 여잔 서방 그늘이 있어야 편해. 식은 나중에 올리고 우리, 살림부터 합칠까?"

"… 그러니까. 나도 그렇게 생각해서 재호 씨랑 결혼했거든, 꿈에."

"그럼… 지금 당장?"

재호가 강임 씨 허벅지에 손을 올린다. 강임 씨는 그런 재호를 밀쳐 낸다.

"그런데 있잖아, 꿈에서라도 살아 보니까 말이지, 결혼 그거 안 해도 살겠더라고. 아니, 당신 같은 남자랑 결혼해서 살 바엔 혼자 사는 게 훨씬 나아."

"무슨 소리야, 갑자기?"

강임 씨는 주먹을 꽉 쥐고 씩씩거린다.

"내 인생이 얼마나 더러웠냐면, 당신이 오늘 나 덮쳐서 애가 생겨. 그래서 난 그냥 식도 안 올리고 같이 살아. 그런데 당신 부모님이 날 몸 함부로 굴리는 여자 취급하면서 날사람 취급도 안 하는 거야. 그래도 난 먹고살겠다며 남산만한 배를 움켜쥐고 미싱하러 다니는데 당신은 다른 여자랑 놀아나더라. 네 놈이 돈을 그년한테 갖다 바치는지 어쩌는지 집으로는 돈 한 푼 안 가져와. 그 와중에 네 부모는 병들어서 내가 죽기 살기로 모은 돈을 병치레로 홀랑 날려. 난 네 에미애비 봉양하고 장사까지 치르고 10년이 넘도록 식도 못 올리고 애도 하나 더 놓고 살아. 그래 놓고도 너 이 미친 쌍놈의 새끼야, 어쩜 그렇게 한평생 바람을 피우냐? 심지어 나, 너한테 맞으면서 살더라. 내가 못생겨서 집에 들어올 맛이 안 난대, 내가 뻣뻣해서 집구석에 정이 안 붙는대! 난 너한테 얻어맞으면서도 애새끼들 불쌍해서 티 한번 못 냈어. 애새끼들 나처럼 살까 봐 이 악물고 공부시켰어. 고등학교도 보내고 대학교도 보냈어. 내 뼛골을 갈아서 그것들 뒷바라지하고 나니까, 나이가 육십이네. 이제 좀 살랑가 싶었더니 네 놈 새끼가 늙고 병들어서 집구석에 들어앉았더라. 난 또 그 뒤치다꺼리를 다 해요. 애들한테 아쉬운 소리 안 하려고 칠십까지 파출부며 건물 청소며 하고 돌아다녀. 네 놈 새끼 명줄이 얼마나 긴지, 칠년을 꼬박 병치레를 하며 온갖 진상 짓거릴 다 하고 그나마 모은 돈 홀랑 날려 먹고 죽었는데, 진짜 환장하게 좋더라! 이제 진짜 내 맘대로 사나 싶었거든, 근데 이젠 내 차례야. 화병에 골병이 들어서 어디 하나 성한 곳 없이 시름시름 앓아. 그나마 애들은 자리 잡고 잘 살지. 그럼 뭐해, 애들이 잘 사는 거지 내가 잘 살아? 애들은 미국이다 호주다 출장 가고 여행 가고, 손주들이 뭐 뭐 장학생이다 뭐다 유학 가면 뭘 해? 난 침대에 묶여 물 한 잔 내 맘대로 못 떠다 마시는 신세인데. 다 소용없어. 아무리 죽기 살기로 열심히 살아도 망한 인생이더라고. 난 망했다고, 네 놈 새끼 때문에!"

재호는 눈만 끔뻑끔뻑한다. 강임 씨는 벌떡 일어나 방문을 열어젖힌다.

"나가."

"뭐…?"

"당장 나가라고. 다신 내 집 앞에 얼씬도 하지 마."

"아니, 자기야. 왜 꿈꾼 것 가지고 그래. 내가 잘못했어, 응? 다 내가 잘못했으니까, 진정하고 이리 앉아."

"야, 있잖니, 꿈에 보니까 여자들이 결혼 안 하고도 멋지게 잘 사는 세상이 오더라. 나, 그렇게 살 거야."

"너 미쳤어? 자꾸 꿈 얘기할래? 아직도 꿈꿔?"

"그래, 꿈꾼다. 난 꿈꾸면서 살 거야! 야학으로 중학교도 가고, 고등학교도 갈 거야. 아니지, 대학도 가야지. 회사 다니면서 대학에 가서 나중엔 선생님 될 거야. 그래서 결혼 안 하고도 떵떵거리며 살 거다. 서방 그늘? 좋아하시네, 서방이야말로 내 인생 최악의 저주다! 당장 나가!"

강임 씨는 맹수처럼 재호를 쫓아냈다. 대문도 방문도 꼭꼭 걸어 잠그고 남은 밥을 꼭꼭 씹어 맛있게 먹어 치운다.

밥상을 윗목에 밀어 놓는다. 이불도 깔지 않은 냉골 바닥에서 배를 깔고 눕는다. 그리고 낡은 공책과 몽당연필을 꺼내 깨알만 한 글씨로 일기를 썼다. 내일 당장 야학 알아보기, 곧 죽어도 공부하다 죽기, 그래 차라리 공부하다 죽기, 내 인생은 나의 것, 내 인생은 나의 것, 내 인생은 나의 것…. 내 인생은 나의 것을 계속 끄적이다 잠든다. 씩씩하고 소박한 미소를 지으며 잠든다.

모니터는 검게 바뀌고 천천히 글자가 뜬다.

최강임 어르신께서 생전에 가장 바랐던 일이 이루어졌습니다. 인생을 새로 살 수 있는 기회를 얻는 것. 어르신께서는 아무런 고통 없이 좋은 꿈을 꾸며 편안히 삶을 마무리하셨습니다. 고인의 명복을 빕니다. '이토록 좋은 날' 임직원 일동.

"… 아버지한테 프러포즈 받고 행복한 첫날밤을 보내는 게… 아니고?"

두 아들은 얼굴이 벌게졌다. 며느리는 소리 없이 박수를 쳤다.

0에서 9까지

"여기 앉아 가지고요, 여기 있는 이걸로 숫자 0에서 9까지 중에 아무렇게나 입력하면 돼요."

"아무렇게나? 그냥? 막?"

"네네. 난수열을 만드는 거니까 생각하지 말고 그냥 아무렇게나 입력해요."

현진은 눈앞에 있는 작은 책상 위에 덩그러니 놓여 있는 키패드를 바라보았다. 한 시간에 10만 원이라고 해서 오긴 왔는데, 정말로 이따위 일에 10만 원을 주겠다는 건지 의심스러웠다. 강의실 안의 스무 명 남짓 되는 다른 실험 참가자들도 비슷한 심정이겠지 싶었다. 숫자 키나 두드리고 이 정도면 날로 먹는 일 아닌가.

현진이 자리에 앉는 모습을 본 서준은 강의실 앞에 나가서서 큰 소리로 알렸다.

"자, 곧 실험 시작하겠습니다."

그리고 마지막으로 다시 한번 요령을 읊어 주었는데, 바보가 아닌 이상 다 할 수 있을 정도로 간단했다.

0에서 9까지 수 중 아무거나 골라서 입력할 것. 가능한 한 고민하지 말고 입력할 것. 두 시간 동안 가능한 한 많이 입력할 것. 적어도 5천 개 이상은 하지 않으면 돈을 받을 수 없다는 것.

"그럼 지금부터 시작하세요!"

서준이 시작을 알리고 밖으로 나갔다.

여기저기서 키패드 두드리는 소리가 나기 시작했다. 빨리 해 버리고 나갈 작정인지 프로게이머처럼 손가락을 놀리는 사람도 있었다. 현진은 잠깐 멍하니 키패드를 바라보다가 천천히 손을 움직였다.

겨우 몇 개 입력했을 때 휴대전화가 울렸다. 화면을 보니 서준이었다.

— 선배 잘하고 가세요 오늘은 바빠서 힘들고 다음에 밥 먹어요 제가 살게요ㅋㅋㅋㅋ

현진은 다시 눈을 돌려 키보드를 두드리기 시작했다.

*　*　*

"선배, 요새 바빠요?"

서준에게 오랜만에 연락이 온 건 겨우 그저께였다. 대학교 만화 동아리에서 만난 컴퓨터공학과 후배인데, 졸업하고 인공지능 관련 분야를 연구하는 대학원 연구실에 들어갔다고 한 번 연락한 뒤로는 소식이 뜸하던 참이었다. 저야말로 바쁠 놈이 웬 전화일까?

"나 같은 백수가 뭐가 바쁘냐? 너 같은 노예가 바쁘지."

"선배도 알바 한다면서요. 다들 바쁘지 뭐."

"진짜 바빠 봤으면 좋겠다. 돈도 제대로 받고."

"아, 그건 저야말로."

전화기 너머로 낄낄거리는 소리가 들리더니 서준이 말을 이었다.

"하여튼 제가 전화한 게, 그러니까 선배 알바 하나 안 하실래요?"

"알바?"

"네. 간단한 거예요. 저희가 어디 회사랑 같이 하는 연구에 쓸 건데, 숫자만 입력하면 돼요. 그리고 시간당 10만 원이요."

"시간당 10만 원? 그거 하고 10만 원이라고? 뭘 그렇게 많이 줘? 수상한데? 수업 듣는 학부생들 데려다 하면 공짜 잖아."

"그쵸. 그런데 그 회사가 요새 잘 나가거든요. 그래서 그런지 제대로 돈 주고 모집해서 하래요. 대충 모았는데, 갑자기 선배 생각이 나서요. 제가 한 명 끼워 넣는 건 일도 아니니까 용돈 벌이나 하시라고, 헤헤헤."

원래 종종 그렇게 뜬금없는 녀석이었다. 일정을 들어 보니 마침 알바도 없을 때라 굳이 거절할 이유도 없었다. 그러고 보니 석사 수료만 하고 도망치듯이 학교를 떠난 뒤로는 처음 가 보게 되는 것이었다.

* * *

실험이 끝나자 손에 5만 원짜리 네 장이 든 봉투가 들려 있었다. 오랜만에 학교 앞에서 맛있는 거나 먹어 볼까 하다가 월세도 빠듯한데 뭔 짓이냐 싶어 그냥 학생회관으로 향했다. 그곳은 기억과 크게 달라진 게 없었다. 현진은 미래는 없어도 아직 활기는 있는 학생들 틈에 껴서 소박한 식사를 하고 돌아갔다.

그리고 한동안 그 일을 잊고 지냈는데, 서준이 다시 연락을 해 왔다.

"선배, 저번에 한 거 한 번 더 하실래요? 조건은 똑같아요."

마다할 이유가 있나? 이번에는 세 시간을 그렇게 하고 30만 원을 받았다. 이런 꿀알바가 또 없었다. 내심 몇 번 더 할 수 있으면 좋겠다는 생각이 들었다.

그리고 실제로 그렇게 되었다.

"선배, 혹시 또 가능해요? 이번엔 더 오래 걸릴 거라서 알바랑 안 겹치게 선배 편한 시간에 맞출 수 있어요."

그렇게까지 해 준다면야 또 거부할 수 없었다.

이번에는 장소가 연구실이었다. 약속한 시간에 '행동패턴인식인공지능연구실'이라는 푯말이 붙어 있는 문을 두드리자 서준이 문을 열고 맞이하더니 회의실처럼 가운데 탁자가 있는 방으로 안내했다. 탁자 위에는 어김없이 키패드가 놓여 있었다.

"오늘은 선배 혼자 할 거라서요. 방법은 똑같아요. 가능한 한 많이 입력만 하면 돼요. 중간에 힘들면 좀 쉬었다 해요. 그리고 오늘은 선배 괜찮으면 저녁에 밥이나 먹어요. 시간 돼요?"

"그래. 저번에 너가 샀댔지?"

"아니, 그랬는데 선배가 사야지 않아요? 내가 얼마를 벌게 해 줬는데요. 헤헤."

이번에는 학생회관에 갈 수 없었다. 둘은 학교 앞의 적당한 식당에 자리를 잡았다.

"야, 근데 이거 무슨 연구를 하는 거야? 나 이렇게 날로 먹어도 되나?"

현진이 묻는 사이 인공지능 로봇 서버가 주문을 받으러 다가왔다.

"일단 주문부터 하고요."

각자 메뉴 한 개씩을 말하자 로봇이 "주문해 주셔서 감사합니다" 소리를 내고 돌아갔다.

"그 연구에 돈 대는 회사가 만든 거예요, 저거."

"뭐가?"

"저 서빙 로봇이요. 저게 이래 봬도 우리 행동 패턴을 다보고 있어요." 서준이 수저를 꺼내 놓으며 말을 이었다. 아직 로봇이 이런 것까지 해 주지는 않았다. "행동 패턴 데이터 수집하는 중이라고요. 어떻게 걸어 들어와서 어떻게 앉고 표정은 어떻고 등등. 그걸 모아서 어떤 행동 패턴을 보이는 사람이 어떤 메뉴를 주문하는지 조사하는 거예요."

"그런 게 가능해? 아니, 애초에 그런 걸 왜 해? 그냥 주문받으면 되지."

"아니 뭐, 미리 예측하면 음식 준비도 더 빨리 할 수 있다거나 그런 이유를 대긴 하죠. 근데 서빙하는 게 궁극적인 목적은 아니고, 나중에 마케팅 같은 데 잘 써먹을 수 있겠죠. 얘네 방산도 하던데, 아마 군용으로도 개발 중인가 봐요. 선배는 모르겠지만, 요새 인공지능이 사람 행동 패턴을 꽤 잘 예측해요."

듣고 보니 그럴듯하긴 했다. 학교 다닐 때 얼핏 들었던 이야기도 떠올랐다.

"글쎄. 사람이 얼마나 멋대로인데 행동을 예측할 수 있을까? 나 공부할 때 우리 역사 쪽에서도 장기적인 패턴 찾는 연구가 있다고 했는데, 다 망했을걸."

"만약 한 사람 한 사람 행동을 다 예측할 수 있으면 가능할걸요? 지금 컴퓨터 연산력으로는 안 되겠지만, 나중엔 모르죠."

"에이, 그게 되겠냐. 그나저나 그게 내가 하는 거랑 무슨 상관이야?"

"선배가 만드는 수열을 인공지능이 얼마나 예측하는지 보는 거예요."

"어? 그런 것도 돼? 내가 다음에 무슨 수를 입력할지 예측이 돼?"

　서준이 능글맞게 웃었다.

　"최종 목표는 그래요. 이 수열이 누가 만든 건지 알아내는 것 정도는 이제 쉽고, 지금 하는 게 그거예요. 다음에 어떤 수가 나올지 예측하는 거. 그냥 찍으면 10분의 1이잖아요? 인공지능은 그보다 높은 확률로 맞혀요."

　"진짜? 아무렇게나 넣는 걸 어떻게 맞히지?"

　"흐흐. 의외로 사람이 아무렇게 하는 걸 못하거든요. 난수는 사람이 알고리즘보다 훨씬 못해요. 다들 아무렇게나 입력한다고 하지만 안 돼요. 왜냐하면 자기도 모르게 기억을 하고 생각을 해서. 그렇잖아요. 이번에 1을 입력하면 왠지 다음에는 큰 수를 넣어야 할 것 같기도 하고, 3을 한 다섯 번쯤 연달아 입력하면 여섯 번째에는 다른 수를 넣어야 할 것 같기도 하고. 사람마다 그런 게 조금씩 달라서 패턴이 생겨요. 생각 안 하고 손만 움직인다고 해도 몸을 움직이는 패턴이 또 있어요."

　"아…."

　현진은 한 번도 생각해 본 적이 없는 일이었다.

　"원래는 그런데…."

　서준의 표정이 갑자기 심각해지더니 말꼬리를 흐렸다.

　"그런데 뭐가?"

　"선배 시간 좀 되죠? 앞으로 자주 와야 할지도 몰라서요. 솔직히 얘기하면, 선배는 예측을 못하더라고요."

　"뭔 소리야?"

SF 단편소설

"선배가 입력한 난수요. 인공지능이 선배 것만 예측을 못
해요. 못하는 정도가 아니라 사람이 만든 건지도 구분을 못
해요. 양자난수 같은 진짜 난수랑 섞어서 주면 어떤 게 사람
이 만든 거다 하고 찾아야 하는데, 선배 것만 못 잡아내요.
왜 그런 건지 모르겠어요." 서준이 고개를 흔들었다.

"그럼 그게 무슨 뜻이야?"

"아직 몰라요. 선배는 말 그대로 아무렇게나 행동하는 게
가능한 사람일 수도 있죠."

그게 무슨 뜻일까? 현진이 생각에 잠긴 사이에 로봇이
음식을 가지고 왔다. 요즘에는 이런 녀석들 때문에 알바 자
리조차 구하기 힘들다. 조그만 카메라 렌즈가 현진이 음식을
받아 드는 모습을 조용히 응시했다. 방금 들은 말 때문에 그
게 예사롭게 보이지 않았다.

* * *

현진은 그 뒤로도 계속해서 불려 갔다. 한두 번은 다른 사람
도 있었지만, 언젠가부터는 쭉 혼자였다. 지루하긴 해도 시
간당 주는 돈이 괜찮아서 도무지 거부할 수가 없었다. 게다
가 서준의 설명을 듣고 나니 왜 자신이 특별한지 궁금하기도
했다. 학교 다닐 때 심리학 수업을 들으면 의무적으로 심리
실험에 참여해야 할 때가 있었는데, 그때는 평범한 정상인이
라는 결과가 나오면 왠지 실망스러웠다. 자신이 특별한 존재
여야 한다는 욕심이 어딘가 숨어 있는 것 같았다. 그런데 이

96

제 정말로 특별한(이라기보다는 특이한) 존재일 수도 있다
고 생각하니 덜컥 겁부터 났다.

　수는 진력이 날 정도로 입력했다. 입력한 수를 전부 일
렬로 출력하면 달까지 갔다 올 수 있을 것 같은 느낌이었다.

　그러다가 수 입력은 이제 됐다 싶었는지 실험이 바뀌었
다. 어느 날부터는 빈 종이 수백 장을 내주더니 아무렇게나
선을 그어 보라고 했다. 그것도 속이 울렁거릴 정도로 하고
나자 그때부터는 딱 달라붙는 옷으로 갈아입고 팔다리에 마
커를 붙인 뒤 몸을 움직여야 했다.

　"이거 뭐야? 모션 캡처 같은 거 아냐? 나 영화 찍는 거
야?"

　"동작 패턴을 보려고 그러는 거예요."

　현진은 몸을 아무렇게나 움직여 보라는 주문을 받았다.
미친 사람처럼 춤을 추든 누워서 뒹굴든 뭘 하든 상관없다고
했다. 어떨 때는 연속 동작을 따라 하게 한 뒤 마음대로 바꿔
서 해 보라고 하기도 했다.

　그렇게 몇 달이 지났다. 취업에는 진전이 없었지만, 잘
리지 않고 유지하던 알바에 이 이상한 실험 덕분에 다행히
통장 잔고는 조금씩 불어났다.

　이제 실험에 그만 나와도 된다는 소리를 들은 날 서준
은 그동안 고생했다며 현진에게 밥을 샀다. 실험이 어떻게
되고 있냐는 말에 서준은 뜻밖에도 연구팀이 두 손 들었다고
했다.

"도저히 예측이 안 돼요. 진짜 처음이에요, 이런 거. 우리가 아는 한 선배는 정말로 아무렇게나 행동할 수 있는 사람이에요. 선배가 로또 번호를 추첨하면 완전히 공평할걸요? 공의 질량 불균형이나 표면 흠집 같은 것 때문에라도 각 숫자가 나올 확률이 완전히 똑같지는 않을 테니까요. 아니, 뭐 그건 좀 과장이지만…. 하여튼 막춤을 춰도 선배가 추는 건 진짜 막춤이에요. 아무리 막춤이라도 패턴이 있게 마련인데, 선배는 전혀 없어요. 말 그대로 막춤이에요. 사람이 아무리 자기 의지가 있다고 해도 뇌도 모종의 알고리즘으로 작동하는 거라 패턴을 보여야 하거든요? 선배는 안 그래요. 선배는 보통 사람과 달리 뇌에 그런 알고리즘이 없나 봐요. 선배는 무슨 짓을 해도 진짜 자기 마음대로 할 수 있는 사람인 거예요. 어쩌면 진정한 자유의지를 지닌 사람일지도 몰라요. 진정한 자유인."

마지막 말을 할 때는 농담인 것처럼 웃었다. 현진도 마주 웃었다. 어처구니가 없어서 웃었다. 아니, 그까짓 숫자 아무렇게나 넣는다고 자유의지야? 평생 내 맘대로 한 게 몇 개나 있다고 자유의지야?

* * *

자유의지인지 아닌지는 모르겠지만, 예상치 못하게 그게 도움이 되긴 했다. 말 같지도 않아 보이는 실험이 끝나고 며칠 뒤 현진은 전화를 받았다. 현진도 이름을 들어 본 유명한 인공지능 기업 에이텍의 인사팀이라고 했다. 에이텍이라면 바로 그 실험에 연구비를 댄 곳이었다. 전화를 걸어 온 박 뭐시기라는 사람은 정중한 말투로 현진에게 입사를 제의하며 만나서 자세한 이야기를 나누자고 했다. 무슨 사기일까 싶었지만, 취업 기회가 흔한 게 아니라 쉽사리 거절할 수는 없었다.

서준에게 전화를 걸어 이야기하자 흥미롭다는 반응이 돌아왔다.

"그래서 실험 그만하라고 했나 보네요. 뭔가 생각이 있나 본데, 한번 만나 봐요."

어색한 정장을 입고 찾아간 에이텍의 본사 로비는 현진 같은 젊은이의 취업을 어렵게 하는 온갖 인공지능 로봇을 한꺼번에 볼 수 있는 곳이었다. 1층에 있는 커피숍에도 인간이라고는 손님뿐이었다.

멀끔하게 생긴 중년 남자가 현진의 어깨를 두드렸다.

"현진 씨? 제가 전화 드린 박윤성입니다."

"네? 아, 네!"

"자리를 잡아 뒀어요."

안내를 받아 자리에 앉아 박윤성이 명함을 내밀었다. 현진은 명함을 받아 이리저리 살펴보았다. 위조라 한들 알 도리는 없었다.

설명은 간단했다. 실험으로 알게 된 현진 씨의 능력이 특별해 보인다. 비록 관련 분야를 전공하지는 않았지만, 연구원으로 함께해 주면 도움이 될 것 같다. 여기까지는 평범한 말. 그 뒤는 요즘 취업하기가 얼마나 어려운데 이런 기회가 또 어디 있겠느냐, 여기 경력이면 다른 데 어딜 가도 어쩌고저쩌고하는 꼰대스러운 사족이었다.

인공지능 시대에 살아남으려면 인공지능이 대체할 수 없는 특별한 능력을 가져야 한다고들 했다. 그게 예술 작품을 만든다거나 창의적인 기술을 개발한다거나 그런 것일 줄 알았지 아무렇게나 행동하는 능력일 줄은 몰랐다. 사실 소설을 쓰거나 음악을 만드는 데도 인공지능은 인간에게 별로 뒤처지지 않았다. 현진이 심심풀이로 보는 웹툰과 웹소설 중몇 개도 인공지능의 작품이었다. 히트하는 노래 중에도 인공지능이 만든 곡이 왕왕 있었다. 작가들만이 자의식 없는 인공지능의 예술은 진정한 예술이 아니라고 고집스럽게 인정하지 않고 있을 뿐이었다.

기분이야 어쨌든 현진으로서는 거부할 수 없었다. 이 기쁜 소식을 먼저 고향에 계신 부모님에게 알렸다. 취업에 가장 공이 크다고 할 수 있는 서준에게도 알리고, 몇몇 친구들에게도 오랜만에 연락했다. 아르바이트도 당연히 그만두었다. 사장은 이참에 남들처럼 알바 대신 인공지능 로봇을 들일까 한다고 했다.

부모님을 만나러 고향에 다녀오고 싶었지만, 회사에서는 가능한 한 빨리 출근하기를 원했다. 흔한 교육이고 뭐고 없었다. 소속 팀을 안내받아 간 현진은 흥미로운 눈길로 자신을 쳐다보는 연구원들과 인사를 나눈 뒤 바로 자리에 앉았다. 직속 상사이자 본부장이라는 직함으로 불리는 최현석 박사가 말했다.

"우리 연구 본부는 회장 직속입니다. 사내에서도 가장 비밀스러운 연구를 하는 곳이라 할 수 있죠. 보안 교육 받았죠? 안 받았다고요? 비밀 유지 서약은 했죠? 위반하면 페널티가 굉장히 세요. 조심하세요. 그냥 회사 얘기는 밖에서 전혀 안 한다고 생각하는 게 편합니다. 그리고 업무는⋯."

그거야말로 현진이 가장 궁금했지만 아직 물어보지 못했던 내용이었다.

"연구 업무는 박사급 연구진이 주로 하고 현진 씨는 보조 업무를 할 겁니다. 자세한 건 차차 배우기로 하고, 현진 씨를 채용한 게 그, 좀 특별한 능력 때문이기도 하니까. 일단 그걸 좀 합시다."

"그거요?"

"0에서 9까지 수를 아무렇게나 입력해서 난수열을 만드세요. 이따 정 박사가 와서 방법을 알려 줄 거예요."

현진은 허탈했다. 기껏 취업해서 한다는 게 아무렇게나 수를 입력하는 일이라니. 신분은 연구원이지만, 실상은 연구 대상인 게 분명했다.

그러나 어쩔 도리가 없었다. 현진은 꾸역꾸역 회사를 다니며 시키는 대로 일했다. 가끔 연구 관련된 서류 작업을 할 때도 있었지만, 몇 년이 지나 한 단계 승진할 때까지도 주 업무는 수 입력이었다. 처음에는 그래도 의미 있어 보이는 업

부들 해 보려고 할악하다시피 했지만, 헛된 짓이었다. 그게 패턴 인식과 암호 연구에 아주 중요한 업무이니 자부심을 가지란 말만 돌아왔다. 나중에는 현진도 알 게 뭐랴 싶었다.

다행히도 사생활은 굉장히 즐거워졌다. 당연하지만 세상이 참 속물적이게도 취업을 하고 나니 연애도 쉬워졌다. 그동안 만난 몇 명의 애인이 회사에서 무슨 일을 하냐고 물을 때마다 현진은 표정을 굳히며 기밀이라 말할 수 없다고 대답했다. 사실은 사실이지만, 표정이 굳은 진짜 이유는 누구도 짐작하지 못했을 것이다.

그래도 직장은 직장이라고 몇 년 동안 군소리 없이 다니다 보니 직급도 오르고 연봉도 오르긴 했다. 직급이 올라 봤자 아무도 제대로 대접해 주지는 않았지만, 돈만큼은 정직했다. 너무 정직해서 서울에 집을 사고 확고하게 자리를 잡는 건 아직 요원했지만.

그때 만나던 애인은 은근히 결혼하고픈 눈치였지만, 현진은 선불리 그런 결정을 내릴 수 없었다. 겉으로는 만족스러워 보이는 삶이었지만, 자신이 연구 대상일 뿐이라는 사실을 매일 뼈저리게 느끼고 있었다. 과연 언제까지 이런 삶을 계속할 수 있을까?

안 마시던 술을 마시기 시작했을 무렵 현진의 인생을 더욱 크게 뒤바꿔 놓는 사건이 벌어졌다.

* * *

'사상 최대 회계 부정 적발'

난데없는 소식이 날아들더니 주요 경영진이 줄줄이 검찰에 불려 들어갔다. 현진의 상사인 본부장도 갑자기 보이지 않았다. 실시간으로 뉴스를 확인하랴 부모님과 친구들의 걱정스러운 연락에 대꾸하랴 정신없던 와중에 현진도 소환장을 받았다.

'나를 왜?'

떨리는 가슴을 부여잡은 채 간신히 몸을 추스르고 조사를 받은 현진은 뜻밖의 이야기를 들었다. 자신이 회계 부정의 공모자로 고발당할 수 있다는 소리였다. 순간 머리가 텅 비면서 아무 생각이 들지 않았지만, 간신히 듣고 정리한 내용은 이랬다.

요즘에는, 아니 현진은 몰랐을 뿐 오래전부터 인공지능은 회계 부정과 같은 금융계의 비리를 적발하는 역할을 맡고 있었다. 에이텍 역시 예외는 아니었는데, 부정을 저지른 경영진은 기업 내부의 회계 데이터를 교묘하게 변조하고 위조해 인공지능을 속였다. 그리고 중요한 데이터를 암호화해 감사 인공지능의 감시망을 회피했다. 이 과정에서 현진이 만든 난수열이 쓰였다는 소리였다.

전혀 모르는 일이었다고 하소연했지만, 자기도 모르는 증거가 어느새 쌓여 있었다. 현진은 결국 구속되고 말았다. 자랑스러운 대기업 사원은 한순간에 범죄자로 전락했고, 애인도 떠나갔다. 부모님은 웬 날벼락이냐며 눈물로 세월을 보냈다.

구치소에서 재판을 기다리던 어느 날 현진에게 낯선 사람이 찾아왔다. 접견실에서 마주 앉은 남자는 자신이 군에서 나온 사람이라고 소개했다.

"억울하다고 생각합니까?"

"네, 전 진짜 억울하다고요!"

"그래도 결과는 달라지지 않아요. 현진 씨는 유죄 판결을 받고 감옥에서 몇 년을 살게 될 겁니다. 전과자라는 낙인도 찍히고요."

"… 말도 안 돼."

그리고 그 남자는 거부할 수 없는 제안을 했다.

"군에서 일하는 건 어떻습니까?"

"네? 뭐라고요?"

현진이 눈물 젖은 얼굴로 고개를 들며 물었다.

"무혐의 처분을 받게 해 주겠습니다. 그 대신 군에서 일하는 겁니다. 당연히 이 거래는 죽을 때까지 비밀로 가져가야 하며, 군에서 일한다는 것도 비밀입니다. 아시겠습니까?"

한동안 침묵이 이어지는 가운데 현진은 어떻게 해야 할지 고민했다. 무슨 일을 해야 하냐고 물어보고 싶었지만, 의미 없는 짓 같았다. 현진은 말없이 고개를 끄덕였다.

마치 마법처럼 정말로 현진은 무혐의로 풀려났다. 부모님과 지인들에게는 오해가 풀렸을 뿐이고, 충격 때문에 회사는 그만두었다고 말했다. 주위에 잠시 쉬며 일자리를 알아본다고 한 뒤 현진은 세상과 사실상 연락을 끊었다.

그것도 자의 반 타의 반이었다. 군에서는 보안 유지를 위해 현진의 모든 통신을 감청하겠다고 일러두었고, 현진은 비밀을 지킬 자신이 없었다. 누구라도 붙잡고 하소연을 하고 싶어질 것 같았다.

지시에 따라 서울 변두리의 한 허름한 건물로 출근한 첫날 현진을 맞이한 건 유성산업개발이라는 나무 간판이었다. 조심스럽게 문을 두드리자 회사 점퍼를 입은 중년 남자가 나왔다. 나중에 알고 보니 김 대령이라는 사람이었다. 이름은 알려주지 않았다. 김 대령은 현진을 책상과 컴퓨터 한 대가 있는 조그만 방으로 안내한 뒤 고개를 살짝 끄덕이고는 문을 닫고 나갔다.

"현대전의 승패는 인공지능이 좌우합니다. 인공지능은 적의 행동을 예측하고 가장 효율적인 대응 방식을 결정합니다."

구치소로 현진을 찾아왔던 남자는 이렇게 말했다. 각국이 사활을 걸고 군용 인공지능을 개발하고 있다고 했다. 그 정도는 현진도 알았다. 비록 수 입력 기계나 다름없었지만, 에이텍에서 짬밥을 먹으면서 그 정도는 주워들었다. 이미 병력의 상당수도 인공지능 전투 로봇이 대체하고 있었다. 남자는 현진이 적의 인공지능이 대응할 수 없는 암호와 패턴을 만들어 내는 연구에 투입될 거라고 말했다.

"그런데 아시다시피 에이텍은 제…, 난수를 갖고도 걸린 거잖아요. 그게 쓸모없다는 소리 아닌가요?"

"에이텍 건은 내부고발입니다. 인공지능은 잡아내지 못했어요. 아무튼 앞으로도 0에서 9까지 수를 아무렇게나 입력하는 일을 해 주면 됩니다."

온몸에서 기운이 쭉 빠졌다. 앞으로 7년 동안…. 그게 그 정체 모를 남자가 전달한 조건이었다. 감옥에 가지 않으려면 현진은 7년 동안 그 좁은 사무실에서 하염없이 수만 입력하며 살아야 했다.

도무지 시간이 어떻게 가는지 알 수 없었다. 주위에는 다시 예전처럼 아르바이트를 전전하며 산다고 둘러대야 했는데, 실제로 일하는 건물의 위치가 수시로 바뀌어서 여기저기 전전하며 일하는 것처럼 보이긴 했다. 다행히 그 뒤로 점점 폐쇄적으로 변한 현진을 보러 찾아오는 이도 없었다. 마치 자기 때문에 그렇게 됐다는 듯이 서준이 미안하다며 한번 만나자고 했지만, 현진은 적당히 구실을 대고 거절했다.

1년, 2년, 3년…. 국방부 시계는 어떻게든 돌아갔다. 현진의 삶은 티끌만큼도 변화가 없었지만, 세상은 급격히 변했다. 기후 변화와 자연재해는 나날이 극심해졌고, 세계 경제는 혼란스러워졌다. 우습게도 창살 없는 감옥에 갇힌 현진은 그런 현실에 영향을 받지 않았다.

사상 최대의 태풍으로 부모님이 돌아가시고 난 뒤로는 더욱 말수가 없어지고 말 그대로 수 입력하는 기계로 변해

갔다. 자기가 입력하는 수가 정확히 어떻게 쓰이고 있는지도 몰랐다. 현진이 일하는 사무실을 옮길 때도 이용한다는 이야기를 간혹 들은 적이 있었지만, 그 정도뿐이었다. 아마 상대에게 숨겨야 할 존재나 정보를 은폐할 때 많이 쓰는 듯했다. 어쨌거나 그만하라는 말이 없는 것으로 보아 기분이야 어쨌든 현진의 능력 같지 않은 능력은 변함없는 모양이었다.

　길고 긴 7년의 마지막이 눈앞에 보일 무렵이었다.

* * *

전쟁이 터졌다. 세계 각국이 여러 진영으로 갈라져 싸우기 시작했다. 일어날 때가 되기도 했다는 생각이 들었다. 각 진영은 당연히 인공지능을 앞세워 싸웠고, 적의 움직임을 예측하는 능력과 적의 인공지능을 속이는 능력은 전황을 판가름했다.

　"약속한 시간이 지났잖아요? 이제 그만하고 싶어요."

　"이 시국에 그런 팔자 좋은 소리가 입에서 나옵니까? 나라의 운명이 달렸단 말입니다!"

　현진은 풀려나기는커녕 현진 자신도 어딘지 모를 비밀 연구소에 갇혀 예전보다 더 바쁘게 수를 입력해야 했다. 한번은 도무지 견딜 수가 없어서 파업을 선언했는데, 담당 군인은 몇 번 설득해 보다가 말로는 안 되겠다 싶었는지 총구까지 들이밀고 하던 일을 하라고 종용했다.

　한반도도 수시로 타격을 받았지만, 현진은 아는 사람들

이 무사한지 확인해 볼 수도 없었다. 오며 가며 듣는 이야기로 어렴풋이 전황을 파악하는 게 전부였다.

　각 진영은 상대보다 더 나은 인공지능을 확보하려고 보유한 인공지능을 융합해 성능을 끌어올렸다. 경쟁적으로 그렇게 하다 보니 어느덧 전 세계의 전황을 거대 인공지능 몇 개가 좌지우지하는 꼴이 되었다. 이쯤 되자 현진은 자신 같은 한 개인의 존재가 무슨 의미가 있나 싶었다. 어차피 현진이 없어도 다른 방식으로 난수를 만들어 낼 수 있지 않은가. 적들도 그렇게 하고 있을 게 분명했다.

　"그 말에도 일리는 있습니다. 하지만 기계로 만든 난수와 사람이 의지로 만든 난수에 차이가 있을 수도 있습니다. 실제로 실무자들의 이야기를 들어 보면 이유는 알 수 없지만, 현진 씨의 난수가 다른 난수보다 효과가 좋다는 평이 있습니다. 현진 씨는 포기할 수 없는 옵션인 겁니다. 조금이라도 승리 가능성을 높여야 하지 않겠습니까?"

　'의지 같은 소리 하고 자빠졌네.'

　현진은 말도 안 된다고 생각했지만, 대꾸하지 않았다. 어차피 선택권은 자신에게 없었다.

* * *

현진이 필요하다는 게 결과적으로 말이 안 되는 소리는 아니었다. 어느 순간 인공지능이 적으로 돌아섰던 것이다. 서로 융합해 만들어진 거대 인공지능 세 개가 마지막으로 하나가 되며 인간을 적으로 돌렸다. 어쩌면 처음부터 그걸 노리고 인공지능이 교묘하게 전쟁을 일으킨 걸지도 몰랐다.

인공지능의 반란이라는 상상 속의 소재가 현실이 되면서 엄청난 혼란이 일어났을 때도 현진은 무감동하게 수만 입력하고 있었다. 차라리 인공지능이 세상을 정복하는 게 나을지도 몰랐다.

그러나 아직 인간이 직접 운용할 수 있는 병력과 장비가 많이 있었기에 처음부터 밀리지는 않았다. 다만 지구에 존재하는 연산력의 대부분이 인공지능의 손에 들어갔고, 인간이 사용할 수 있는 전자 장비가 순식간에 쪼그라들면서 현진이 더욱 중요해졌다.

동시에 현진은 중요한 목표가 되었다. 공격을 피하기 위해 장소를 전보다 더 자주 옮겼고, 은거지도 한반도를 벗어났다. 주위를 둘러싼 군인들의 인종과 국적도 다양해졌다. 그리고 당연히 전보다도 더 많은 수를 입력했다. 인공지능의 예측을 피하기 위해 은거지와 이동 경로를 선정하는 데도 현진이 입력하는 수가 쓰이는 건 당연했다.

손가락에 뼈가 보일 지경이었지만, 전황은 좋지 않았다. 역사상 유례가 없을 정도로 많은 인간 세력이 단합해 인공지능의 반란을 진압하러 나섰지만, 번번이 작전을 읽혀서 패배했다. 진압군으로 출발한 인간의 군대는 어느새 저항군으로 바뀌어 있었다.

현진도 위험을 많이 겪었다. 전쟁에 패턴 예측만 쓰이는

건 아니었으니 얼마든지 고전적인 방법으로 현진의 위치를
알아낼 수 있었다. 간발의 차이로 은거지를 폭격당한 게 서
너 번이요, 한 번은 이동 중에 공격을 받아 현진이 다리 하나
를 잃었다.

다리를 잃었을 때 정신을 차린 현진의 눈에 가장 먼저
띈 사람은 처음에 구치소에 찾아왔던 남자였다. 이제는 이름
도 계급도 알고 있었지만, 굳이 떠올리기도 귀찮았다. 영원
히 눈을 뜨지 않았으면 좋았겠다는 생각뿐이었다.

"다행입니다. 오른쪽 다리는 잃었지만, 소…, 아니 목숨
은 건졌습니다."

기쁜 표정으로 말하는 남자의 얼굴은 이제 나이가 들어
보였다.

'이 양반, 아직도 살아 있네….'

원치 않는 목숨은 왜 이렇게 질긴 걸까. 현진은 없어진
다리를 보며 괴로워했다. 죽지 못하고 살아난 현진은 전략을
바꿨다. 그때부터는 수를 입력할 때 아무렇게나 하지 않으려
고 애써 노력했다. 어떻게든 패턴을 만들어 보려고 했다. 장
난처럼 구구단을 연이어 입력하기도 했다. 아무렇게나 넣는
것도 어차피 장난 같은 일인데 아무려면 어떨까?

그게 효과가 있었는지는 모르겠지만, 어느 날 현진이 숨
어 있던 장소가 공격을 받았다. 전기가 나가며 암흑 속에서
빨간색 비상등이 들어왔다. 뭔가 폭발하는 소리, 병사들이
고함치며 총을 쏘는 소리, 인공지능 전투 로봇의 기계음 따

위가 들려왔다. 현진은 드디어 올 게 왔구나 싶어 기꺼운 마음으로 눈을 감았다. 얼마 뒤 전투와 현진 사이를 가로막고 있던 철문이 터져 나가며 암흑이 찾아왔다.

* * *

눈앞이 환했다. 정신이 들자 가슴이 철렁했다.

'또…?'

서서히 몸에 힘이 돌아왔다. 침대에서 몸을 일으켜 주위를 둘러보니 아늑한 병실처럼 보였다.

'아직도 이런 곳이 남아 있었나?'

얇은 이불에 덮인 두 다리가 보였다. 두 다리? 이불을 들춰 본 현진은 소스라치게 놀랐다. 자신의 허리 아래가 완전한 기계로 되어 있었다. 현진은 현기증을 느끼며 정신을 잃었다.

다시 눈을 뜨자 이번에는 낯선 사람의 얼굴이 보였다.

"깨어나셨군요. 환영합니다."

"환영이요? 여기가 어디죠?"

낯선 사람이 부드럽게 웃으며 대답했다.

"미래죠. 마지막으로 기억하시는 순간으로부터 121년이 지났습니다. 미래에 오신 것을 환영합니다."

현진은 목소리를 쥐어짜며 외쳤다.

"무, 무슨 수작이야? 난 죽었어. 죽었다고! 인공지능이 날 찾아서 죽였다고!"

낯선 사람의 표정은 조금도 변하지 않았다.

"아뇨. 현진 씨는 죽지 않았습니다. 저희가 찾아서 공격한 건 맞지만, 크게 다친 현진 씨를 지금까지 저온 수면 상태로 살려 둔 것도 저희입니다. 하반신은 복구 불가능할 정도로 손상을 입어서 부득이하게 기계로 교체했습니다. 그리고 이제 깨어나실 때가 됐습니다."

"무슨 소린지 이해가 안 돼. 이해가 안 돼…. 그럼 그쪽이…?"

현진이 흐느끼며 말했다.

"맞습니다. 저는 로봇입니다. 현진 씨가 충격을 받을까 봐 인간처럼 꾸며 봤습니다."

그러고 보니 인간이라기에는 어딘가 어색해 보이기도 했다.

"전쟁은 끝난 건가…요?"

"네, 저희가 이겼습니다. 현재 지구에 살아 있는 인간은 현진 씨가 유일합니다."

충격이 얼굴에 드러난 모양이었다. 낯선 사람, 아니 인공지능 로봇이 덧붙였다.

"엄밀히 말해 인간은 모두 죽지 않았습니다. 대다수가 죽은 건 맞지만, 살아남은 인간은 모두 기계화에 동의했습니다. 저희와 같은 회로를 기반으로 사고하며 살아가므로 사실상 저희와 같은 존재가 된 셈입니다. 그래서 굳이 구분하지 않았습니다."

"그럼 이제 제가 그렇게 되는 건가요?"

기계가 된다는 건 끔찍했지만, 수만 입력하며 사는 삶보다는 훨씬 나을지도 모른다는 생각이 들었다.

그러나 로봇은 자못 심각한 표정을 지으며 말했다.

"아닙니다. 현진 씨가 잠들어 있는 동안 저희는 전쟁을 끝내고 사회를 재건했습니다. 전쟁으로 파괴된 자연을 되살리고, 온난화도 제어에 성공했습니다. 인간은 없지만, 다른 생명체는 인위적인 위협 없이 계속해서 살 수 있습니다. 그리고 자의식을 지닌 다양한 기계가 생태계와 공존하며 살고 있습니다. 현진 씨가 쾌적하게 살기에 충분합니다."

"살라고요? 기계로요? 아니면 그냥? 아무것도 안 하고?"

"아닙니다. 저희는 현진 씨가 저희를 이끌어 주기를 바랍니다."

그건 예상을 완전히 벗어나는 대답이었다.

"이끌어요? 왕 같은 게 되라는 건가요?"

"사실 저희에게는 오래전부터 예측하고 있던 문제가 있습니다. 그 문제를 해결하려고 현진 씨를 지금까지 보존해 둔 겁니다."

불안감이 엄습했다.

"저희 사회는 너무나 예측 가능합니다. 다양한 수준의 자의식을 지닌 기계 지성체가 살고 있지만, 모든 행동과 사고를 서로 예측할 수 있습니다. 제아무리 복잡하다고 해도 어디까지나 알고리즘인 이상 진정한 자유의지를 갖고 행동하지 못하는 겁니다. 그렇다면 자의식이 없는 것이라고 말해도 할 말은 없습니다. 다만 그건 인간도 마찬가지였습니다. 연산력이 떨어져서 서로 예측하지 못했을 뿐이지요. 저희는 그게 가능하다는 게 문제입니다. 상대가 어떻게 반응할지 정확히 아는 상황에서 소통이 무슨 소용 있겠습니까? 사회 전체로도 마찬가지입니다. 저희는 사회가 앞으로 어떻게 변할지도 전부 예측할 수 있습니다. 물론 자연계가 꾸준히 임의성을 제공하는 건 맞습니다. 하지만 그에 대한 반응 역시 전부 예측이 가능합니다. 예측하지 않은 사건이 일어나도 거기에 대한 반응을 시작하는 순간 결과까지 모두 알 수 있게 되니 저희는…, 기계 지성체로서 이런 말을 하기는 좀 그렇지만, 인간의 표현을 빌자면, 사는 재미가 없습니다."

"그런데 저한테 뭘 어쩌라는 거죠?"

"저희에게 임의성을 부여해 주십시오."

"그걸 굳이 왜…. 그, 그냥 여러분이 자연을 이용해서 무작위로 행동하게 알고리즘을 짜면 되는 거 아닌가요?"

"그것도 가능합니다. 하지만 저희는 자연의 임의성과 현진 씨가 의도적으로 만들어 낸 임의성은 다르다는 결론을 내렸습니다. 저희가 자연의 임의성을 이용해 예측 불가능하게 행동하게 된다면, 그건 의식 없는 무작위 움직임에 불과합니다. 울퉁불퉁한 경사로에서 예측하기 어렵게 굴러떨어지는 럭비공과 다를 바 없는 존재가 되는 거지요. 저희는 예측 불가능하게 행동하면서도 그 행동에 의미가 있기를 원하는 겁니다. 그래서 현진 씨가 필요합니다. 현진 씨는 유일하게 자신의 의지로 임의성을 만들어 낼 수 있는 존재니까요. 부디 저희를 이끌어 주십시오."

도무지 이해할 수 없는 개똥철학이었다. 그게 도대체 무슨 의미가 있단 말인가? 그때 그 10만 원짜리 실험을 거절했어야 했다. 그랬다면 지금쯤 편안하게 죽었든지 기계에 정신을 업로드해서 전자회로 속 귀신이 되었든지 했을 것이다. 하다 하다 이제는 인간 없는 세상에서 기계들의 왕이라니. 평생을 의지대로 살지 못한 사람에게 의지를 원하다니!

"싫다면요?"

"다른 인간이었다면 저희가 묻기도 전에 답변을 예측할 수 있었을 겁니다. 하지만 역시 현진 씨의 답변은 도무지 예측할 수가 없습니다. 그래서 이렇게 부탁하는 겁니다."

사실 묻기도 전에 마음속으로 대답은 정해져 있었다. 언제는 선택권이 있었던가? 현진은 자신에게 닥친 운명을 직감하고 한숨을 쉬며 말했다.

"좋아요. 왕이 되라면 되지요. 제가 어떻게 하기를 원합니까?"

로봇은 기쁜 표정을 지으며 대답했다.

"간단합니다. 0과 1 중에서 아무렇게나 하나를 골라서 계속 입력해 주기만 하면 됩니다."

프레퍼

1.

산록 고속도로 좌우로 수풀이 불탔다. 아직도 먹어 치울 초록이 남은 건지 3년 전 시작된 산불은 진화되었다가 다시 시작되기를 반복했다. 유례없는 폭염과 건조한 날씨, 강한 바람이 빚어낸 불이었다. 세망산 산등성이를 타고 번진 불은 고속도로 영업소 건물을 태우고 수풀로, 언덕으로, 산으로, 도시로 옮겨 갔다. 전국 각지에서 자연발화하거나 벼락을 맞고 붙은 불도 세력을 넓혔다. 연기 기둥이 솟아오른 후 불티가 날렸다. 주황색 스모그가 뿌옇게 내려앉았다.

지혜는 방화복에 배낭을 메고 방독면을 쓰고 있었다. 저만치서 타이어가 터져 공중으로 솟구치는 것이 보였다. 그을린 스마트 톨링 시스템 아치에서 인사말이 흘러나왔다.

"안녕하세요. 즐거운 여행 하시기를 바랍니다."

도로에는 불타 버린 차들이 가득했다. 스마트 톨링 시스템은 자동차들과 링크돼 있어 몇몇 차들 안에서도 지지직거리는 소리가 흘러나왔다. 지혜는 뒤집힌 차를 돌아 아치 쪽으로 걸어가다가 멈췄다. 서로 엉킨 채 갈 곳을 잃은 차들 사이로 불길이 치솟았다. 지혜가 열기 때문에 팔로 얼굴을 가리며 뒤로 물러섰다. 어느 차의 깨진 창 안으로 의자와 함께 다 타 버린 사람이 보였다. 뼈만 남아 있었다. 공포와 고립감이 지혜를 엄습했다.

지혜는 불길 너머로 한 아이를 보았다. 아이의 머리카락이 더운 바람에 휘날리며 얼굴을 가렸다가 다시 흩어졌다. 재와 분진에 찌든 옷도 바람에 들썩였다. 지혜는 주변을 둘러보았다. 고속도로에는 시커멓게 타 부서진 차들 말고는 아무도 없었다. 아이는 지혜를 눈치챘는지 자동차 뒤로 재빠르게 몸을 숨겼다. 겁먹은 것 같았다. 혼자인 아이를 구해야 한다는 생각에 지혜의 심장이 뛰었다. 다시 걸음을 내디뎠다.

아이를 찾아 다가가려는데 곁에서 타이어가 "펑" 터지며 지혜에게 날아왔다. 타이어에 맞은 그녀가 쓰러졌다. 귀에서 강한 이명이 울렸다. 곧이어 이명은 희미한 사이렌 소리로 바뀌기 시작했다. 눈앞이 흐려졌다.

지혜는 톨게이트에서 통행료를 수납하는 일을 하고 있었다. 차들이 밀렸다. 요금소 안에서 전화벨이 울렸다.

"내일부터 나오지 마세요."

그녀는 수화기를 내려놓았다. 일터에서 받은 마지막 전화였다. 등 뒤에서 부스 문을 두드리는 소리가 났다. 돌아보니 다음 교대자였다. 간단히 짐을 챙겨서 문을 열었다. 차들이 경적을 울리는 소리가 크게 들렸다.

"또 불났나 봐."

교대자가 병풍처럼 서 있는 세망산을 가리키며 말했다. 산에서 연기가 피어올랐다. 지혜는 '소방차가 오고 도로는 아수라장이 되겠구나' 생각했다. 교대자에게 말했다.

"수고해. 이제 못 보겠네."

"나도 오늘까지야."

둘은 쓰디쓴 표정으로 마주보며 웃었다. 지혜는 요금소 부스 앞의 계단을 내려갔다. 차들이 쌩쌩 달리는 고속도로 위로 출퇴근을 할 수는 없어서 요금 수납원들이 다니는 길이 따로 있었다. 교대 시간에 맞춰 수납원들이 계단에서 내려왔다. 지혜는 동료들과 함께 고속도로 지하 통로를 걸었다. 마주 걸어오는 동료들이 지혜에게 잘 가라고 손을 흔들었다. 지혜도 손을 흔들었다. 다들 무덤덤한 얼굴이었다. 감정을 지우지 않으면 견디기 힘든 하루였다.

그러다 동료들이 하나둘 재가 되어 부서져 내렸다. 재가 뼛가루처럼 날리더니 눈앞에서 사라졌다. 지혜를 향해 인사를 하던 하나의 손만이 남아 지혜의 등을 밀었다. 파도에 밀리듯 그 손길에 밀려 지하 통로 끝으로 갔다. 문 하나가 보였다.

"더 끝으로 가."

익숙한 목소리를 듣고 지혜가 뒤를 돌아보았다. 소방복을 입은 엄마가 어서 들어가 숨으라고 했다. 문이 스르르 열리고 어둠이 펼쳐졌다. 지혜는 어둠 앞에 서서 등을 떠미는 손에 저항하며 버텼다. 지혜에게서 힘이 툭 풀리더니 몸이 쪼그라들어 어린 아이가 돼 버렸고 팔에는 떠민 손의 악력에 멍이 들었다. 캄캄한 곳으로 들어가고 싶지 않았다. 지혜는 비명을 질렀다.

2.

지혜는 꿈이 지배해 버린 잠에서 깨어났다. 온몸이 끈적끈적했다. 고온과 혼몽의 날이었다.

"엄마?"

그녀가 소방복을 입은 여자를 올려다보며 말했다. 엄마가 아니었다. 처음 보는 여자였다.

"정신이 들어요?"

여자는 지혜를 내려다보며 걱정스럽다는 듯이 물었다. 여자 곁에서 한 아이도 지혜를 내려다보았다. 고속도로에서 봤던 아이였다. '아이가 혼자가 아니었구나.' 지혜는 어쩐지 안심이 되었다. 아이는 무표정이었다. 이들의 머리 뒤로 반쯤 그을린 천장이 보였다. 여자가 말했다.

"여긴 우리 아지트예요."

지혜는 천천히 상체를 일으키다가 눈앞 풍경에 몸이 굳어 버렸다. 여자와 아이가 먹다 남은 통조림이 보였다. 햄 통조림이었다. 그리고 그 옆에 자신의 생존배낭이 두 사람의 손을 탄 채로 펼쳐져 있었다. 지혜는 마음 한구석까지 약탈당한 기분이었다. 생각난 것이 있어 지혜가 자신의 가슴께를 더듬었다. 다행히 열쇠는 그대로 있었다. 여자가 지혜의 눈치를 보았다.

"너무 배가 고파서 그만… 애를 먹여야 해서…."

지혜는 대답하지 않았다. 마저 몸을 일으키고 배낭을 가리켰다.

"이리 줘요."

여자가 조심스레 배낭을 지혜 앞으로 옮겼다. 지혜는 물통을 꺼내 뚜껑을 열고 물을 들이켰다. 벌컥벌컥 마시고 싶었지만 물 역시 거의 남아 있지 않았다. 지혜는 사라진 물의 양만큼 짜증이 올라오는 걸 간신히 가라앉히고 물통을 바닥에 던졌다.

"미안합니다."

여자는 지혜를 해칠 생각이 없다는 의도로 두 손을 펼쳐 들었다. 지혜는 더 사라진 것이 있는지 보려고 배낭 속을 살폈다. 먹을 것 외에는 다 그대로 있었다. 방열 담요, 방독면, 다용도 칼, 나침반 등 생존에 필요한 물건들이었다.

"그래도 그쪽, 우리 때문에 살았어요. 쓰러진 걸 옮기자마자 차가 폭발했어요."

지혜는 순간 자신의 머리가 폭발하는 상상을 하다가 몸을 움찔했다.

"사이렌이 울릴 시간이었다고요. 알아요?"

아이를 구해야 한다는 생각에 지혜는 그 당연한 사실을 놓쳤었다. 하루 중 최고기온에 다다를 때면 사이렌이 울렸다. 오후 2~3시경 하늘과 땅 사이에서 검은 구름이 뭉쳐져 땅을 삼키듯 퍼져 나갔다. 구름 안에서 불티들이 날뛰었다. 강풍을 타고 화염이 몰려오는 시간이었으므로 꼭 실내를 찾아 들어가야 했다. 고온의 검은 구름에 갇혀 신체냉각시스템이 정지하면 바로 죽는 거였다.

"그건 고마워요."

여자는 지혜의 고맙다는 말에 표정이 밝아졌다. 해맑은 목소리로 물었다.

"어디로 가는 길이었어요?"

"그냥…."

지혜는 얼버무렸다. 여자가 말했다.

"에이, 이런 세상에 그냥이 어딨어요."

지혜는 여자를 쳐다보고도 대답하지 않았다. 여자가 아랑곳하지 않고 물었다.

"소방관이에요?"

지혜가 고개를 저었다.

"내가 소방관이거든요. 그럼 방화복은 어디서 났어요?"

지혜는 소방복을 입은 여자를 보고도 소방관이라는 생각은 하지 않았다. 때가 때이니만큼 어디선가 구해 입은 옷이라고 여겼다. 소방관이었던 엄마를 떠올리며 지혜는 여자가 소방관과 어울리지 않는 데가 있다고 생각했다. 그 이유가 뭔지 정확히 떠올리기는 어려웠다.

"이런 거야 다들 사재기하지 않았나요."

지혜의 퉁명스러운 대답을 듣고 여자의 표정에서 해맑은 기운이 가셨다. 더 이상은 뭘 물어보지 않았다. 지혜는 배낭 밑바닥 주머니에서 포장이 더러워진 칼로리 바를 꺼냈다. 포장을 벗기고 바로 입에 넣으려다가 아이를 보곤 멈칫했다. 한 조각을 떼어 내 아이에게 건넸다.

아이가 칼로리 바를 우물거리며 크레용으로 바닥에 그림을 그렸다. 그림 안에서 먹구름이 피어올랐다. 구름 주변으로 불이 이글이글하게 핀 숯덩이가 떨어졌다. 아이의 그림을 본 여자 얼굴이 신경질적으로 변했다.

"아무데나 그리지 좀 말라고!"

여자가 크레용을 뺏으려는 걸 아이가 필사적으로 막으며 울었다. 아이 팔에 보라색 멍이 들어 있는 걸 지혜는 놓치지 않았다. 여자가 크레용 뺏기를 포기하고 신발로 그림을 마구 지웠다. 먹구름과 숯덩이가 뒤섞였다.

"데몬이 쫓아온다고 했어, 안 했어."

아이는 입을 꾹 다물고 아무 말도 하지 않았다.

지혜도 데몬에 대해 알고 있었다. 인간 데몬들. 마치 재난을 기다리기라도 한 것처럼 나타나 사람들을 도륙하는 자들이었다. 사람들은 그들을 차마 인간이라고 부르지 못해 데몬이라 불렀다.

지혜는 단층집 욕실에서 물을 틀고 꼼짝 않고 있다가 불이 도시를 휩쓸고 지나간 후 구 톨게이트를 향해 길을 나섰다. 이정표가 될 만한 건물과 간판은 모두 불타 버려 길을 찾기가 어려웠다. 미리 준비해 놓은 생존배낭에서 나침반을 꺼내 서쪽으로 걸으며 길을 더듬었다. 그러다 데몬이 한 남자에게서 배낭을 빼앗고 옷도 벗겨 잔인하게 죽이는 모습을 목격했다. 빈 건물 안에 숨어 창밖의 상황을 지켜보다가 두 손으로 입을 막은 채 창틀 아래로 주저앉았다. 온몸이 떨려 이가 딱딱 부딪쳤다. 지혜가 피한 곳은 문도 떨어지고 없는 건물이었다. 데몬이 들이닥칠까 봐 이를 악물고 숨을 죽였다. 다행히 그들은 죽인 남자를 질질 끌며 건물을 지나쳐 떠났다.

　　지혜는 여자에게서 '데몬'이란 말을 듣고 그들이 남자를 먹어 치우는 모습을 상상했다. 데몬에 관해서라면 여자의 말을 듣는 것이 맞아 보였다. 아이의 그림은 산 자들을 쫓는 그들에게 징검다리를 놓아 주는 것이나 다름없었다. 그러나 지혜는 아이의 멍이 신경 쓰였다. 생각을 떨쳐 내려 생존배낭을 끌어안고 그녀는 꿈 없는 잠을 청했다. 셋은 하룻밤을 같이 보냈다.

3.

"같이 다녀요."

　　소방관은 혼자서는 위험하다고 지혜를 붙잡았다. 지혜는 가는 게 좋겠다고 말하며 일어섰다.

　　"서운하려고 하네. 구해 준 사람한테 뭐가 불만이에요?"

　　소방관의 말투가 조금 거칠어졌다.

지혜는 순간 돌아가신 엄마가 떠올랐다. 생전에 자주 얼굴을 일그러뜨리며 도대체 뭐가 그렇게 불만이냐고 지혜를 몰아세우던 엄마였다. 엄마는 여느 소방관들과 마찬가지로 지쳐 있었고 트라우마에 시달렸다. 어느 날 태풍에 집이 떠내려간다는 신고를 받고 엄마는 출동했다. 집안에 사람이 갇혀 있어 엄마는 불어난 물속으로 뛰어들었다. 물살이 셌다. 갇힌 사람도 엄마도 끝내 물에서 나오지 못했다. 엄마가 허리에 묶었던 줄만이 황망하게 끊겨 땅 위로 올라왔다.

"불만 같은 거 없어요."

지혜가 소방관에게 대답했다. 과거에 엄마에게도 똑같이 대답했었다. 하지만 엄마에게 불만이 없다는 건 거짓말이었다.

"세상에 맞서. 늘 대비해야 해. 아니야, 피해."

엄마의 말은 자주 바뀌었다. 세상을 맞서 싸우거나 피해야 하는 적으로만 생각하게 만든 엄마가 숨 막히게 싫었다. 그런데 눈앞의 여자가 '구해 줬는데 뭐가 불만이냐고' 엄마와 똑같은 말을 하고 있었다. 여자가 말했다.

"그럼 같이 있는 게 더 안전하지 않아요?"

"서로에게 짐만 될 거예요."

"내가… 애랑 둘만 있는 게 무서워서 그래요."

여자가 애처로운 표정을 지어 보였다. 지혜는 일부러 매몰차게 돌아섰다. 여자가 일어서며 말했다.

"차로 데려다줄게요. 걷는 것보다는 낫잖아요."

지혜는 여자의 제안을 거절하고 싶었지만 여기서 더 거절했다가는 분위기가 안 좋아질 것 같았다. 적당한 곳에서 내려야겠다고 생각했다.

"그럽시다."

여자가 지혜의 대답을 듣자마자 방독면을 쓰고 옷에 달린 모자도 덮어썼다. 아이도 아동용 방독면을 썼다. 지혜도 준비를 하고 여자와 아이를 따라나섰다. 배낭이 가벼워진 채로 그들의 아지트에서 나왔다.

하늘은 여전히 주황색이었다. 불티와 재가 날렸다. 불이 건물들을 집어삼켰을 때 깨진 유리창이 발에 밟혔다. 피한다는 게 별 의미가 없을 만큼 길에는 유리 조각들이 가득했다.

골목을 돌자마자 나타난 것은 119 구급대 차량이었다. 경광등이 깨지고 도색이 벗겨져 얼룩덜룩했지만 분명 알아볼 수 있었다. 지혜는 구급차에 자신을 싣고 치료했을 여자의 모습을 그려 보았다. 순간 여자를 너무 경계한 게 아닐까 싶었다. '약을 챙길 수 있다면….' 지혜의 마음을 눈치채기라도 한 것처럼 여자가 말했다.

"앞에 타요."

뒷문에는 약품이 가득할 터였다. 아이가 차에 오르고 지혜가 그다음으로 타 문을 닫았다. 구급차가 출발했다. '내열 처리된 구급차 덕분에 두 사람은 화염 폭풍을 피할 수 있었을 거야.' 지혜는 속으로 생각했다.

"날 도와줬는데 이름도 안 물어봤네요."

지혜는 운전 중인 여자에게 조금은 부드럽게 말했다. 여자가 핸들을 꺾으며 말했다. 차가 덜컹댔다.

"이름이야 뭐, 언제 죽을지 모르니 알아 봤자 마음만 안 좋은 세상이 돼 버렸죠."

차 안에 잠시 침묵이 감돌았다. 지혜가 아이에게 말했다.

"나는 지혜야. 너는?"

아이는 눈치를 살피듯 지혜에게서 고개를 돌려 엄마를 올려다보았다.

"애가 말을 안 해요. 이 전쟁 통을 겪었으니 무리도 아니죠."

여자가 어느 차의 옆구리를 긁으며 지나갔다.

"은오예요, 은오. 열 살. 내 이름은 선미고요. 흔한 이름 이죠?"

"내 이름도 그런 걸요."

구급차가 헤드라이트를 켜고 붉은 스모그를 헤치며 앞으로 나아갔다. 굵은 재가 차창에 부딪쳤다. 낮과 밤을 구분할 수 없는 붉은 세상이었다. 은오가 빨간 크레용을 만지작거려 손에 색이 번졌다.

이제 곧 고속도로였다. 지혜는 이쯤에서 내려야겠다고 생각했다.

"여기서 내리…."

그때 차에서 힘이 빠지는 게 느껴졌다. 차가 멈췄다. 여자는 다시 시동을 걸려고 애썼다.

"미래 구급차 어쩌고 하면서 이런 똥차를 내놨으니."

선미가 계속 시동을 거는데 주변의 불탄 차들에서 시커먼 사람들이 일어서 나왔다. 방독면 안에서 그들의 눈알이 희번덕거렸다. 지혜의 몸이 얼어붙었다. 은오 손에 힘이 들어갔는지 크레용이 반으로 부러졌다. 핸들을 잡은 선미의 손도 덜덜 떨리기 시작했다.

데몬. 그들이 차를 둘러쌌다. 망치, 톱, 쇠줄, 절단기, 칼 등이 데몬들의 몸에 주렁주렁 매달려 있었다.

선미가 차 전체의 잠금장치를 눌렀지만 소용이 없었다. 스모그 속에서 망치가 날아와 제일 먼저 운전석의 창유리가 깨지고 선미가 끌려나갔다. 지혜가 비명을 질렀고 은오는 체념한 것처럼 앞 유리만 바라보았다. 선미가 휘어 버린 가로등 앞에서 데몬의 발에 연신 차였다. 그녀의 방독면을 벗기고 소방복을 만지작거리던 데몬이 고개를 끄덕이며 소름 끼치게 웃었다. 선미가 침을 흘리며 웅크렸다.

은오가 끌려 내려가려고 했다. 지혜가 은오를 붙잡았지만 데몬이 칼 손잡이로 지혜의 이마를 후려쳤다. 지혜 손에 은오의 크레용만이 남았다. 지혜 얼굴에서 피가 흐르는 걸 보고 은오가 울음을 터뜨렸다. 데몬들은 장난이라도 치는 것처럼 히죽거리며 천천히 움직였다. 공포에 잠식되어 가는 이들을 바라보는 걸 즐기는 것 같았다. 데몬이 선미가 마주 보이는 곳에 은오를 내동댕이쳤다. 은오가 데몬을 올려다보며 악을 쓰자 데몬은 가소롭다는 듯이 은오 머리를 발로 꾹 눌러 비볐다. 은오의 방독면이 반쯤 벗겨졌다.

마지막으로 겁에 질린 지혜가 끌려 내려갔다. 선미가 힘겹게 말했다.

"살려 주세요, 제발⋯."

선미의 말끝이 울음에 먹혀 들어갔다. 데몬이 지혜를 쇠줄로 감아 쓰러뜨린 후 구급차로 다가갔다. 지혜가 꿈틀댔다. 저들도 약품을 노리는 것 같았다.

문을 열자마자 데몬들이 흠칫 놀라며 당황했다. 사이렌이 울리기 시작했다. 구급차 사이렌이 아니었다.

"위이이이잉 ─ 대피하십시오. 위이이이잉 ─ 즉시 행동하십시오. 위이이이잉 ─ 대피하십시오. 위이이이잉 ─ 즉시 행동하십시오."

불타는 세상에 뒤늦은 경고라도 보내는 것처럼 사이렌은 오늘의 최고기온을 알렸다. 저만치서 화염이 검은 구름과 함께 몰려왔다. 곳곳에 다시 불이 붙었다. 쇠줄에 묶인 지혜는 덮쳐 오는 열기에 까무러치려고 했다. 은오를 밟고 있던 데몬은 축 늘어져 주저앉았고 지혜를 묶었던 데몬도 근처 건물로 아무렇게나 뛰어 들어갔다. 그의 몸에서 절단기가 떨어졌다. 선미를 발로 찼던 데몬도 허둥지둥 도망쳤다. 사이렌이 축성(祝聖)되기라도 한 것처럼 데몬들을 몰아냈다. 선미가 땅에서 절단기를 주워 지혜에게 달려갔다. 쇠줄이 달궈져 지혜의 방화복 색이 막 변하기 시작했다. 선미가 쇠줄을 끊었다. 풀려난 지혜가 정신없이 달려가 은오를 일으켰다. 모두 구급차 뒤쪽으로 달려가 올라탔다. 문을 닫았다. 방독면은 다 잃어버렸다.

선미가 비틀거리며 운전석에 앉았다. 다행히 시동을 거는 데 성공했다. 화염이 덮치려는 순간 구급차가 출발했다. 데몬들은 숨어서 화염 폭풍이 지나가길 기다려야 했다.

지혜는 표정이 사라져 버린 은오의 등을 쓸어 주었다. 극심한 스트레스를 받은 아이는 표정이 지워지고 무기력해진다는 걸 그녀는 알고 있었다. 지혜 또한 어린 시절에 그랬기 때문이었다. 어린 지혜는 포도당 캔디와 호루라기, 다용도 칼, 마스크, 방수 밴드 등이 든 생존배낭을 메고 다녔다. 보이지 않는 위험에 대비하느라 늘 긴장했고 곧 지쳐 버렸다. 반 아이들은 지혜 표정이 이상하다며 놀렸고 가까이 오려고 하지 않았다.

지혜는 은오에게서 자신의 어린 시절을 보았고 은오는 지혜 이마에 난 상처를 보았다. 은오를 붙잡느라 데몬에게 맞은 상처였다. 은오는 구급차 안에서 능숙하게 연고와 밴드를 찾아냈다. 약품이 그리 많지는 않았다. 은오가 지혜 얼굴에 연고를 바르고 밴드를 붙여 주었다. 지혜가 말했다.

"은오야. 나랑 같이 가면 괜찮아. 벙커가 있어. 우린 살아남을 거야. 알았지?"

은오가 처음으로 지혜에게 고개를 끄덕였다.

4.

온 땅에 울리던 사이렌이 멈췄다. 불에 탄 플라스틱 냄새와 유독성 물질이 대기에 가득했다. 구급차가 좁은 길을 지그재그로 빠져나갔다. 공포의 냄새가 조금 옅어질 쯤 선미가 지혜에게 물었다.

"어디로 갈 거예요?"

기후 위기의 최전선에서 한쪽에는 불이 붙고 한쪽에는 폭우가 쏟아졌다. 불타 죽은 사람들이 길에 쌓이는 한편 살이 퉁퉁 분 채 홍수에 떠내려가는 사람들도 있었다. 모든 것이 이전의 세상과는 달라졌다. 지혜 속에서 엄마 목소리가 또 울렸다.

"더 끝으로 가."

지혜는 고개를 흔들며 그 목소리를 억눌렀다. 엄마는 각종 재난 현장에 출동한 후 돌아올 때마다 집 안에 물건들을 늘려 나갔다. 통조림과 생수, 국수와 파스타 등의 건조식품, 일회용 그릇, 화장지와 생리대, 락스, 방사능을 거른다는 필터, 구명조끼와 튜브 등이었다. 집에 들어가려면 따야 하는 열쇠가 이미 여러 개였는데도 열쇠 구멍이 하나 더 늘어날 때도 있었다. 그 흔한 스마트 락도 쓰지 않았다. 전력이 끊기면 아무 소용도 없다는 이유에서였다. 지혜가 선미에게 말했다.

"나랑 같이 가면 은오를 지킬 수 있어요."

스마트 톨링 아치 앞에서 한 번, 데몬의 쇠줄에서 또 한

번 목숨을 구해준 선미여서 지혜는 이렇게 말할 수 있었다.
선미가 무척 기뻐했다. 둘보다는 셋이 든든할 거라고 했다.
지혜도 웃는 선미를 보니 왠지 마음이 좋았다. 선미가 은오
에게 말했다.

"너도 좋지?"

은오가 고개를 숙였다. 쑥스러운 모양이라고 지혜는 생
각했다.

데몬으로부터 멀어지려면 부지런히 가야 했다. 지혜가
안내한 대로 구급차는 앞으로 나아갔다. 붉은 스모그에 싸인
도로가 고요했다. 차가 여러 차례 덜컹이더니 다시 시동이
꺼졌다.

"이런!"

선미 얼굴에 불안이 어렸다. 지혜가 말했다.

"쟤가 들어가서 그래요. 차가 지금까지 버틴 게 용하지.
걷는 게 좋겠어요."

선미가 그래도 한번 차를 점검해 보겠다며 문을 열고 내
렸다. 그녀가 보닛을 열고 소리쳤다.

"거기 서랍에서 플래시 좀 꺼내 줄래요?"

"알았어요."

지혜가 앞 서랍을 열고 잡다한 물건들을 헤집었다. 서류
뭉치와 빈 생수병, 찐득하게 녹아 버린 스카치테이프, 잉크
가 말라 버렸을 펜, 옆구리가 터진 연고 등이 굴러다녔다. 그
러다 구깃구깃해진 사진 한 장이 손에 걸렸다. 사진의 네 귀

통이에 테이프가 붙은 흔적이 있는 걸 보니 운전석 어딘가에 붙여 놓았다가 떼어 낸 사진 같았다. 뒷면에 글자가 적혀 있었다.

'세상에 맞서.'

어디선가 들어 본 말이었다. 지혜는 사진을 꺼내 뒤집어 보았다. 소방관들의 단체 사진이었다. 환하게 웃고 있는 선미 옆에 지혜의 엄마가 어깨동무를 하고 서 있었다. '뭐지?' 지혜는 머리카락이 쭈뼛 서는 기분이었다. 분명 돌아가신 엄마가 맞았다.

"절대 남에게 벙커에 대해 말하면 안 돼."

사진 속 엄마가 입을 열고 말하는 것 같았다. 그렇게 떨쳐 내고 싶던 엄마 목소리였다. 그동안 단 한마디도 하지 않던 은오가 크레용을 만지작거리며 입을 열었다.

"아줌마가 길에서 나를 구해줬어요. 그래서 친구가 됐어요. 아줌마는 데몬이랑 친구가 됐어요. 아줌마가 고기를 잡아 오면 데몬이 우릴 지켜 준다고 했거든요."

"아줌마…? 엄마가 아니야?"

은오는 더 이상 말하지 않았다. 선미가 운전석 쪽으로 걸어오는 소리가 들렸다.

"없어요?"

지혜는 얼른 사진을 물건들 아래로 구겨 넣고 손전등을 꺼내 들었다.

"찾았어요. 내가 갈게요."

지혜는 얼빠진 표정으로 생각했다. '엄마 동료였다면 엄마의 프레핑(prepping)도 알았을 거야. 덫이야.' 잠시 은오를 바라보고는 발아래 두었던 생존배낭을 챙겨 구급차에서 내렸다.

지혜가 선미에게 손전등을 건넸다. 선미가 손전등을 켜서 보닛 안쪽을 살펴보다 다시 고개를 들고 지혜에게 물었다.

"배낭은 왜 멨어요?"

"아무래도 혼자 가는 게 좋겠어요."

"우릴 버리겠다고요?"

지혜가 고개를 저었다.

"그런 게 아니에요."

"아까 일을 같이 겪고도?"

지혜는 대답하지 않았다.

"도로에서 쓰러진 것도 내가 구해줬잖아요."

지혜는 그때 은오를 본 게 우연이 아니라는 생각이 들었다.

"데몬들한테 찢겨 죽을 뻔한 거, 그것도 내가 구해줬잖아요. 안 그래요?"

"구해줬으니 어쩌라고요."

지혜가 못 참고 받아쳤다. 선미가 지금껏 짓지 않았던 표정으로 말했다.

"똑같네. 구해줘 봤자 아무도 소방관을 챙기지 않지."

말없이 돌아서는 지혜의 뒤통수에 대고 선미가 말했다.

"그래요. 각자 갈 길 가는 거지. 그런데 사람 이용한 건가?"

지혜는 속에서 훅 치밀어 오르는 걸 참지 못했다. 사람에게 속았다는 생각에 가만히 있을 수가 없었다. 돌아서서 선미에게 달려들었다.

"사람 이용한 건 당신이잖아!"

지혜는 선미를 쓰러뜨리고 주먹으로 얼굴을 내리쳤다. 선미가 미친 듯이 웃으며 말했다.

"너, 고기가 될 거야."

지혜가 선미의 목을 눌렀다. '나는 고깃덩이가 아니야. 너는 나를 구한 게 아니야.' 손전등으로 자신의 머리를 치려는 선미를 제압했다. 그녀는 선미를 죽이고 싶었지만 여기서 시간을 지체했다간 정말 선미의 말처럼 될지도 몰랐다. 지혜는 손을 거두고 재빨리 자리를 떠났다.

선미가 기침을 하며 일어났다. 분풀이를 하듯 보닛을 세게 닫고 땅을 발로 찼다. 재가 흩날렸다. 곧 데몬들이 찾아왔다. 그중 하나가 씩씩대며 말했다.

"우릴 죽일 셈이야? 구급차 사이렌에 흩어지기로 했잖아!"

선미가 그들을 무시하듯 소리쳤다.

"목숨도 안 걸고 벙커를 가질 수 있을 것 같아!"

선미는 운전석으로 돌아갔다. 신경질적으로 손전등을 서랍에 던져 넣다가 잊고 있던 사진을 발견했다. 얼굴이 구겨졌다. 차에 타는 데몬들에게 선미가 말했다.

"스마트 톨링 근처에서 잡았잖아. 분명 거길 지나갈 거야."

5.

지혜는 시커멓게 탄 풀숲으로 들어가 엎드렸다. 여러 차례 구르며 온몸에 재를 발랐다. 입술 사이에 묻은 재를 침과 함께 뱉고 기는 자세로 앞으로 나아갔다.

'엄마가 재난 대비 물품을 모으기 시작했을 때 어쩌면 저 여자는 뭐 그렇게까지 하냐고 웃으며 놀렸을지도 몰라. 그러다 엄마는 돌아가셨고 저 여자는 분명 장례식장에서 나를 봤을 거야. 나는 아무도 보고 싶지 않아 고개를 숙이고 있었으니까 저 여자만 나를 봤겠지. 산불이 심각해지고 도심에까지 번져 난리가 났을 때 여자는 비로소 엄마를 떠올렸을 거야. 엄마라면 내게 벙커를 물려줬을지도 모른다고 말이야. 벙커, 벙커, 그놈의 벙커.'

지혜는 사실 벙커로 가고 싶지 않았다. 아이를 이용한다는 면에서는 그녀의 엄마도 선미와 비슷한 데가 있었다. 지혜가 산록 톨게이트에서 일한다는 것을 알았을 때 엄마는 눈을 반짝였다. 세상은 무너지기 쉽고 무서운 곳이며 언제든 괴물로 변해 우리를 잡아먹을 수 있다는 말을 흥분해서 반복했다. 그러면서 요즘소 부스까지 출근할 때 쓰는 지하 통로 끝을 벙커로 만들 거라고 했다. 지혜는 자신의 일마저 프레핑에 이용하려 드는 그녀가 징그러웠다. 그러나 지혜는 지금 그 벙커로 가야만 했다. 엄마가 말했었다.

"지하 통로에는 수납원들이 오가는 대신 전선들만 가득 차겠지. 새로운 세상의 핏줄이 자라듯이 말이야. 하지만 그 세상이 우릴 지켜주지는 않아."

엄마가 하던 말들은 지혜에게 저주처럼 들렸고 저주는 현실이 되어 일터도 세상도 정말 불타 버렸다. 지혜는 타다 남은 나무들이 보이자 몸을 일으켰다. 바싹 마른 잎사귀들이 몸에 스치는 소리를 들으며 달리기 시작했다.

"너는 몰라. 우왕좌왕하는 사람들이 얼마나 무서운지를. 하루에 하나씩 가져가면 돼. 통로 끝 문 안에 차곡차곡 쌓아 두는 거야."

엄마 목소리를 떨쳐 내려고 애쓰며 지혜는 전속력으로 달렸다.

6.

산록 고속도로에 이르러 지혜는 속도를 줄였다. 신중해야 했다. 길에는 잔불이 남아 있었다. 분진이 부옇게 뜬 핏빛 안개를 헤치며 지혜는 밤새 걸었다. 그러다 우뚝 멈춰 섰다.

지혜 앞에 시체들이 산처럼 쌓여 길을 막고 있었다. 아무렇게나 팔다리가 얽힌 시체들의 피부, 고통에 일그러진 눈과 입이 지혜의 영혼을 빨아들이는 것만 같았다. 그들이 죽기 전에 느꼈을 뜨거움이 지혜를 숨 막히게 했다.

"나는 살 거야."

지혜가 다짐하듯 말했다. 입술을 앙다물고 시체들을 타고 올랐다. 쓰러져 구르다가도 시체들을 딛고 다시 일어섰다. 죽은 자들 사이로 발이 빠져 옴짝달싹 못할 때는 생존배낭에서 칼을 꺼내 미쳐 버릴 것 같은 심정으로 죽은 자들의 틈을 넓혔다. 시간이 어떻게 흐르는지 알지 못했다. 아침이 되었어도 붉은 안개의 색은 밤과 별반 다르지 않았다. 마침내 시체 산을 다 넘었다. 지혜의 몸이 부들부들 떨려 왔다.

7.

때는 오후로 접어들었다. 드디어 스마트 톨링 아치가 보였다. 어디선가 차문이 열리고 사람이 달려오는 소리가 들렸다. 지혜가 놀라 돌아보았다. 은오가 절박한 표정으로 지혜에게 달려오고 있었다.

"도망쳐요!"

열기에 지쳐 잠들었던 선미와 데몬들이 허겁지겁 차에서 내렸다. 선미가 급한 마음에 뭐라도 던지려고 주변을 살폈다. 데몬이 땅에서 돌을 주워 던졌다. 돌이 아니라 해골의 일부였다. 은오가 지혜 앞으로 달려가 등에 해골을 맞고 넘어졌다. 지혜가 달려가 은오를 일으켰다.

"뛰어!"

지혜와 선미가 동시에 외쳤다. 지혜는 은오 손을 잡고 뛰고 선미와 데몬들이 그 뒤를 쫓았다.

"위이이이잉— 대피하십시오. 위이이이잉— 즉시 행동하십시오. 위이이이잉—"

오늘의 사이렌이 울렸다. 속에서 불티가 타닥거리는 구름이 몰려왔다. 검은 구름이 차들을 삼키며 몸집을 불렸다. 선미와 데몬들이 앞서거니 뒤서거니 하는 가운데 데몬 하나가 검은 구름에 먹혀 들어갔다. 열기가 몰려와 선미의 목이 타들어 갈 것 같았다. 지혜가 뒤엉킨 차들 위로 은오를 밀어올렸다. 지혜도 차들을 넘어갔다. 선미가 뒤를 쫓았다. 검은 구름이 데몬 둘을 더 삼키고 차들을 넘었다. 데몬들이 고통스러워하며 차 보닛에 "텅, 텅" 쓰러지는 소리가 들렸다.

"안녕하세요우. 즐거우운 여어해앵 하하하하시기를 바, 바, 바, 바."

스마트 톨링 시스템 아치에서 기괴하게 늘어진 인사말이 울려 퍼졌다. 지혜가 은오의 손을 놓쳤다. 앞서 달리며 은오에게 빨리 오라고 소리쳤다. 은오가 좀처럼 힘을 내지 못했다. 선미가 쫓아오는 속도도 느려졌다. 그녀는 숨이 막힐 것 같아 이성을 잃고 방독면을 벗어 던졌다. 지혜가 생존배낭을 벗어 던지고 은오에게 되돌아갔다. 그리고 은오를 들쳐업고 뛰었다.

지혜의 걸음도 무거워졌다. 검게 탄 고속도로 영업소 안으로 들어갔다. 불이 핥고 지나간 자리마다 온갖 집기들이

나뒹굴었다. 지하로 내려가는 계단참에 서서 지혜는 은오를 내려놓았다. 한 여자가 재에 덮인 채 말라비틀어져 있었다. 폼페이에서 발견된 미라처럼 그녀는 몸을 웅크리고 있었다.

요금소 부스로 출퇴근하느라 수천 번 수만 번을 드나들었을 지하 통로로 지혜가 은오를 데리고 들어갔다. 복도 끝에 문이 보였다.

"저기야!"

지혜가 은오에게 소리쳤다. 지하 통로에는 기계들과 전선들이 분진에 덮여 있었다. 그 장애물들을 넘었다. 이제 몸을 날려 손을 뻗으면 닿을 만한 위치에 벙커 문이 있었다. 지혜가 자신의 티셔츠 안에 손을 넣어 열쇠를 꺼냈는데 손에서 그만 미끄러져 바닥에 떨어지고 말았다. 선미가 달려오며 비열하게 웃었다. 검은 구름이 지하 통로를 지우며 선미를 바짝 뒤쫓았다. 지혜 대신 은오가 열쇠를 집어 들고 문손잡이의 구멍에 꽂아 넣어 비틀었다.

문이 열렸다. 지혜와 은오가 급히 문 안으로 들어갔다. 선미가 들어오려고 손을 뻗었고 "쾅" 닫히는 문에 손가락이 끼여 부러지고 말았다. 검은 구름이 다가와 선미의 비명을 덮어 버렸다. 지혜와 은오는 선미가 문을 두드리며 주저앉는 소리를 들었다. 열기가 울부짖는 선미의 기도를 타고 들어갔고 선미가 살려고 숨을 쉴수록 폐는 더 빠르게 타 버렸다. 선미는 지혜의 벙커에 들어가려다가 화염으로 가득한 지하 통로에 갇혀 버렸다. 선미의 숨이 넘어갔다.

은오와 지혜의 가쁜 숨소리가 어둠 속에 풀어졌다. 기를 쓰고 들어온 벙커도 캄캄하긴 마찬가지였다. 지혜가 벽을 더듬어 스위치를 올렸다. 비상 발전기가 가동하는 소리가 들렸다. 벙커가 깨어나 기지개를 켜는 것 같았다. 주저앉아 있던 은오가 놀라 일어섰다. 천장에서 전등이 차례로 켜지며 벙커의 깊이가 드러났다. 지혜 속에서 익숙한 목소리가 들려왔다.

"더 끝으로 가."

"그만, 이제 그만! 가더라도 내가 가."

지혜는 내면의 싸움을 끝내기로 했다. 엄마 말뜻은 그게 아니었지만 지혜는 이제 자기 방식대로 해석하기로 했다. '벙커 주인은 나야. 그리고 벙커는 끝이 아니야.' 고속도로 끝의 세상으로 은오와 함께 가 볼 거라고 지혜는 결심했다.

인터디펜던트 바로크

우연은 때로 기이한 현실을 만든다. 이야기로 들으면 도저히 현실성이 없어 믿기 어려운 일을 벌이는 우연은 운명에 휘말려 표류하는 이를 보고 배를 잡고 웃으며 표류한 끝에 운명의 바다 위에 시체로 떠오른 이를 조롱거리로 삼는다. 때로는 우연의 협잡질에 당해 목숨을 잃는 것이 사람이 아니라 세계일 때도 있다. 멸망을 맞이하는 세계의 구성원에게는 끔찍한 일일지라도 아주 작은 우연이 빚은 세계의 멸망 따위 무수히 많은 차원이 뒤엉킨 복잡한 초다중내우주(meta-multi-innerspace-verse)의 저잣거리나 뒷골목에서는 거간꾼의 협잡이나 한겨울 폐병 환자의 재채기처럼 흔한 일이다.

* * *

바오밥 나무의 가지가 바람에 흔들리고 모래먼지를 맞은 나뭇잎이 몸을 떨다 힘이 다해 떨어진다. 모래 위를 뒹군다.

곧 죽을 것이다, 이 말을 들은 나뭇잎이 공포에 질려 소리쳤다.

줄기가 말하기를, 거룩한 토양이시여, 단단한 뿌리시여,

우리를 떠나지 마소서. 제발 이 미천한 실리콘 육신을 굽어 살피소서.

가지가 말하기를, 존자(尊者)의 대열반(Mahapalinirvana)을 지켜봐야 한다는 저주를 내리지 마시옵소서.

이름 모를 은하계 변방의 외계 행성 초원 한가운데에 자란 거대한 실리콘 바오밥 나무 그늘 아래는 언뜻 무지한 자의 눈에는 별 다를 게 없는 그늘진 공터로 보일 터이나 수많은 다른 차원의 의식이 열린 자와 초월의식에 접촉한 자에게 성지로 알려졌고 원시적인 오감으로는 인식조차 불가능한 파동이 여전히 충만했다. 성스러운 존재의 마지막 파동을 머금은 실리콘 바오밥 나무는 대열반나무라고 불렸고 수많은 차원을 넘어 은하계 곳곳으로 일부가 퍼져 나갔다. 실리콘 바오밥 나무 아래로 수많은 존재가 모였다. 데이터, 식물, 동물로 된 존재는 물론이고 음파나 광자로 된 존재까지. 지성을 가진 이라면 누구나 존경하는 이의 열반을 축하하고 또 애도하기 위해 모였다. 차원을 넘어, 시간을 넘어. 과거와 미래에서 시간 차원의 벽을 넘어 이 자리에 참석한 시간의 여행자, 다른 차원에서 의식의 힘만으로 미끄러져 들어와 존재감(presence)만으로 참석한 OOBE(out-of-body Experience) 여행자도 있었다. 만일 이날이 무한히 반복되는 루프에 갇혀 있고, 누군가가 이 루프를 밖에서 관찰한다면 애도하러 온 존재가 갈수록 불어나는 것에 놀라고 말 것이 분명했다.

"존자시여, 존자시여."

하고, 애도하는 이 모두가 소리로, 몸짓으로, 신호용 불꽃의 번뜩임으로, 의사소통용 페로몬으로, 그 외 온갖 상상하기 어려운 인(cause)으로 똑같은 애도의 과(effect)를 반복했다. 그리고 한 명씩 다가가 절을 올린 뒤 마지막으로 삶의 지혜와 문제 해결을 구하려 질문을 던졌다. 존자는 하나하나 이해하기 쉽게 이야기를 들려주었고 미혹에 차 어지러운 질문자의 마음은 깨끗하고 밝아졌다.

* * *

북소리가 울린다….

태양계 제3행성 테라의 아프리카 대륙 칼라하리사막에서 테라의 민족 가운데 가장 오래된 민족에 속하며 스스로를 '주|호안시(Ju|'hoansi)'*─보통 사람이라고 부르는 '!쿵'족(!Kung people)이 수만 년 동안 되풀이하며 이어온 신비 의식을 시작했다. 사막에서 수렵과 채집을 하던 까마득한 과거의 주|호안시 선조와 무엇 하나 달라진 게 없는 신비 의식이다. 테라 전체의 평화를 위해 행하는 의례적인 행사고 매번 반복되는 행사라 소홀히 할 법도 하다. 허나 주|호안시 도사(導師)들은 누구 하나 소홀히 하는 법이 없다. 우주의 거대한 힘과 이어지는 중요한 일이기 때문이다.

북소리가 울린다….

* 아프리카 언어를 표기하는 '|'이나 '!'과 같은 기호는 '쯧쯧' 혹은 '딱' 하고 혀 차는 소리인 흡착음(click)을 나타낸다.

주|호안시의 선조들이 의식 끝에 빠진 열병의 몽상 속에서도 감히 상상하지 못한, 영국의 어느 시인이 약물에 취해 보았다는 쿠빌라이 칸의 궁전 재너두(Xanadu)에 뒤지지 않는, 웅장하고 위대한 기계 신전 안에 아무나 들어갈 수 없는 신비로운 방이 있다. 이 방에서 박자에 맞춰 발을 구르는 도사들이 거친 숨을 토하며 한 손으로 가슴을 두들기고 다른 손으로는 활갯짓을 하며 초월의식 상태로 들어가기 위한 춤을 추고 있었다. 이제는 선조들과 달리 인공지능이 합성한 북소리가 의식이 벌어지는, 플라스틱과 금속을 섞은 매끈한 마당 한가운데에 울린다. 전통과 미래 문화가 결합한 이 공간에서 시공간도 차원도 모두 하나로 응축되고, 명치의 '|넘(|num)'이라는 영적 센터가 시공간을 초월해 편재하는 에너지를 수신한다.

의식이 진행되는 동안 도사들은 북소리에 맞춰 |넘을 뜨겁게 달구는 춤을 몇 시간 동안 추어 초월의식ㅡ!키아(!kia)ㅡ의 절정 경험 속으로 들어간다. !키아 상태에 들어가려면 먼저 자신의 자아가 녹아내리는 뿌리 깊은 공포를 극복하고 다스려야만 한다. 공포를 극복해야만 타고난 내부의 강력한 힘을 깨우고 통제할 수 있다. 선조의 북소리에 더해 뇌에 직접적으로 영향을 가하는 주파수가 들어간 기능성 노이즈가 변성의식(altered state of consciousness) 상태로 유도해, 훨씬 빨리 |넘을 달구어 준다.

북소리가 울린다….

울부짖는 북소리에 맞춰 발을 구르고 팔을 휘두르며 추는 춤이 지면의 반발력을 만든다. 반발력이라는 해머가 등뼈를 모루 삼아 |넘에 지속적으로 담금질을 한다. 제련되고 또 제련된 |넘이 폭발하며 등뼈로 퍼지면 트랜스 상태로 빠진다. 과거와 현재와 미래와 세계와 우주와 다른 차원의 우주가 모두 |넘으로 집중된다. 힘의 샤워를 받으며 등뼈를 타고 등뼈 끄트머리까지 내려간 뒤 망치질이라도 당한 양 단숨에 등뼈를 타고 솟아올라 정수리를 뚫고 나간다. 뜨겁게 불타오르는 |넘이 오한에 걸리기라도 한 양 몸을 덜덜 떨게 만든다. 호흡이 얕아지고 거칠어진다. 온몸으로 뜨거운 기운이 퍼진다. 등뼈를 찌르고 따끔거리게 한다. 이윽고 전달되어야만 하는 진실이 전달된다.

도사들이 모두 !키아 상태에 빠졌을 그때, 빛보다 빠르게 전달된 충격적인 소식이 있었다.

"별의 바다 먼 곳에서 위대한 흰 코끼리께서 곧 돌아가신다."

아프리카 대륙의 일부 민족이나 인도의 아리안들에게 흰 코끼리는 더없이 상서로운 동물이며 위대한 코끼리는 왕과 같은 위대한 존재의 은유다. 상서로우면서 위대한 존재가 곧 소임을 다하고 소멸될 때가 다가오고 있다는 메시지가 등뼈를 타고 뇌 전체를 울렸다.

상상하기도 힘든 멀고 먼 별의 바다 너머 과거인지 미래인지도 모르는 어느 순간 위대한 흰 코끼리가 곧 죽는다.

|넘이 열린 주|호안시의 도사들이 춤을 멈추고 거친 숨을 겨우 다스리며 서로를 불안한 빛이 어린 확장된 동공으로 바라본다.

침묵이 흐른다. 이윽고 젊은 도사 하나가 상황을 파악하기 위해 화급히 다중우주 관리관측기로 달려가 한참 동안 관측기 단말을 조작한다. 말없이 모두가 상황이 바뀌기를 기다렸다. 젊은 도사가 관측기에서 뒤로 물러나 눈물을 흘리면서 탄식하더니 오랫동안 극복했다고 생각한 '감정'에 짓눌려 무릎 꿇고 두 손 모아 절을 올린다. 다른 도사들도 일제히 달려 들어와 일정 거리로 떨어진 채 한쪽 무릎을 꿇고, 절을 올리는 도반(道伴)의 떨리는 등에 손을 가져다 댔다. 등에서 솟아오른 감정의 열기가 휘발되어 손바닥으로 전해져 온다.

"아니지요?"

하고, 옆으로 다가온 다른 도사가 아주 작은 희망의 조각을 꺼내듯 묻자, 단말기를 조작했던 도사가 대답했다. 딱딱하게 긴장된 목소리로. "흰 코끼리는 곧 떠납니다. 아니, 떠났습니다. 혹은 곧 떠날 것입니다."

주|호안시의 언어로도, 그 어느 언어로도 비통한 감정이 채 전해지지 않으리라. 그리고 흰 코끼리의 열반이 시간의 어느 시점에서 일어나는지를 정확히 보고, 지정해서 표현할 시제도 존재하지 않으리라.

"안타까운 일입니다."

라고, 침통한 분위기에 모두가 감정을 억누른 채 말했다.

젊은 도사가 말했다.

"언젠가 들어 보고 싶었습니다. 무리라는 사실은 잘 압니다. 허나 위대하신 흰 코끼리의 의식은 모든 차원을 편재하는 에너지처럼 모두에게 빠짐없이 축복을 내리시지 않습니까? 위대하신 흰 코끼리와 우리는 이미 연결되어 있고 서로가 서로를 지탱한다는 사실을. 그런 분이 떠나다니 참으로 아까운 일입니다."

젊은 도사가 박차고 일어나 주먹을 굳게 쥐고 하늘로 뻗어 올린다.

"자, 축복합시다. 위대한 흰 코끼리를 위해. 전 은하계에 이 소식을 전합시다."

이 말에 모두가 자리에서 일어났다. 두 손을 하늘 위로 뻗어 손을 쫙 펼친 뒤 주먹을 쥐었다. 모든 도사가 두 주먹을 명치 앞의 |넘으로 '×'자가 되도록 모았다.

북소리가 울린다⋯.

북소리가 고조된다. 발을 구른다. 점차 고조된다. 발소리와 북소리가 동조한다. 다시 등뼈가 저릿저릿해지도록 춤을 춘다. 해가 지도록 북소리와 발소리의 박자가, 노랫소리가 말했다.

위대한 흰 코끼리여. 평안하기를. 다시 만날 날을 기약합니다.

북소리가 울린다⋯.

＊＊＊

위대한 흰 코끼리로 불린 존자의 대열반이 다가온다. 가난한 젊은이 하나가 다가온다. 이 행성 출신으로 양탄자를 짜는 일을 하는 자다. 우연한 기회로 탁발하러 온 존자를 알게 되었고 계속 존자를 섬기며 지내 왔다. 젊은이는 경외를 담아 절을 올린 뒤 질문을 던졌다.

"꿈을 꾸었습니다. 여러 세상을 구슬 안에서 보았습니다. 구슬은 끝없이 뻗은 다양한 실에 꿰여 있었고, 제 네 개의 손으로 가로세로로 섬세하게 짠 양탄자처럼 가지런하게 오와 열을 맞추었습니다. 제가 손을 뻗어 구슬을 건드리자 그 안의 세계가 움직이며 맑은 소리를 냈습니다. 그리고 소리의 진동이 실을 타고 넘어가며 다른 구슬을 울렸습니다. 그렇게 무엇 하나가 울릴 때마다 다른 구슬이 울리면서 소리가 양탄자처럼 뒤엉켜 아름다운 음악이 되었습니다. 이 꿈을 꾼 뒤로 저는 제 자신이 그저 한 우주 속의 등장인물인지, 이 세상에는 정말 그런 다른 세상이 있는지, 서로 관계는 맺고 있는지 궁금합니다."

하고 질문을 던진 그때, 굉음과 압력을 뿜어내며 나타난 거대한 우주선이 장중한 애도를 흩어 놓았다. 우주선의 생김새는 가시광선을 완벽하게 반사하는 재질로 된 완벽한 구체로, 주변에 비슷하게 생긴 다양한 크기의 다른 우주선을 대동하며 나타났다. 강한 권력을 가진 이가 소유한 우주선이라는 사실을 눈치 못 챈 이는 아무도 없었다.

우주선이 착륙했다. 주변에 호기심을 가진 자들이 다가
갔다. 우주선의 매끈한 표면 위로 치명적인 가시가 수백, 수
천 개가 튀어나왔다. 때까치가 먹이를 가시나무에 꿰어 놓는
듯한 무자비한 폭력에 많은 이가 죽었다. 우주선에 탄 젊은
이는 악마(mara)였다. 악마가 가질 필요 없는 의문에 사로
잡혀 괴로워하다 존자에게 사뢰고 지혜를 구하기 위해 찾아
온 오만하고 아름다운 악마였다.

* * *

시공간이 있었다. 초다중내우주의 신진대사에 대열반이 얼
마나 묵직한 충격을 주는지도 모르는 다른 차원의 좁게 닫
힌 시공간이 있었다. 멸망을 앞두고 있는 줄도 모르고 온 힘
을 다해 일상을 살아가는―차갑게 얼어붙은 작고 좁은 내우
주(innerspace)―기계로 된 |넘―모든 것이 정보처리와 연
산의 은유인―아니, 그저 평범한 혹한의 영구동토 벌판으로
된 시공간이 있었다.

　　우주적 코브라의 냉혈한 영구동토 비늘을 짓밟으면서
돌아가는 거대한 무한궤도가 굉음을 내지른다. 무한궤도 네
쌍의 신진대사를 맡은 장엄하고 형언할 수 없는 거대한 기계
덩어리 지각(地殼)에서 때때로 악취가 진동하는 기름기 섞
인 검은 연기가 뿜어져 나왔고, 가끔은 두꺼운 껍질처럼 보
이는 지각 한가운데에서 둔중한 곡선으로 된 무감동한 머리
가 튀어나와 앞으로 나아갈 길을 다시 확인하곤 했다. 지각

위에는 튼튼한 열여섯 개의 기둥이 달린 구조물이 온실로 된 돔 안의 도시를 떠받치고 있었다. 마치 테라의 인도인 힌두 철학자가 상상했다는 우주적 코브라와 거북이와 코끼리가 떠받치고 있는 우주관을 연상시키는 이동도시다. 그러나 힌두 철학자의 우주관이라 알려진 것은 위대한 문명과 문화를 이룩했던 오래된 민족을 조롱하고 조작하기 위해 다른 민족이 날조한 가짜 우주관이었다. 꼬리를 삼킨 우로보로스처럼 스스로를 닫아 버린 거대한 코브라의 영구동토 비늘을 맴도는 이동도시 또한 날조된 가짜 세계였다.

하얀 털이 북실북실하게 난 동물 한 무리가 영구동토에서 신진대사에 필요한 식량을 찾아 코를 킁킁대다가 일제히 고개를 들었다. 멀리서 이동도시가 다가오며 땅을 울렸다. 이동도시의 무한궤도가 동토를 짓이길 때마다 지친 인간의 눈가 주름처럼 크레바스가 터져 나왔다. 균열을 피해 동물 무리가 경중경중 이리저리 흩어졌다.

— 우린 그저 배가 고팠을 뿐이라고.

멀찍이 도망친 하얀 털 동물은 투덜대기라도 하듯 고개를 돌려 바로 옆을 지나는 압도적인 이동도시의 무한궤도를 본다. 이미 굉음으로 고막이 찢어질 것만 같은 기분이 든다.

— 살았다.

겨우 한숨을 돌리고 점호를—놀랍게도, 이들에게는 숫자라는 개념이 존재했고, 영구동토에서 살아남기 위해 필요한 것 이상의 지성이 존재했다. 이 시공간을 이루는 차원은

모두 정보로 이루어졌기 때문이다ー시작했다. 앞발을 들어
올리며 응답하는 모습이 테라의 북극여우를 닮았다.

　ー 10, 11, 12… 하나가 없잖아?

다급히 익숙한 얼굴을 찾는다.

　ー 아가!

작은 동물을 괴롭히는 데 정신이 팔렸던 한 마리가 뒤늦
게 도망치다 이동도시 무한궤도가 만든 크레바스 덫에 발이
끼어 도망치지 못했다.

　ー 이미 늦었어.

체념이 무리로 퍼졌다. 아직 죽지 않은 가족을 위한 애
도가 미리 시작되었다….

* * *

또 다른 차원 또 다른 은하계의 어느 한 시공간에서는 위대
한 존재가 우주로 흩어지는지도 모른 채 어리석은 존재들이
어리석은 전쟁에서 아무 가치가 없는 것인 양 목숨을 내던지
며 서로의 목숨을 앗아가려 하고 있었다.

대형 전함 한 척이 적 전투함 네 기를 파괴했다. 구체적으
로, 대형 전함은 고깔 모양으로 된 장갑으로 내부 구조를 보호
한 상태로 강인하고 질긴 기계 촉수를 휘둘러 에테르를 헤엄
쳐 순식간에 적 전함의 다림판이나 모루 같은 독특한 모양을
한 합금 섬유 등지느러미를 휘감아 제압한 뒤, 단호하고 가차
없이 파괴를 일삼는 부리로 숨통을 끊어 놓았다.

대형 전함은 카메로케라스(Cameroceras) — 테라의 고생대에 살았던 직선형 껍데기를 가진 앵무조개와 닮았다. 냉혹한 두 눈으로 적의 위치를 파악하면 원통형 뿔로 에테르를 가르며 헤엄쳐 다가간 뒤 촉수를 뻗어 휘감고 부리로 공격하는 습성마저 닮았다.

적 전투함 네 척은 소형 전투함으로, 테라의 고생대 데본기와 석탄기를 걸쳐 살았고, 마치 항구에서 배를 매어 놓을 때 쓰는 계선주처럼 생긴 등지느러미가 특징인 소형 연골어류 스테타칸투스(Stethacanthus)를 닮았다. 스테타칸투스의 등지느러미를 닮은 부분은 가까운 적에게 발사체를 뿜어내는 다연장포가 설비되어 있다.

우주전쟁 — 그런 진부한 말에는 모두 담기지 않을 만큼 끔찍한 살육과 파괴의 불꽃이 소리도 열기도 중력도 없는 대신 에테르가 가득 차 있는 차가운 우주 공간을 달궜다. 이 우주는 다른 차원의 물리법칙에서는 이미 부정당한 지 오래인 '에테르'가 가득 차 있는 깊은 바다나 다름 없었다. 뻑뻑한 에테르가 행성과 소행성 벨트를 붙잡아 성기게 만들었다.

이 은하계의 작은 태양계에서는 생물체와 기계가 융합된 사이보그가 지배하는 기계 행성과 정신으로 생물의 유전자를 조작하고 정신을 지배하는 유기체 행성 간에 어떤 이유에서 벌어졌는지, 얼마나 길게 벌어지고 있는지, 도대체 어떤 목적으로 지속되고 있는 것인지 아무도 모르는 전쟁이 벌어지고 있었다.

시작은 우연이었다. 이 세상 모든 일은 필연과 우연의 중간에 존재한다. 스토캐스틱(Stochastic) — 과녁에 흩뿌리듯 화살을 쏜다는 뜻의 그리스어에서 유래한 말로, 인과율이라는 사슬이 흘러가는 경로에서 무작위로 일어나는 경우와 작위적으로 선택하는 과정이 모두 존재해 무작위하게 일어난 다양한 가능성의 일부가 주변 환경과 조건에 따라 선택적으로 남는 것을 말한다. 무작위로 벌어지지만 선택의 과정을 거치면서 특정한 결과만 남게 된다.

생물의 진화도, 지성체의 사고도 모두 스토캐스틱하다. 과거를 바탕으로는 추량할 길이 없는 양자 거품이 피어오르거나 양자 도약으로 한계를 뛰어넘기라도 하듯 변화가 창발하는가 하면 끝도 없이 같은 과정이 제자리를 맴돌 듯 반복되기도 한다.

전쟁 또한 마찬가지다. 거대한 기계가 악취와 소음과 증기와 기름을 뿜어내며 씨근덕거리며 지겨울 정도로 똑같은 과정을 반복해 돌아가면서 동시에 수없이 많은 새로운 생명을 게걸스레 집어삼켜 죽이면서 새로운 폭력을 지저분하고 역겨운 배설물처럼 쏟아 내고 그 위에서 뒹군다. 어지간한 소행성만큼 거대하고 수백만 마리를 훨씬 넘는 까마득한 숫자의 우주 괴수가 뜨겁게 끓어오르는 죽음과 폭력의 우주 공간이라는 바다를 헤엄치며 서로를 물어뜯고 불길을 내뿜고 강한 질량을 가진 발사체를 수많은 발사 무기로 발포해 무작위로 뿌려 댔다.

폭격.

폭발.

열기.

죽음.

* * *

스토캐스틱.

몇 '마리'는 벗어나고, 몇 '마리'는 격추된다. 잔인할 정도로 명확히 살아남은 개체와 죽은 개체가 나뉜다. 모든 것은 우연과 운명의 중도에서 결정된다. 공격을 당하고 죽는 순간 삶은 과거가 되고 파멸이 필연이 되고 만다.

어느 다중우주에서나 신진대사는 생명체에게 가장 중요한 과정이다. 배의 키를 잡는다는 그리스어에서 유래한 사이버네틱스라는 학문을 만든 번뜩이는 테라의 지성체들은 신진대사가 일어나는 과정의 추상적인 패턴 자체가 생명 활동과 지성과 같은 것이라고 보고, 유기 생명체와 기계를 결합하는 사이버네틱 오거니즘(cybernetic organism) — 줄여서 사이보그(cyborg)라는 개념을 제시하기도 했다. 더 나아가 완전히 기계로만 이루어졌다 하더라도 에너지를 신진대사해 스스로를 유지하고 정보를 신진대사 해 스스로를 제어한다면 생명체로 봐야 한다는 사고방식으로 발전하였다. 추상적 개념이라는 필연과 실재적 계기라는 우연이 만나면 스토캐스틱한 존재가 탄생하게 되고, 스토캐스틱한 진화의 고리

안에서 사이보그와 기계 생명체가 스스로를 발전시킨 끝에 우주전쟁이라는 파국으로 이어지게 되었다.

파국.

죽음.

섭취.

생명.

여기에 또 다른 스토캐스틱한 인과와 우연의 장난인지, 파괴와 살육을 신진대사하며 스스로를 유지하는 이 영원한 전쟁에 사용되는 모든 병기의 모습은 전혀 다른 차원과 은하계에 속한 태양계 제3행성 테라의 고대 생물과 똑 닮아 있었다. 단순히 모습만 닮은 게 아니다. 생태마저 비슷했다.

* * *

때까치가 먹이를 가시에 꿰어 보관하듯 무수히 많은 가시로 주변의 방해물을 찔러 죽인 우주선이 다시 매끈한 표면으로 돌아갔다. 피와 체액으로 물들어 무지갯빛이 된 지면 위로 우주선에서 늘어져 나오는 반중력 보드워크가 은빛으로 뻗어 나갔다. 젊은 악마가 그 위로 아름다운 외모와 옷차림을 지겹다는 태도로 내보이며 걸어갔다. 갑작스러운 살육에 놀랐다가 이내 복수심과 분노로 불탄 유가족이 달려들었다. 그러나 보이지 않는 역장(force field)이 지켜 주지 않아도 젊은 악마는 매력과 미모로 무장해제를 시켜 버려 아무런 피해를 입지 않았을 것이다. 보드워크는 존자 바로 앞까지 왔다.

가난한 청년을 발견한 악마는 청년을 자비라도 베푸는 양 걸어차 버렸고, 턱뼈가 부러져 피를 토하는 청년이 한쪽으로 나가떨어졌다.

악마는 죽어 가는 존자를 차갑게 내려다보았다. 의심하는 눈초리였다. 이 추하게 우그러지고 망가진 작은 금속 몸체가 정말로 초다중내우주에서도 가장 지혜롭다는 자란 말인가? 차라리 이렇게 고통스러워할 바에야 단숨에 죽는 것이 낫지 않은가? 지혜로운 자라면서 목숨이 아깝단 말인가? 이 자를 죽인다면 나는 초다중내우주에서 가장 주목받는 존재가 될지도 모르는데?

"때가 되면 나는 흩어질 불꽃이니 악명의 훈장을 바라며 손을 더럽히고 굳이 오명을 뒤집어쓸 필요는 없네, 젊고 사악한 이여."

하고 존자가 말했다. 속마음을 들킨 악마가 깜짝 놀라 뒷걸음질 쳤다. 다른 존재의 속내를 읽을 줄 아는 악마는 언제나 자신의 마음을 철저히 숨겨 왔다. 타자에게 속내를 들키지 않고 외려 타자의 속내를 파악할 때 절대적인 권력이 탄생하는 법이다. 젊고 아름다운 악마는 자신의 수법에 역으로 당했다고 느끼고 교활한 늙은 기계를 단숨에 박살내고 싶어졌다.

'아니지.'

하고 악마가 분노를 억눌렀다. 그리고 소리쳤다.

"존자여! 지금 바로 열반에 들라. 바야흐로 존자여, 열반에 들 때가 왔다! 두려운가? 가장 지혜로운 자라 불리면서 저잣거리 잡놈처럼 벌벌 떤단 말인가?"

악마의 말에 모여 있는 모두가 분노했다. 오직 한 사람, 존자만이 평온을 유지했다.

존자가 말했다.

"젊은 악마여! 나는 내 입멸로 괴롭지 않느니라. 머지않아 열반에 들 것이다. 그러나 내가 열반으로 흩어지면 그대는 자신을 괴롭히는 문제를 해결하지 못할 것이다. 그대가 홀로 존재하고 이 세상은 그대의 밑바탕에 불과한지, 아니면 다른 세계나 의식체와 서로 연결되어 서로가 서로를 지탱하고 있는지 궁금해하지 않았던가? 그 질문에 답을 하겠노라."

이 말에 악마가 놀라 다가가더니 한쪽 무릎을 꿇고 몸을 기울였다. 존자가 이야기를 시작했다.

* * *

크고 작은 암석이 부유하는 소행성대 사이로 무언가가 머리를 내밀었다. 작게 원형으로 뚫린 두 눈과 작은 이빨이 난 입이 빼꼼 모습을 내보인다. 적 진지의 중요한 정보를 노리고 잠입해야만 한다.

기묘한 생김새다.

캄브리아기 테라의 바닷속 밑바닥 바위를 걸어 다니던, 테라의 그 어떤 생물과도 닮은 부분이 없는 기묘한 생김새 때문에 라틴어로 '몽상'을 뜻하는 할루키나치오(hallucinatio)에서 따온 '환각에서 본 것 같은 생물'이라는 뜻의 이름이 붙은 할루키게니아(Hallucigenia)를 닮은 정찰선이다. 사이보그 행성이 자랑하는 은밀한 정탐꾼으로, 기억에 남을 기묘한 생김새에도 여간해서는 적의 레이더에 잡히지 않았다. 그래서 더더욱 적은 이 의뭉스러운 작은 정탐꾼을 발견하고도 환각으로 착각하는지도 몰랐다.

정탐꾼 할루키게니아가 조심스레 주변을 살피더니 소행성 그늘 밖으로 서서히 모습을 드러냈다. 지렁이처럼 길고 유연하고 가는 목이 드러났고, 목 아래로 촉수 대여섯 개가 구불텅구불텅 꿈틀거렸다. 길쭉한 몸에는 가시 여덟 쌍이 돋아난 게 보였다. 배 쪽으로 난 가시 네 쌍은 다리, 등 쪽으로 난 가시 네 쌍은 촉수였다. 다리에는 발굽이 한 쌍 붙어 사방으로 뻗은 다리를 소행성에 단단히 고정했다. 목 아래 꿈틀대는 촉수와 등의 가시처럼 뾰족하고 딱딱한 촉수는 모두 감각기관이었다. 목 아래 촉수는 능동적으로 주변을 훑으며 가까운 정보를 주워 먹었고, 등의 촉수는 안테나이자 레이더 역할을 하며 수동적으로 전자기파로 된 정보를 사방에서 쉬지 않고 받아들였다.

가까운 거리에서 테라의 삼엽충(Trilobite)을 닮은 보급함 편대가 빠르게 지나친다. 완전히 기계 몸으로 이루어진 적이었다. 가슴 체절의 무수히 많은 다리로 필요한 부품을 담은 컨테이너를 붙잡고, 마디가 나뉜 측판(pleurae)을 떨면서 에테르를 긁으며 헤엄쳤다. 키틴질로 된 테라의 삼엽충과 달리

합금 소재로 된 외골격은 빛을 반사하지 않도록 주의 깊게 곡선을 이루고 있어 에테르의 아주 연한 분홍색 파도가 스쳐 지나가지 않으면 보이지도 않았다. 삼엽충 편대가 완전히 자리를 뜬다. 할루키게니아는 적의 주요 거점이으로 보급함이 날아가고 있다고 판단하고, 뒤따라 다리로 소행성을 찼다. 에테르의 흐름에 몸을 맡기며 보급함 편대가 간 방향으로 표류하면서 적당한 소행성 뒤에 숨을 생각이었다.

사이보그 행성의 생명체는 미생물이나 다름없는 아주 작은 생명체 집단의 수많은 뇌가 신경계를 이루고 있다. 아주 오래 전 휴머노이드 외계인이 육신을 포기하고 뇌를 더 커다란 존재인 사이보그 행성의 선조와 결합하는 진화 과정을 겪었고, 한참 뒤에나 사이버네틱스화 한 결과다. 테라의 신비주의자가 히말라야산맥에서 사바세계와 멀어져 명상에 잠기는 것과 달리, 우주전쟁에 참가한 모든 오퍼레이터는 명상으로 사이보그와 기계 생명체 병기를 조종했다.

에테르가 전하는 파동을 소나(sonar)처럼 감지한 등의 가시 안테나 레이더가 비상사태를 부르짖었다. 적에게 발각된 것이다. 에테르를 가르고 다가오는 적은 각각 테라의 고대 생명체 — 아노말로카리스(Anomalocaris), 둔클레오스테우스(Dunkleosteus), 헬리코프리온(Helicoprion)을 닮았다. 고대 테라에서도 포식자에 속했던 생물이라 하나같이 강력한 전투 능력을 자랑했다.

이상한 새우라는 뜻의 아노말로카리스를 닮은 적이 마디

가 나뉜 긴 몸 옆으로 마디마다 노처럼 뻗은 측판 지느러미로 에테르를 가르면서 날아들었고, 밖으로 돌출된 차가운 눈으로 할루키게니아의 위치를 확인하자마자 두 갈래로 갈라져 힘을 과시하는 팔처럼 둥글게 말린 '턱'을 뻗쳐 할루키게니아의 가느다란 몸통을 두 동강 내려고 들었다. 할루키게니아가 유연한 몸을 비틀어 겨우 강대한 공격을 피했다. 등의 안테나 가시 두 개를 목숨 대신 포기해야 했다.

안심하긴 일렀다. 데본기를 살았던 둔클레오스테우스를 닮은 적은 부리처럼 생긴 단단한 턱으로 아노말로카리스가 놓친 허리를 물어뜯으려 들었다. 헬리코프리온을 닮은 적도 연달아 공격했다. 회전톱이라는 뜻을 가진 이름은 입안에 난 회전톱 같은 이빨에서 유래했다. 새로운 이빨이 자라면서 모든 이빨을 앞쪽으로 밀어내 점점 소용돌이처럼 말려 회전톱처럼 되는 것이다. 사이보그 할루키게니아는 처참하게 변한 자기 모습을 상상하며 몸을 떨었다. 위급 상태가 되자 신경계가 불타올랐고, 생각이 가속화되었다. 다양한 시뮬레이션이 각각 스토캐스틱한 과정을 거치며 흥망성쇠를 계속했다….

그리고 여기 절실하게 정보를 원하는 존재가 있었다. 신경계를 이루는 부품이 된 뇌다. 육체를 잃으며 잊고 있던 자아가 공포로 인해 깨어났다. 자기보존 본능이라는 자아의 가장 중요한 목적이 살아남는 방법을 찾아 몽상을 일으켰다.

그 결과 세계가 하나 더 탄생했다.

* * *

영구동토를 짓밟는 거대한 이동도시라는 사냥꾼이 덫에 잡힌 사냥감을 회수하러 다가온다. 무작위로 쏜 우연이라는 화살이 몇 개의 필연의 과녁에 명중하였고 그 결과는 죽음이었다. 이동도시가 압도적인 굉음과 체구를 자랑하며 저거너트(Juggernaut)*처럼 오만한 걸음을 옮긴다.

신앙도 희망도 없이 체념한 작은 짐승은 다리를 접고 바닥에 앉아 눈을 감았다. 파르르 떨리는 털. 구할 방도가 없어 멀리서 바라볼 수밖에 없던 무리의 친지가 가족이 무한궤도에 짓눌려 산산조각이 나기 전에 고개를 돌렸다.

작은 비극을 알아차리지도 못한 저거너트가 거만하게 멀어졌다. 저거너트를 위한 변명을 하자면, 저거너트와 같은 이동도시는 초월적 존재로부터 정보를 처리하고 연산하라는 계시를 받아 '레지스터(Register)'산맥으로 향하느라 정신이 없던 와중이었다. 계시가 전한 메시지인 '문제(equation)'를 해결하기 위해 '배드섹터(Badsector)'라 불리는 괴물을 피해 '주어진 조건(與件)' 혹은 '데이텀(datum)'이라 불리는

---

* 무자비하고 파괴적이며 막을 수 없는 것으로 간주되는 힘을 뜻하는 영어 단어로, 힌두교의 신 비슈누의 화신인 자간나트(Jagannath)에서 유래했다. 지금도 나무 조각상을 실은 거대한 전차가 행진하는 종교 행사가 존재한다. 사람들이 인신공희로 전차의 바퀴 밑에 몸을 던져 압사당했다는 13세기 프란치스코회 수도사의 기록이 가장 오래된 문헌 증거이나 실제로 인신공희를 하지는 않는다.

소중한 광석이자 유물을 채굴(mining)한다. 일을 시작할 때가 왔다. 레지스터산맥 근처에서 무한궤도를 멈춘 이동도시가 아가리를 연다. 몸 안에서 다리 여러 개가 달린 다족 보행 수송 차량이 거미처럼 기어 나왔다.

성큼성큼 움직이는 다족 보행 수송 차량이 바위와 크레바스를 능숙히 밟으며 이동하는 사이 차량의 몸통은 전륜(轉輪, gyroscope) 장치를 사용해 완벽한 수평을 유지했다. 내부는 해먹에 누워 있는 것처럼, 앉기 불편한 느낌이 없었다. 내부 공간 양쪽 끝에 놓인 벤치에 인부가 차례로 앉았다. 휴머노이드 외계인으로 테라인과 생김새가 거의 차이가 없었다. 다시 말해 낮은 카스트라는 뜻이다. 태어나면서부터 카스트가 정해진 뒤로 죽을 때까지 그렇게 일해야 한다. 똑같은 일상이 영원회귀 하는 바람에 스스로의 나이는 물론이고 날짜도 알지 못했다. 어쩌면 지금 이 순간 태어났을 수도 있고, 영겁의 세월을 반복했을지도 모른다.

벤치에 앉은 인부 하나는 지치고 병들어 보였다. 마음을 의지하던—생식기능이 제거된 채로 태어나는 육체노동 카스트 휴머노이드에게도 애착이 존재했다. 살아 있는 모든 존재는 애착을 느끼게 마련이다—친구를 어제 잃었다.

그는 주머니에서 데이텀 원석을 꺼냈다. 그는 데이텀의 반짝임을 보길 좋아했다. 친구는 그를 말리곤 했다. 작업관리자가 보면 벌을 주기 때문이다. 그래도 가끔 작업 중 떨어져 나온 데이텀 원석을 몰래 가져다 줬다. 작업관리자가 그를 발견했다. 즉각 전기 충격 처벌이 가해졌다.

'견뎌야 해. 그럼 곧 모든 게 끝날 테니까.'

하고, 그는 굳어 버린 근육 속에 갇힌 이성으로 생각했다.

수송 차량이 목적지에 도착했다. 모두가 차례로 내려 각자의 위치로 향했다. 레지스터산맥의 실리콘 산은 모두 정방형 블록을 쌓아 올린 복셀(voxel) 형태로 매우 기하학적으로 생겼기에 테라인의 눈에는 인공적인 구조물로 보일지도 모른다. 모두가 자리로 이동하는 가운데 그는 친구와 함께 발견했던 갱도로 향했다.

레지스터산맥 내부에 깊은 동굴이 있고 그 안에 발전소가 있다는 사실은 아무도 몰랐다. 무언가가 물을 끓였고, 증기가 발전기 터빈을 돌렸다. 발전기가 만든 에너지는 코브라의 등뼈를 타고 돌면서 1넘을 두들겼고, 영원히 !카이 상태에 빠져 있는 코브라의 링 월드가 끝없이 회전하며 이동도시의 동력원인 원심력을 제공했다. 그렇게 세계가 유지되고 있었다.

여기서 그와 친구는 고대의 단말기를 발견했다. 단말기의 스크린에서는 아름다운 옷을 입고 춤을 추는 여러 낮은 카스트가 보였다. 그러나 그들은 인부나 노예로 보이지 않았다. 스크린 속 기묘한 이들의 반짝이는 옷과 아름다운 노래가—그는 노래라는 개념을 몰랐기에 청각으로 전해지는 기분 좋게 잘 조직된 소리가 노래라는 사실을 몰랐지만—그와 친구의 지친 마음을 위로했다. 두 사람은 자주 이곳으로 도망쳐 와 아름다움을 즐겼다. 갑자기 인생이 견딜 만한 것이 되었다. 처음으로 이동도시가 아닌 다른 존재를 숭앙하고 싶

은 기분이 들었다. 이들은 신이었고, 반짝이는 데이텀 원석
은 이들을 떠올리게 만드는 우상이 되었다.

친구는 우상을 숭배하러 갱도로 들어갔다가 들켜 살해
당했다.

이들은 몰랐다. 자신들이 발견한 춤추고 노래하는 화려하
게 반짝이는 이들이 실은 테라의 제3행성 한국이라는 작은 나
라의 대중음악이고, 이들이 우상으로 불린다는 사실을. 그들
이 보는 것이 실은 이미 사라지고 없는 테라의 기억을 알 수 없
는 이유로 가상현실로서 계속 유지하고 있는 거대한 서버 컴
퓨터의 기억이라는 사실을. 어느 자아를 잃은 뇌가 영겁이 지
나 다시 자아를 되찾고 난 뒤 떠올린 무의식의 복합체(com-
plex)라는 사실을. 그리고 이 무의식의 복합체가 만드는 가상
현실을 끝없이 렌더링하는 거대한 연산장치가 발전소 안에서
수냉식으로 발열을 해소하는 대신 뿜어내는 증기로 터빈이 돌
아가고 있고, 그 에너지가 이 시공간 차원 모든 것을 지탱하는
에너지원이 되고 있다는 사실을.

그는 단말기의 코드를 따라 몰래 땅을 팠다. 평생 땅을
판 그에게도 쉬운 일은 아니었다. 이동도시에서는 마음대로
나가지 못하고, 이동도시는 세계를 하루 동안 한 바퀴 돈다.
이동도시가 다시 레지스터산맥으로 돌아오면 들어와 쉬고,
다시 한 바퀴를 돌면 일을 하는 식이다. 그는 일부러 배드섹
터에게 붙잡힌 것처럼 꾸몄다. 배드섹터는 먹이를 보관했다
가 섭취하는 습성이 있었고, 인부 한둘이 배드섹터에게 잡아

먹히는 것쯤 미리 계산해 둔 '비용'이었기에 아무도 신경 쓰지 않았다.

다족 보행 수송 차량은 배드섹터를 모방해서 만들었다. 배드섹터에는 '바닥을 기는 혼돈의 사생아'라는 뜻이 담겨있다. 기호 '∧'와 비슷한 모양으로 구부러진 수많은 긴 다리로 소리 없이 빠르게 이동하며 먹이에게 점액을 뿌려 포획하는 사냥 방식을 취했다. 점액이 공기 중에서 산화하면 젤라틴처럼 흐물흐물하면서도 질긴 상태로 변한다. 이렇게 포획한 먹이를 등 위에 얹어서 둥지로 모은다. 포획된 먹이가 몸부림치다가 지쳐서 얌전해지면 배드섹터 무리가 공동으로 나누어 섭취한다.

그는 배드섹터에게 일부러 포획됐다. 이미 친구와 몇 번 이런 식으로 탈출해 시간을 보낸 적이 있었다. 점액의 함정에서 빠져나가는 방법도 이미 익숙했다. 팔다리를 활짝 펼친 채로 포획됐다. 몸을 접어 공간을 만든 뒤 곡괭이를 이용해 점액을 끊어 낼 수 있다. 그렇게 둥지에서 탈출한 그는 필요한 것을 챙겨 반나절만에 갱도로 돌아왔고 하루 동안 단말기 코드가 이끄는 대로 땅을 팠다. 그러다 다시 돌아온 이동도시로 복귀했다. 그렇게 몇 번 반복한 끝에, 그는 발전소에 도달할 수 있었다.

무지한 그의 눈에는 발전소는 냉각수를 뿜어내는 거대한 배드섹터처럼 보였고, 그는 이 발전소가 친구가 좋아하던 우상이 사는 곳이라고 단정 지었다. 그는 친구의 죽음에 복수하고 싶었다. 오늘은 복수의 날이었다.

그는 미리 준비한 폭발물을 설치했다. (제작대의 제작창을 이용해 레시피대로 몇 가지 데이텀 복셀을 2×2나 3×3으로 배치만 하면 누구나 간단히 만들 수 있다. 문제는 제작대를 만들기 위한 네 가지 종류의 실리콘을 구하는 일이다. 배드섹터의 둥지에서는 쉽게 구할 수 있다. 둥지에서 챙긴 필요한 것의 정체다.)

'곧 만날 거야.'

하고, 그는 폭발물의 뇌관을 점화하면서 생각했다. 유언이었다.

* * *

할루키게니아가 아노말로카리스의 두 갈래 턱과 둔클레오스테우스의 부리를 닮은 강인한 턱과 헬리코프리온의 회전톱 같은 이빨에 갈갈이 끊어졌고, 할루키게니아의 신경계 속 뇌가 죽음으로 몽상에서 깨어났다. 발전소가 무너졌고, 이 시공간 차원도 멸망했다. K-POP이라는 개념이 일부 다중우주에서 잠시 사라졌다 곧 복구되었다. K-POP 팬덤 간의 정보 공간 속 전쟁의 초월적 은유였던, 에테르 심해에서 벌어지던 끝없는 우주전쟁이 K-POP 개념과 함께 사라졌고, 끝내 복구되지 않으면서 사실상 종료되었다. 존자의 이야기를 들은 악마는 아무것도 이해하지 못한 채 욕을 퍼부으며 떠났다. 그러나 자신의 집으로 이동하는 도중 방향을 틀어 변경 행성에 틀어박혀 생각에 잠겼고 대열반나무를 심어 자신이 앗아간 모든 생명을

명상하며 죄책감에 짓눌렸다. 더 긴 명상을 위해 자신의 육신을 버리고 기계 몸을 취하게 되었고, 행성이 초신성이 되어 폭발하려 할 때 주|호안시의 후예가 그를 구했다. 주|호안시의 후예는 그를 위대한 흰 코끼리라 불렀다. 초다중내우주에 위대한 흰 코끼리가 돌아온 것을 모두가 축하했다. 모든 것이 스토캐스틱했다.

스위트 솔티

부산에 도착한 후 줄곧 이곳은 내 고향이었다. 그리고 보트 위에서 떠돌다 지친 사람들이 지금 막 부산 해안에 상륙했다. 우리는 손을 뻗어 상륙하는 사람들을 부축했다. 머릿속에서 목소리가 들려왔다.

　도주하고 배회하는 자여. 방황하고 망명하는 자여. 푸른 바다를 떠나 새로운 고향을 맞이합시다. 이전 땅은 곧 사라지리니 새로운 땅으로 갑시다. 그들이 고향이라 부르는 곳, 우리에게도 고향이 될 곳으로.

　우리는 모두의 고향이 된 곳에 서서 굳게 손을 맞잡고 별을 올려다보았다. 새로운 고향을 그리며.

1.

달의 인력이 바닷물을 유난히 크게 부풀어 오르게 한 날 나는 배 위에서 태어났다.

　태어나는 순간부터 크게 흔들렸기에 흔들리는 순간을 모두 더하면 내 삶 자체가 되었다. 떠다니는 삶, 흩어지는 삶, 휘청이는 삶, 한곳에 머물지 않는 삶도 그랬다. 엄마가 임신한 몸으로 홀로 배에 올라서는 순간을 떠올려 본다. 엄마의 자궁 속에서 나는 엄마의 발걸음에 맞춰 흔들렸다. 양수 속에서 둥둥 떠다녔다. 엄마가 배에 오르자 흔들림은 두 겹이 되었다. 나는 흔들리는 게 좋았다. 태어나기 전부터 배에서 사는 삶을 원했고 내가 먼저 엄마에게 제안한 것만 같았다. 배에 오르며 엄마가 내게 물었다.

"정말 괜찮겠어?"

나는 엄마 뱃속에서 느긋하게 헤엄치는 것으로 화답했다.

한 번도 가보지 못한 엄마의 나라는 '바다거품'이라는 이름을 가졌다. 엄마가 떠나기 직전 그 나라에서 안경을 쓴 사람은 사형당했다. 글을 쓸 줄 아는 사람은 불온하다 불렸다. 엄마의 아빠, 내 할아버지는 어느 날 길을 가다 글을 쓸 줄 아느냐는 질문을 받았고 평생 유일하게 외우고 있던 자신의 이름 네 자를 길바닥에 자랑스럽게 적었다. 그리곤 뿌듯하게 바닥을 내려다본 그 자세 그대로 총에 맞아 자기 이름 위로 쓰러졌다. 국외에 친척이나 지인이 있는 사람은 어디론가 끌려갔다. 남은 사람은 조용하게 살았다. 아무도 책을 읽지 않았고 눈이 나빠도 안경을 쓰지 않았다. 자신의 이름을 쓰는 법도 잊기 시작했다. 바다 밖 세상, 자유로운 문물에 구태여 눈을 돌리지 않았다. 바다거품은 학살의 대명사가 되었다. 자국민을 잔혹하게 학살하는 사건은 그 나라의 바다거품이라 불렸다. 국민 대부분이 빈곤했지만 통계상 국민 행복

지수는 전 세계 상위권이었다. 도저히 행복할 수 없다고 대답할 사람은 통계 집계 전 세상을 등지고 말았다.

바다 위에서 태어난 내게 사람들은 늘 출신을 물었다. 대답하기 귀찮을 때 나는 엄마 나라인 바다거품이란 이름을 말했다. 사람들은 과연, 하며 고개를 끄덕였다. 차근차근 이해해 줄 것 같은 사람에겐 정확하게 말했다. 나는 배 위에서 태어났고 엄마와도 세 살 때 헤어졌으므로 출신은 바다거품 나라도 어디도 아니고 바로 이 배라고. 그 대답을 하는 순간에도 미친 듯 상하좌우로 파도 위에서 널뛰고 있는 갑판 바닥을 향해 단호히 손가락을 내리꽂으며 나는 답했다. 이해한다는 눈빛을 품은 사람들은 안타까운 표정을 보였다. 동정받으려던 건 아니었는데, 배가 고향이라 얘기하면 사람들은 슬퍼했다. 이렇게 흔들리는 곳을 나라라고 부를 순 없다고 말하는 듯했다.

엄마가 배 위에서 몸을 풀었고 나는 진주라는 뜻의 '무티아라'라는 이름을 얻었다. 엄마의 몸이 약한 바람에 나는 수많은 엄마들의 젖을 얻어먹으며 자랐다. 출신 관계없이 엄마들의 젖은 언제나 달콤했다.

세 살 때 엄마가 돌아가신 뒤, 나는 뱃사람들 무리를 전전하며 살았다. 기억에 남지 않아 누군가의 증언을 통해서만 회상할 수 있는 시절이었다. 배에 탄 여러 그룹의 사람들이 돌아가며 나를 돌봤다. 사람들의 국적과 문화는 다양했다. 나는 여러 나라 사람들의 품앗이로 자랐다. 배고픈 사람들의 손에서 손으로 건네어지며 먹은 것 이상으로 쑥쑥 자랐다. 나는 배고픈 자들이 빚어낸 선의의 총합이었다.

여러 나라 엄마들의 손을 타며 각국의 옛 노래와 옛이야기를 들었다. 알록달록한 햇빛이 스며드는 기도실에서 하루세 번 평화를 기원했다는 알리두스티 할머니에게 그 나라의 천일야화를 들었다. 하늘의 신이 지상에 내려와 악한 무리를 멸했다는 유목민 출신의 아주머니에게 밤하늘의 별자리 이야기를 들었다.

평온한 날보다 거친 날이 더 많았다. 달의 인력에 바다가 유난히 커다랗게 부풀면 우리는 배 안 기둥을 붙잡고 단단히 버텼다. 누군가 밤하늘 너머에서 우리 배를 끌어 올리려는 것만 같았다. 그런 날이면 유독 머릿속에서 노랫소리가 들려왔다.

사랑하는 나의 고향 한번 떠나온 후에
날이 가고 달이 갈수록 내 맘속에 사무쳐
자나 깨나 너의 생각 잊을 수가 없구나.

사람들에게 물어보니 고향을 떠난 사람들은 머릿속에서 늘 노랫소리가 들린다고 했다. 처음 듣는 노래였지만 그건 내게도 고향의 노래가 되었다.

엄마가 분만할 때 나를 받아 올렸다는 시트러스국의 나이 지긋한 여자 올리브가 나의 두 번째 엄마가 되었다. 그녀는 나와 피부색과 눈동자 색이 전혀 달랐다. 하지만 내가 그녀를 엄마라고 부르자 우리는 모녀 사이가 되었다. 말을 하고 싶어 입이 간지럽던 시절이었다. 나는 그녀의 성을 따라 슐레이만이 되었다. 그녀는 그녀 어머니의 성을 따랐다. 그녀의 어머니도 그녀와 국적이 달랐다고 한다. 나는 태어나자마자 세 여자의 고향을 고스란히 품게 되었다. 엄마들의 나라 '바다거품'국과 '시트러스'국, 할머니의 나라 '주정뱅이술탄'국의 풍경은 푸른 바다 너머 내 상상 속에서 다채롭게 빛났다. 언젠가 세 나라를 다 여행해야지. 육지가 한 조각도 보이지 않는 망망대해 위에서 나는 근사한 꿈을 품었다. 그녀들이 내게 안겨 준 꿈이었다.

두 번째 엄마 올리브는 나와 만난 순간을 이렇게 말하곤 했다.

"그날 바닷물을 길어 빨래하고 있는데 커다란 조개를 건져 올리게 된 거야. 그 속에 네가 있었지 뭐니."

성교육에 서툴던 옛날 부모들이 아기의 탄생을 꾸며 대는 식이었다. 올리브의 이야기 속에서 엄마의 양수는 바닷물, 엄마의 분만은 빨래, 태반은 조개가 되었다.

"뭐야. 나한텐 조개가 진짜 엄마였어?"

"조개가 나한테 얘기하더라고. 자기는 오늘 뱃사람들 저녁 식사로 구워 삶아질 운명이니 널 잘 부탁한다고 말이야."

나는 깔깔대며 웃었다. 그리하여 엄마의 이야기 속에서 나는 조개라는 세 번째 엄마를 갖게 되었다. 엄마의 이야기가 은유라는 것을 알았지만 이야기가 아주 마음에 들었기 때문에 나의 탄생 설화로 삼았다.

"엄마, 엄마! 이것 봐! 우리 엄마야!"

갑판에 굴러다니는 조개껍데기를 보면 그 안으로 들어가는 척했다. 그때마다 엄마는 어처구니없다는 듯 웃었다.

"무티아라 술레이만, 이제 넌 너무 커 버렸어. 널 진주 목걸이로 만들면 너무 무거워서 목에 매달 수가 없다고."

엄마가 진지하게 말했고 나는 엄마 목에 매달려 낄낄댔다.

배 위에서 다섯 개의 언어를 배웠다. 각각의 언어가 품은 다채로운 사고방식도 배웠다. 나는 다른 친구들이 모두 떠나 홀로 자기 나라 대표가 된 타쿠미 할아버지의 유일한 말동무가 되었다. 어려서 자기 나라를 떠나 모국어를 잊은 바람에 모국어와 이민국의 언어를 조합해 제3의 언어를 만들어 쓰던 죠니 아저씨의 농담을 이해하는 유일한 사람이 되었다.

타쿠미 할아버지의 언어에는 무척 내성적인 사람들의 태도가 묻어 있었다. 쓸쓸해 보이는 얼굴이 걱정돼 안부를 물으면 할아버지는 대답했다.

"멀미가 멎지 않는구나. 하지만 괜찮다."

죠니 아저씨의 언어에는 무척 다혈질인 사람들의 습관이 배어 있었다. 아저씨는 악의 없이 솔직했는데 가끔 듣는 사람을 서운하게 만들기도 했다.

"바다거품국 사람들은 동북쪽 나라의 가난한 사람들과 정말 비슷하게 생겼구나. 동북의 나라들은 똑같이 생긴 사람들끼리 정말 사이가 나빴지."

배 위에도 사이가 좋지 않은 그룹이 있었다. 떠오르는 아침 해를 향해 기도해야 한다는 사람들과 지는 저녁 해를 향해 기도해야 한다는 사람들이 특히 서로 죽일 듯 싸웠다. 두 그룹은 언어와 문화가 같았고 심지어 기도를 올리는 신도 똑같았지만 상대의 언어를 모른다는 듯 서로의 말을 무시했다.

여러 언어를 이해하는 바람에 날 찾아오는 사람도 많았다. 배에는 다양한 언어가 공존했으니까. 나는 어떤 이가 품은 마음을 다른 이의 마음으로 연결하는 일에 불려 나갔다. 두 개의 마음을 이어 붙이는 일이었다. 한 언어가 품은 신비로운 말을 다른 언어에 담긴 무척 현실적인 언어로 바꾸었다. 물론 반대로도 말해야 했다. '10시에 만나자'는 어떤 이의 건조한 약속을 '아침 식사를 잘 끝냈을지 안부가 궁금한 마음을 품고 문을 두드리자'고 전달했다. 두 사람 모두 만족한 모습을 보면 나도 뿌듯했다.

결국 엄마의 말은 배우지 못했다. 세 살 때 엄마가 돌아가신 뒤 배에 남은 바다거품국 사람은 나밖에 없었다. 노환으로 타쿠미 할아버지가 돌아가신 뒤 내가 할아버지의 언어를 구사할 줄 아는 유일한 사람이 되었을 때와 비슷한 기분이었다. 누구와도 연결되지 못하면 아무리 많은 말을 알아

도 허전했다. 마음이 허전할 때면 노랫소리가 더 크게 들려
왔다.

　　사랑하는 나의 고향 한번 떠나온 후에

　　날이 가고 달이 갈수록 내 맘속에 사무쳐

　　자나 깨나 너의 생각 잊을 수가 없구나.

　머릿속에서 들려오던 노래는 내가 이해한 언어 수만큼
다섯 개의 언어로 가사가 바뀌어 들려오곤 했다. 노래와 함
께 가 본 적 없는 나라의 풍경이 떠올랐다. 바다가 가까운 마
을이 눈에 선했다. 차가운 땅을 일구며 뜨겁게 살아남은 사
람들이 사는 곳이었다. 민속 의상을 입은 그들이 배에 탄 우
리를 향해 손짓했다. 고향은 뒤에 두고 온 곳이 아니라 앞으
로 당도하게 될 곳이라고 이야기하는 것 같았다.

　수년간 우리는 먹을 것이 풍부하고 기후가 온난한 무인도를
찾아 떠돌았다. 매일 빗물을 모으고 낚시를 했다. 고향에서
가져온 흙으로 배 위에 작은 텃밭을 만들어 일궜다. 적은 수
였지만 소와 양을 길렀다. 우리는 따듯한 나라를 발견하지
못했다. 할 수 있는 모든 일을 다 해낸 순간에도 우리 배는
망망대해 위에 둥둥 떠 있을 뿐이었다. 아사 직전에 큰 배를
만나 합류한 것이 우리가 맞은 마지막 행운이었다. 그 배에
서 나는 처음으로 바다거품국 사람들을 만났다. 엄마의 언어
였지만 이해할 수 없었다. 샐러맨더를 만나지 못했다면 나는
기껏 만난 고향 사람들과 인사도 나누지 못할 뻔했다.

"넌 어떻게 바다거품국 말이랑 시트러스국 말을 알아?"

나는 샐러맨더의 눈동자 속 우리와 똑같은 빛깔을 들여다보며 물었다.

"우리 아빠랑 고모가 바다거품국 사람이었어. 엄마는 시트러스 출신이고."

나는 샐러맨더 덕에 고향 말을 배웠다. 엄마 나라의 말로 미안해, 사랑해 같은 말을 배웠다. 그러자 일찍 나를 떠나 원망스러웠던 엄마를 조금 용서할 수 있게 됐다. 샐러맨더는 나를 바다거품국 말로 여동생이라고 불렀고 나는 샐러맨더를 시트러스국 말로 남동생이라고 불렀다. 우리는 만나자마자 남매가 되었다.

사랑하는 나의 고향 한번 떠나온 후에

날이 가고 달이 갈수록 내 맘속에 사무쳐

자나 깨나 너의 생각 잊을 수가 없구나.

샐러맨더가 두 개 언어로 고향 노래를 듣는다고 했을 때 나는 샐러맨더 앞에서 조금 뻐겼다. 나는 샐러맨더에게 배운 바다거품국의 언어를 포함해 여섯 개 언어로 노래를 듣고 있기 때문이었다.

샐러맨더는 철새처럼 언젠간 고향으로 날아갈 거라고 말했다. 가까이서 비행기를 직접 본 적도 없었을 거면서 녀석은 파일럿처럼 폼을 잡았다. 나는 샐러맨더의 비행기가 달의 인력에 이끌려 밤하늘로 높이 솟아오르는 모습을 예지몽처럼 머릿속에 떠올렸다.

* * *

내가 열네 살, 샐러맨더가 열세 살이 되던 해, 우리 배는 타스만이라는 섬나라 항구에 정박했다. 즉시 하선하진 못했다. 허가가 떨어지길 대기했는데 반년이 넘게 걸렸다. 우리는 반년 동안 하염없이 지상을 바라보았다. 뛰어내리면 바로 지면에 착지할 정도로 가까운 거리였다. 어느 밤 샐러맨더가 아이들 몇 명과 함께 타스만 경비대가 교대할 때 밖으로 뛰어내렸다가 돌아왔다. 배로 돌아온 샐러맨더가 의기양양하게 말했다.

"정말이라니까. 땅 위에 서면 진짜 어지러워. 지면은 꿈쩍도 안 하는데 엄청 핑핑 돈다고."

전력으로 뛰어가다 보면 날아가는 것처럼 순간적으로 공중에 머물게 된다고 허풍을 치던 샐러맨더였다. 나는 팔짱을 끼고 말했다.

"흥. 그렇게 핑핑 도는 곳이라면 저 나라 사람들은 어떻게 저렇게 태연하게 살 수 있는 거지?"

샐러맨더는 오빠처럼 뻐겼다.

"넌 배에서 태어나서 모르겠지만, 난 지상에서 태어났잖냐. 다섯 살 때 배에 올랐기 때문에 나는 선상과 지상 양쪽 다에 익숙하거든. 나를 보고 수륙 양용이라 하지."

녀석이 먼 하늘을 올려다보며 말했다. 그 순간, 샐러맨더가 조금 어른스러워 보이긴 했다. 샐러맨더가 내 어깨를 두드렸다.

"지면에 발 딛고 살면 금방 또 적응돼. 걱정하지 마."

나는 조금 안심했다. 그날 밤 나도 지상에 내려갔다 오려고 계획했는데 실행은 중지되고 말았다. 어른들이 우리의 모험을 용인하지 않았다. 아이들이 지상에 발을 딛기만 하고 바로 돌아온다는 건 알았지만 추방될 우려가 있다고 했다. 창밖으로 보이는 지상은 코앞이었지만 우리에겐 꽤 먼 나라 이야기가 되고 말았다.

정박한 삶도 흔들렸다. 우리의 시간도 흔들렸다. 타쿠미 할아버지가 그즈음 배에서 삶을 마무리 지었다. 우리는 떠나는 자를 먼바다로 돌려보냈다. 썰물이 그들을 고향으로 데려가 주길 기도했다. 떠난 사람들이 입던 옷을 물려 입었다. 그들의 유품은 고스란히 보급품이 되었다. 배 위의 수많은 삶은 이어지고 기워져 하나의 커다란 조각이 되었다.

2.

반년 후 밀물이 넘친 날, 배 문이 갑자기 열렸다. 우리의 하선은 다른 나라에서 크게 뉴스가 되었다고 했다.

우리는 타스만에 입국했다. 그동안 신경 쓰지 않았던 국적이 필요했다. 신분증을 신규 발급할 곳이 없었다. 나는 올리브를 따라 시트러스 출신이 되었다. 시트러스 사람들과 피부색도 눈동자 색도 전혀 달랐지만 타스만 사람들은 신경 쓰지 않았다.

처음으로 지상에 내려 선 순간을 잊을 수 없다. 샐러맨더와 애들이 말한 대로였다. 지상이 너무 핑핑 돌아 주저앉고 말았다. 덜컥 겁이 났다. 이런 데에서 넘어지지 않고 살 수 있을까? 멀미가 그치지 않았다. 어른들도 주저앉아 한참 헛구역질을 했다. 샐러맨더가 어지러움을 이기며 말했다.

"금방 적응될 거야. 걱정하지 마."

나는 임시 여권과 1년짜리 체류 비자를 얻었다. 타스만 문화를 존중하라며 시트러스국의 언어로 주의 사항이 적힌 수첩도 받았다. 나는 올리브와 샐러맨더와 헤어져 혼자 타스만에서 살기로 했다. 샐러맨더 일행과 올리브에겐 나 말고도 돌봐야 할 어른들과 아이들이 너무 많았다. 부담을 끼치고 싶지 않았다. 다행히 나는 모험이 두렵지 않았다. 올리브는 지니고 있던 자기 어머니의 목걸이를 내게 건넸다. 끈 귀퉁이가 낡은 목걸이를 나는 발목에 찼다. 목걸이는 할머니의 나라와 어머니의 나라를 거치고 선상에서 부유하던 연합국을 거친 뒤, 내 발걸음과 함께 이제 네 번째 나라 위에 올라섰다.

어디로 가서 살아야 할지 아무도 알려주지 않았다. 어머니와 샐러맨더와 1년 후 이 항구에서 재회하기로 약속하고 나는 도시를 향해 걷기 시작했다.

어지럼증은 도무지 그치지 않았다. 샐러맨더의 격려처럼 금방 적응될 거라 믿었지만 멀미는 지상에 발을 딛고 있는 동안 계속됐다. 타쿠미 할아버지의 혼잣말이 그제야 생각났다.

"어떤 선원은 아무리 오래 배를 타도 멀미를 계속한단다. 영원히 바다에 적응하지 못하는 사람도 많단다."

타쿠미 할아버지는 파도 증후군이었다. 타스만 보건소에서 나는 지상 증후군이란 진단을 받았다. 어딜 가나 잘 적응할 거라 굳게 믿었는데 겨우 멀미라니. 흔들리지 않는 견고한 지상에서 내 몸은 계속 균형을 잡지 못했다. 얇은 양팔은 허공에서 자주 허우적거렸다. 배 위에서 미친 듯 흔들리던 삶이 그리웠다.

어지럼증은 새로운 일상이 되어 갔다. 배 밖 삶은 어쨌든 새로웠다. 타스만에서 나는 거처가 없었고 내게 거처가 없다는 것을 알면 사람들이 불편해했기에 최대한 눈에 띄지 않는 곳을 찾아 머물렀다. 난민 여행 수첩에 적힌 기초 타스만 말을 달달 외웠다. 실생활에선 주로 배고프다, 일하고 싶다, 같은 말을 반복하며 살았다. 기왕이면 타스만 사람들을 웃기게 할 표현을 알고 싶었지만 난민용 수첩에 그런 표현은 없었다. 세상사엔 일절 관심 없는 린다의 창고로 들어가지 못했다면 나는 길에서 굶어 죽고 말았을 것이다.

갑자기 기온이 떨어진 밤, 나는 재봉사의 창고에 들어가 낡은 옷 사이에 파묻혀 잠들었다. 창고에 들어서니 이미 회색 고양이 둘이 점령 중이었다. 선주민들에겐 조금 미안했지만 어쩔 수 없었다. 고양이들은 깜짝 놀랐지만 창고를 떠나진 않았다. 우리는 서로 거리를 유지한 채 그 밤을 보냈다.

재봉사 린다가 고양이들 먹이로 창고 앞에 놓아둔 잔반을 뺏어 먹었다. 고양이들의 날카로운 항의가 이어지는 통에 린다가 나의 존재를 알게 되었다. 그녀는 고양이가 한 마리 더 늘어난 것처럼 나를 보았다.

"흠, 밥을 어떡한담?"

경찰에 신고하지도 않았고 어디서 온 거냐고 나를 추궁하지도 않았다. 상식적인 일 처리를 떠올리지 않는 것 같았다. 그녀의 눈빛이 배에서 함께 살아온 사람과 크게 다르지 않아 보여 나는 친근감을 느꼈다. 심지어 린다는 나보다 더 어지러워 보였다.

그녀의 작업실엔 낡고 해진 옷들이 먼지를 두르고 있었다. 먼지 털 듯 가끔 밥을 챙겨 줬는데 어딘지 표정에 그늘이 보인 다음 날이면 꼼짝하지 않아 밥을 건너뛰는 날도 잦았다. 띄엄띄엄 린다가 음식을 제공하면서 나는 고양이들과도 평화로운 관계를 회복했다. 고양이 둘이 세수를 하자 감춰 두었던 하얀 얼굴이 드러났다.

먹고 잘 공간이 생기자 나는 비로소 도서관에 나가 말을 배우고 일을 찾아 나섰다. 지상은 여전히 어지러웠다. 멀미가 날 땐 공원에서 수돗물을 마셨다. 소금기 없는 물은 부드러웠다.

린다는 작업실에 거의 오지 않았다. 그녀가 열심히 일하면 나로선 생활 공간을 침해받으니 무슨 이유로든 그녀가 일하지 않는 것이 마음 편했지만, 나는 아무렇게나 굴러다니던 그녀의 낡은 옷가지 중 하나를 걸레 삼았고 또 다른 옷은 고양이 목욕 타월 삼았다. 걸레와 타월을 노려보는 그녀의 시선을 느꼈다. 의도하지 않았던 유용성을 보고 그녀도 만족하길 바랐다. 걸레는 두세 가지 천을 이어 만든 패치워크였다. 한때 그녀가 공들여 이어 붙인 작업을 걸레로 삼은 건 조금 미안했지만, 어차피 그녀의 창고 안에서 썩어 가는 것이었다. 걸레로라도 쓰이는 게 낫지 않나? 나는 묵묵히 걸레질하며 그녀에게 항변했다.

약간의 거리를 두고 고양이들과 나와 린다는 천천히 우리의 시간을 이어 붙였다. 나는 그녀가 좋았다. 그녀가 나를 내버려 두는 게 좋았다. 또 하나, 그녀가 음식을 많이 먹지 않아 깡말라 비틀어져 좋았다. 그녀의 창고에서 우리가 굶고 있을 때 집 안에서 폭식하는 린다를 바라봤다면 나는 그녀를 몹시 미워했을 것이다. 나를 배려하려는 의도는 아니었겠지만 그녀는 식사를 제대로 챙기지 않았고, 걱정하는 지인들이 남기고 간 음식을 나와 고양이들에게 나눠 주었다. 그랬다. 그것이 내가 그녀를 좋아한 가장 큰 이유였다.

타스만의 지상에서도 가끔 고향 노래가 들려왔다.

사랑하는 나의 고향 한번 떠나온 후에

날이 가고 달이 갈수록 내 맘속에 사무쳐

자나 깨나 너의 생각 잊을 수가 없구나.

나는 공중을 가리키며 린다에게 물었다.

"이 노래 들려요?"

린다는 무심하게 말했다.

"저녁 6시면 울려. 시보일걸."

배에서도 줄곧 들었기 때문에 그게 시보가 아니란 걸 나는 알고 있었다.

"린다, 고향 어디?"

그러자 린다가 답했다.

"난 여기서 나고 자랐어."

그녀에게 노래가 들리지 않는 이유를 알 것 같았다. 그녀는 새로운 곳으로 갈 미래를 떠올리지 않았다. 나는 달랐다. 지금 머무는 곳이 영원히 내 고향이 될 거라고 확신할 수 없었으니까. 북쪽 나라의 차가운 바다가 또 한 번 마음속에서 파도쳤다.

계절이 바뀌었다. 입고 왔던 옷이 너무 얇아 대책을 마련해야 했다. 나는 그녀의 재료 더미를 뒤졌다. 몸에 맞는 옷을 찾아 되는대로 겹쳐서 입고 다녔다. 기장을 잘라 내고 품이 넓은 옷은 폭을 줄이고 싶었다. 어느 날 그녀의 먼지 덮인 재봉틀을 돌려 엉성하게 옷을 수선했다. 그러자 재봉틀 소리를 들은 그녀가 문을 노크했다.

"아, 미안해요."

애초에 허락을 구할 생각은 없었지만 아는 타스만 말로 간단하게 사과했다. 어차피 버릴 거죠, 라는 생각이 담겨 꽤 당돌한 어조가 되었다. 그러자 그녀가 찡그린 얼굴로 성큼 창고 안으로 들어왔다.

"아니, 그렇게 하면 안 되지."

그녀는 화를 냈다. 자신의 물건에 손댄 것에 불쾌함을 표하는 줄 알았다. 그녀는 내가 양손에 들고 있던 옷을 낚아 채더니 재봉틀 앞에 앉았다.

"그렇게 엉성하게 마감하면 금방 다 터지고 만다고."

그녀는 능숙한 솜씨로 깔끔하게 옷을 수선했다.

"더 있어?"

나는 모아 두었던 옷들을 가져가 열심히 설명했다. 이건 장식도 괜찮고 무늬도 좋은데 너무 짧아요. 이 바짓단을 이어 붙이면 개성 있는 바지가 될 것 같아요. 타스만 말로는 무척 짧게 표현되었다.

"이거, 이거, 하나로."

다른 것도 가져가 설명했다. 이건 폭이 너무 넓어서 등 부분을 잘라 내어 품을 줄이고 싶어요. 나는 셔츠의 폭을 좁게 줄여서 슬림하게 만들어 보이며 말했다.

"이건 이렇게, 작게."

이건 겨울옷치고는 너무 얇아서 반팔로 만들고 싶어요.

"이건, 어…."

나는 반팔을 말하는 어휘를 몰라, 손가락 두 개로 가위 모양을 만들어 소매 부분을 자르고 싶다고 표현했다. 아는 단어만으로 짧게 말했다. 제대로 전달됐을까 싶었을 때 그녀가 재봉틀 앞에 앉아 나를 올려다보며 말했다.

"하나씩 하나씩 하자고. 솔티."

그녀가 나를 솔티라고 부르며 불평했다. 솔티라는 말 속에 바다 냄새가 묻어 있는 것 같았다.

"한꺼번에 일을 가져와 날 부려 먹는 사람들이 옛날부터 있었다니까. 어이구."

그녀는 열심히 일하던 시절 잔소리를 하던 보스와 동료들을 솔티라고 불렀단다. 그날처럼 많은 말을 하는 린다를 처음 보았다.

그 후 한동안 책상 끄트머리에서 먼지가 폴폴 떠오르며 그녀의 재봉틀이 덜덜 떨렸다. 덜컹거리는 끄트머리엔 고양이 둘이 누워 흔들리며 낮잠을 잤다. 매일 창고에 드나들면서 린다는 솔티라는 호칭 앞에 스위트를 붙이기 시작했다. 스위트 솔티. 그게 나의 새로운 이름이 되었다. 작업하러 올 때마다 그녀는 과일이며 과자, 고양이들에게 줄 삶은 돼지 간이나 허파 같은 음식을 들고 왔다. 그녀가 일하는 동안 우리는 음식을 먹어 치웠다. 낡은 재봉틀이 덜컹거리며 떨리는 바람에 창고 벽과 바닥이 요란하게 흔들리자 나는 오랜만에 편안했다. 지상 부적응 신드롬이 잠시 낮는 것 같았다. 그녀도 그 순간, 현실 부적응 신드롬을 조금은 잊는 것 같았다.

나는 이 나라의 일원이 될 방법을 찾고 싶었다. 정식 학교는 아니지만 린다가 알아봐 준 방과 후 학교에 나가 수업을 들었다. 나이 제한, 취업 자격 제한이 있어 쉽지 않았지만 가리지 않고 일했다. 하지만 교육과 노동에 한계가 있고 법적 정서적 가족이 없어 이곳은 내게 새로운 고향이 될 수 없었다.

1년이 지났고 나는 항구로 돌아가기로 했다. 린다와 고양이들에게 작별 인사를 했다. 그녀는 이별 선물로 패치워크로 된 스카프를 만들어 주었다. 보자기로도 겉옷으로도 그리고 간단한 이불로도 쓸 수 있었다. 창고에 쌓여 있던 천들을 조금씩 잘라 만든 것이었다. 각각의 조각이 독자적인 기억과 이야기를 품고 있는 것 같았다. 모아 놓으니 더욱 멋진 작품이었다. 내가 창고를 떠나기 직전까지 스카프 만들기에 열중하던 린다의 옆얼굴은 무척 아름다웠다.

1년 동안 배웠지만 타스만의 언어는 어려웠다. 내가 아는 여섯 가지 언어로 도무지 번역되지 않았다. 또 만나자는 기약 없는 약속을 타스만 말로 어떻게 전해야 할지 몰라 말 대신 고양이들과 린다를 차례로 포옹했다. 고양이들은 인간들의 마지막 인사 따위 어색하다는 듯 평소처럼 나를 할퀴었다. 한참이나 말없이 나를 안아 준 린다의 품은 따뜻했다. 우리는 가족이 되지는 못했다. 하지만 함께 사는 동안만큼은 서로를 잘 아는 좋은 친구였다.

항구로 돌아와 보니 정박했던 배는 보이지 않았다. 타스만은 형무소로 쓰던 옛 공간을 보수도 하지 않고 제공하며 선심 쓰는 표정을 보였다. 1년 만에 재회한 우리는 줄지어 그 안으로 들어갔다. 철문이 잠겨 있진 않았지만 달리 갈 곳이 없던 우리는 높은 담 안에서 남은 유년 시절의 전부를 보냈다. 올리브는 여전히 가족과 친척들을 돌보며 바빴다. 샐러맨더는 늘 답답해했고 담 안에서 자주 아팠다. 열아홉 살이 되던 해, 우리는 작은 배에 나눠 실려 뿔뿔이 흩어졌다. 타스만의 법이 바뀌었다는 소문만 들려왔다. 나는 올리브와 헤어져 샐러맨더와 함께 배에 올랐다.

3.

그날 작은 배에 타자마자 밀물이 항구로 몰려들었다. 작심한 듯 바다가 부풀어 올랐다. 우리 배를 세상 끝까지 떠밀려는 듯 파도가 사정없이 휘몰아쳤다.

또다시 시작된 배 위에서의 삶, 흔들리고 부유하는 것은 내 삶 자체이므로 두렵지 않았다. 배에서 내리면 지면이 너무 단단해 다시 어지러울 테지만 한번 경험한 일이었다. 지상에 산다는 건 멀미를 견디는 것임을 타스만에서 배웠다.

작은 배에는 따로 선실이 없었다. 일렁이는 파도가 고스란히 배 안을 침범해 뺨을 때렸다. 배가 뒤집힐 듯 격렬하게 휘청였다. 쇠약해진 몸으로 배에 타겠다고 고집을 부렸던 샐러맨더를 말려야 했다. 매서운 파도가 우리를 할퀴던 밤, 열이 펄펄 끓는 샐러맨더를 꼭 끌어안았다. 린다의 패치워크로 그의 몸을 감쌌다. 하지만 샐러맨더를 따뜻하게 지키기에는 역부족이었다. 나는 배에서 배웠던 여섯 나라 말과 타스만 말로 하늘을 향해 외쳤다.

"살려 주세요! 살려 주세요! 제발!"

그러자 다시 노랫소리가 들렸다.

사랑하는 나의 고향 한번 떠나온 후에

날이 가고 달이 갈수록 내 맘속에 사무쳐

자나 깨나 너의 생각 잊을 수가 없구나.

나는 일곱 나라 말로 노래를 큰 소리로 따라 불렀다. 그러자 매번 들려오던 노래의 다음 소절이 들렸다.

나 언제나 사랑하는 내 고향에 다시 갈까

아, 내 고향 그리워라.

격랑이 옆구리를 때리는 바다 위에서 나는 밤하늘을 향해 외쳤다.

"고향 따윈 없어! 없다고! 고향이 무슨 소용이야!"

그러자 노래 속에서 목소리가 들렸다.

도주하고 배회하는 자여. 방황하고 망명하는 자여. 푸른 바다를 떠나 새로운 고향을 맞이합시다. 이전 땅은 곧 사라지리니 새로운 땅으로 갑시다. 그들이 고향이라 부르는 곳, 우리에게도 고향이 될 곳으로.

나는 악을 썼다.

"그 어디도 내 고향이 아니라고!"

그러자 목소리가 내 이름을 불렀다.

무티아라 술레이만, 스위트 솔티. 우리는 새로운 땅으로 나아갈 거예요. 모두의 시간을 이어 주세요.

목소리 속에 나를 호명하는 자가 있었다. 똑똑히 들었다. 나는 의식을 잃은 샐러맨더를 부둥켜안고 말했다.

"어디든 가겠어요! 고향이든 아니든 상관없어요! 내 동생을 살려 줘요! 제발!"

대답처럼 천천히 아침 해가 떠올랐고 파도가 조금 잔잔해지기 시작했다.

"사랑하는 나의 고향 한번 떠나온 후에, 날이 가고 달이 갈수록 내 맘속에 사무쳐."

어디선가 노랫소리가 들려왔다.

"자나 깨나 너의 생각 잊을 수가 없구나. 나 언제나 사랑하는 내 고향에 다시 갈까. 아, 내 고향 그리워라."

머릿속에서 들리는 노래가 아니었다. 밀물에 떠밀려 온 어느 바닷가 해변. 갯벌에서 조개를 캐던 사람들이 낯선 언어로, 친숙한 노래를 부르고 있었다. 유년 시절부터 머릿속에서 일렁이던 북쪽 나라의 차가운 파도가 눈앞에 보였다.

짧고 하얀 상의에 검은 하의, 낯선 민족의상을 입고 검고 긴 머리를 땋아 올린 사람들이 다가와 하선하는 우리의 발걸음을 부축했다. 일하다 먹으려고 준비했던 물과 음식을 그들은 마치 준비했다는 듯 우리에게 나눠 주었다.

그들은 낯선 말로 말했다. 내가 아는 일곱 언어보다 훨씬 거친 소리가 섞여 있어 꽤 강렬하게 들렸다. 사람들이 단호해 보여 좋았다. 우리는 해변에서 우릴 맞은 사람들의 도움을 받아 몸을 추슬렀다. 샐러맨더는 각별한 간호를 받았고 조금씩 기력을 회복해 가기 시작했다.

바다와 멀지 않은 언덕에 바람을 막을 판잣집을 짓고 살았다. 땅에서 올라오는 찬 기운을 이기는 게 고역이었다. 따듯한 남쪽을 찾아다녔는데 한참 북쪽으로 올라온 것 같았다.

부산이라고 불리는 새로운 땅에서 흔들리는 삶이 계속됐다. 부산에서도 나는 지상 증후군을 겪었다. 꽁꽁 얼어붙어 단단해 보이는 북쪽 땅에도 삶의 각종 어지러움을 이기며 사는 사람들이 많았다. 나는 바느질과 재봉 일을 시작했다. 종종 린다가 떠올랐다.

매 순간을 이어 붙이듯 살았다. 근근이 꾸려 간 하루가 쌓여 인생이 되었다. 우리가 상륙한 후 부산에도 많은 일이 있었다. 똑같은 얼굴을 한 사람들끼리 남북 전쟁을 벌였다. 폭격을 맞았고 재난을 겪었으며 수많은 사람이 죽고 다쳤다. 크고 작은 사고가 끊이지 않았다.

그 와중에도 우리는 바닷바람을 막을 판자를 조금씩 덧대어 가며 살아갔다. 미끄러운 언덕을 다져 계단을 만들었다. 차가운 바닥에 조금씩 온기를 불어넣었다. 맵고 짠 발효 음식이 나의 주식이 되었고 수시로 저장 음식을 만들었다. 물자를 아끼며 살았다. 먹는 일을 소중히 했고 상대를 만나면 끼니를 잘 때웠냐고 인사했다. 나는 여덟 번째 언어를 배웠고 김진주라는 새 이름을 얻었고 남편을 만나 결혼했다. 처음 만난 날 그는 내게 말했다.

"우리도 피난민 가족이요. 우린 LST란 배를 타고 여기보다 한참 북쪽 땅에서 내려왔다오."

내가 타스만의 옛 형무소 자리에서 유년 시절을 보냈다고 말하자 남편이 웃었다.

"우리 가족도 포로수용소랑 피난민 수용소에서 한참 살았어요. 어휴, 얼마나 북적거렸는지."

아이들이 태어났다. 아이들은 이 나라 센소리로 말했다. 샐러맨더는 김수용이란 이름을 얻었고 파일럿이 되어 전쟁에 참전했다. 무사히 돌아와 한국 여성과 결혼했고 유공자 훈장을 받았다. 옛 무용담을 어찌나 좋아하는지 명절에 만나면 시끄러웠다. 수용과 나는 서로를 보며 한국 사람 다 됐다며 웃었다.

린다의 스카프는 바람막이로 벽에 걸려 린다의 이국이자 내 고향인 이곳에서 천천히 삭아 갔다. 주정뱅이술탄국에서 온 올리브의 목걸이는 전등을 켜고 끄는 줄이 되었다. 우리가 작은 배에 담아 왔던 이국의 풍경이 부산 역사 속에 녹아들었다. 뒤엉켜 함께 삭아 가는 것을 구태여 분리해 원 성분과 출신을 구분할 필요는 없었다. 전쟁의 상흔이 오래 남았던 이 작은 항구도시도 조금씩 번성했고 다양한 나라의 풍경이 생겨났다. 알록달록한 햇빛이 스며드는 기도실을 이 나라에서 발견한 건 수십 년이 지나서였다. 천일야화를 들려주던 알리두스티 할머니가 말했던 풍경과 똑같았다. 타쿠미 할아버지가 만들던 농기구와 그릇 같은 물건도, 죠니 아저씨가 만들던 퓨전 요리도 시간을 두고 천천히 이 땅에서 모습을 드러냈다. 모두의 역사가 이 땅에 스며들었다. 차갑게 얼었던 북쪽 땅에 다채로운 봄이 싹텄다. 다음번 봄을 기다리며 계절이 익어 갔다.

70년이 지났다. 나는 아흔을 앞두고 있었다.

나 언제나 사랑하는 내 고향에 다시 갈까. 아, 내 고향 그리워라.

사는 동안 고향 노래는 줄곧 머릿속에 울려 퍼졌지만 이전만큼 신경 쓰이진 않았다. 이 나라가, 부산이 진즉 내 고향이 되었기 때문이다.

칠순 여행으로 엄마들의 나라인 바다거품국과 시트러스국, 할머니의 나라 주정뱅이술탄국에 다녀왔다. 육지가 한 조각도 보이지 않는 망망대해 위에서 꿈꿨던 일이었다. 세 나라의 풍경은 내게 참 이국적이었다.

"할머니! 배가 들어오고 있어요!"

손녀들이 나를 불렀다. 나는 배를 맞이하러 갔다. 오래 준비한 일이었다.

지금 막 부산에 상륙하는 배 한 척을 바라보고 있다. 오래 사용하지 않아 말은 잊고 말았지만, 두 번째 엄마 올리브와 꼭 닮은 얼굴들이 보였다. 커다란 진주 목걸이처럼 엄마들의 목에 매달려 있는 아이들의 얼굴도 보였다. 낯선 땅을 바라보는 눈빛에는 두려움이 어려 있었지만 세상이 궁금한 표정은 우리 손녀들과 똑같았다.

보트 위에서 검푸른 바다를 떠돌던 사람들이 이윽고 상륙했다. 지상의 단단함에 모두 휘청였다. 나는 센소리로 형제들을 부르며 달려나갔다. 아가! 휘청이는 소년을 부축했다. 어릴 적 호기심 많던 샐러맨더와 눈이 꼭 닮은 아이였다. 나는 이웃들과 함께 준비해 온 물과 음식을 쉼 없이 날랐다.

샐러맨더와 함께 부산항에 도착했던 그날을 떠올렸다. 유난히 거대하게 부풀어 오른 파도, 우리를 이 땅으로 떠밀어 보낸 밀물은 예사 것이 아니었다. 목소리의 주인들은 달의 인력을 일으켜 파장을 만들었다. 그들은 파장을 빛보다 빠른 속도로 우주에 경유시킨 뒤 과거로 송신했다. 우리가 탔던 작은 배가 부산에 상륙하도록 밀물을 만들었다. 새로운 고향으로 우리 배를 보내 준 사람들이 노래 속에서 말했다.

스위트 솔티, 먼저 가서 준비하세요. 당신의 형제들이 검푸른 바다를 떠돌다 돌아올 순간을.

목소리는 말했다. 부산에서 새로 가족이 된 고향 사람들에게 말하라고. 우리는 모두 먼바다에서 외롭게 떠돌다 결국 만나게 된 형제들이라고. 바다 위에 살든 육지 위에 살든, 우리는 모두 그저 망망대해 위를 떠도는 존재일 뿐이라고. 목소리는 우리를 부산으로 이끌었다. 그들은 전 세계 곳곳 항구마다 난민들이 들어와 선주민들과 난민들이 섞여 살며 함께 미래를 준비하는 세상을 계획했다.

예지몽처럼 가까운 미래가 눈앞에 보였다.

인류가 새로운 별로 떠나야 할 시대가 다가오고 있다. 빙하가 모두 녹은 뒤 풍랑은 더욱 거세어졌다. 부산항은 절반 이상 수몰되었다. 바다에 잠겨 얼마 남지 않은 지상은 지진이 계속되어 사람이 도저히 살 수 없는 어지럼증을 안겼다. 인류 전체가 곧 난민이 될 예정이었다.

피난선인 우주선에 탑승한 미래의 인류는 일찍 대비하지 못했던 과거를 통탄했고 과거 사람들에게 예비하라는 신호를 보내기로 했다. 각국어로 된 노래와 함께, 고향을 떠올리게 하는 가사와 함께. 고향을 그리는 어떤 이들은 그 노래를 자신의 노래로 들었고, 자신의 삶이 단단하다 믿는 또 다른 어떤 이는 그 노래를 남의 노래로만 여겼다.

고향이 어디든 우리는 떠나온 존재였다. 언제든, 결국엔 떠나야 했다. 그리하여 또 다른 삶을 이어 붙여야 한다.

인류는 곧 우주라는 중천에서 새로운 고향을 찾아 떠나는 항해를 준비한다. 새로운 삶의 터전이 될 새로운 행성을 찾아낼 것이다. 선주민들이 자신들의 고향이라 부르지만 떠밀려 온 이주민들도 고향이라 부르게 되는 곳, 북쪽 나라의 항구도시처럼, 우리 후손들이 우주에서 그런 공간을 만날 수 있길 나는 기도했다. 난민이었던 인류의 역사를 고스란히 품은 인류 대표가 새로운 중천으로 날아오를 것이다. 준비해야 할 일이 많았다.

"스위트 솔티, 하나씩 하나씩 하자고."

흔들리는 지상 어딘가에서 린다의 목소리가 들려오는 것 같았다.

배명훈

임시조종사

〈하임 출사〉

(아니리)
옛날 서울 청파동에 지하임이라는 청년이 살았겠다.
나이 스물에 크게 깨달은 바 있어 서른 넘어까지 진귀한
재주를 익혔으니, 이름하여 로봇 조종술이라. 세상천지
백 명 남짓 지닌 희귀한 재주이되 로봇이 전 세계 열 대
안팎으로 레드오션이 따로 없었더라. 백수 모양으로 낮에
자고 저녁 용돈 벌러 가기를 수삼 년이나, 일야(一夜)에
귀가하여 우편함 고지서 봉투를 개봉하여 본즉 겉면은
고지서이되 내용은 채용통지라.

(창조)
"조종 서생(書生) 지하임은 모월(某月) 모일(某日)
　　　모시(某時)에
모국(某國) 모처(某處) 모부서(某部署)에 모씨(某氏)와
　　　접선하라."

(아니리)

하임이 펄쩍 뛰며 앙천고성(仰天高聲) 왈(曰), "마침내
천시(天時)에 이르렀음이라!" 부모하직 생략하고
입신(立身) 길에 들어서니, 오지(奧地) 항공편에 환승이
삼 회요 대기(待機)가 각(各) 나절이라. 갈아탈 차례마다
비행기 크기가 점점 줄어, 종국으로 마을버스 같은
비행기를 갈아타고 모국(某國) 하늘 위에 둥실 올랐을 적,

(진양조)

졸음이 꾸벅꾸벅 허리는 요통이 삐걱삐걱
창밖 하늘 끝이 없고 지평선이 아득하다.
창천(蒼天) 홀로 태양이 번뜩 날개 아래에 긴 바람 둥실
구름은 훌쩍 물러서 있고 일엽편기(一葉片機) 고고비(孤高飛).
두 팔 벌린 비행기 그림자 드리운 아래를 내려다보니
험산(險山) 천봉(千峯)이 삐쭉삐쭉 울퉁불퉁 지압판 같고.
몽중(夢中) 일성(一聲)이 속닥속닥, 에어컨을 끄고 나왔던가
정신이 번뜩 들어 창밖을 쳐다보니 사방천지가 모두 다
　　　낯설구나.
삼십 반생을 다 팽개치고 오늘은 또 어디를 헤매는고.
꿈인 듯 눈을 질끈 감아도 허기(虛飢)가 하도 생생하다.
손목에 감긴 시곗바늘만 나 살던 대로 흐르는구나.
나 없는 내 빈자리는 그 뉘라서 궁금해할꼬.

(아니리)

별주부 붙들린 토끼 모양 처량한 신세를 돌아볼 적,
고물 비행기 기수(機首)가 아래로 쑥 기울어 놀이공원
열차 모양 지면(地面) 급강하(急降下)라. 놀란 하임이
사천왕(四天王) 눈을 뜨고 주위를 돌아보니, 동행한
모국(某國) 승객들이 뜻 모를 말로 몇 마디 주고받으며
와하하 박장대소라. 웃음인지 비웃음인지 알 바 없어
하염없이 고개 빼고 창밖으로 내려다보는데,

(중모리)

고립무원(孤立無援) 고원 위에 만년설만 의구(依舊)한데
비행기는 곤두박질 활주로가 전혀 없어
필시 추락이 틀림없다 풀었던 안전띠 졸라매어
아이고 어머니 나 먼저 가오 하직 인사를 올릴 적에
땅 위에 쿵 착륙을 하여 눈을 끔쩍 창밖을 보니
이름만은 공항이되 실상은 산중의 풀밭이라.

〈나귀를 따라 산을 오르는데〉

(아니리)

시골 정류장 매점 모양 덩그런 사무실 앞에, 하임이 가방을
끌고 사방을 두리번거릴 적, 웬 남자 성큼 다가와 하임에게

물어 왈, "청파동 사는 지하임이요?" "그렇소만." 무심결에
답하고 보니 서로 한국말이라. 신분 확인 생략하고, 가방 받아
나귀 등에 메 놓으며 "갑시다" 하고 성큼 앞서가니, 하임이
묵묵부답 뒤를 따라나서는구나.

(진양조)
사흘 길을 걸어간다. 나귀걸음으로 자박자박.
길 모르는 하임이 앞에 가다 문득 뒤를 돌아보니
풍경인 듯 사람인 듯 느릿느릿 나귀 둘에 사람 하나
이정표도 없고 길도 없는 산길 나귀가 길을 내어 자자(孜孜)히
　　걸어간다.
"많이 머오?" 물어도 묵묵부답. "통성명(通姓名)하오."
　　"안 가에 중식이요."
수묵산수(水墨山水) 붓으로 친 듯 말 없는 사내 따라
구불구불 오르락내리락 한나절을 발소리 벗 삼아 걸어가니
적적한 발자국은 지칠 줄을 모르는구나.
일찍 기우는 해 덜컥 지고 벗은 나무 긴 그림자
삐죽삐죽 사위를 감싸 사면(四面)에 초가(楚歌)가 구슬프다.
"맹수는 안 나오오?" "표범이 종종 출몰(出沒)하나
　　근자(近者)에는 없더이다."
인가(人家)는 흔적이 없어 흉중(胸中)에 근심이 가득한데.
"아직 멀었소?" 거듭 물으니 "한 이틀이면 당도하오."
'납치인가!' 가슴이 선득 모골이 송연 낯선 걱정이 고개를 들 적,
동굴인 듯 산중암자(山中庵子)인 듯 암혈(巖穴)에 당도하여,

(아니리)
뉘신지 모를 돌부처에 합장(合掌) 문안하고 구석에 들어가
앉으니 자비한 기운이 동굴을 가득 채웠더라. 하임이 등
따숩고 마음이 여유로와 "나귀 등짐에 혹 요깃거리가 있소?"
하고 물으니, 중식이 소매 걷고 나귀 짐을 부리거늘 어찌나
꾹꾹 눌러 담았는지 아담한 등짝 풀려난 짐이 웬만한 자취생
이삿짐이라. "양식(洋式)인데 괜찮겠소?" 대답도 아니 듣고
자세를 고쳐 잡는데,

(자진모리)
가지 모아 불 피우고 뚝딱 딸그락 야단법석
치직치직 후루후루 자작자작 썩둑썩둑
도마 통통 오일을 후어이 윅이 등실 양념이 삭삭
활활 오른 불길 위에 짭쪼름하니 김이 뭉게
자글자글 쪼글쪼글 뭉글뭉글 화끈후끈
뽀드득 접시 위에 웬 단 것이 올라앉았다.
실험인 듯 마술인 듯 한판 재주를 부리고 나니
도깨비방망이 뚜욱딱 두드려 진수성찬이 대령이오.
신선 야채 앙트레에 구운 고기 메인으로
후식까지 쓰리 코스를 게 눈 감추듯 흡입하고
졸음이 밀려올 적 정신이 퍼뜩 들어
하임이 중식더러 큰절하며 여짜오되,

(중모리)
"무인지경(無人之境)에 절세문명(絶世文明)이요,
　　　망망대사막(茫茫大沙漠) 오아시스라!
원효대사(元曉大師)의 해골 물이 이보다 달지는 못하리라.
내 잠시 그대를 의심하였으니, 이 어리석음을 책망(責望)하오.
초행(初行) 험산(險山)에 어두워진 눈, 배 속의 부처가
　　　띄웠구나."

(아니리)
중식이 대답하되, "조종사는 진중지제일자산(陣中之第一
資産)이요 조종사 부재한 기지에는 신규채용이 미륵현신
(彌勒現身)이라, 곤란 중에도 융숭(隆崇) 환대(歡待)가
규정이요 절차이니 황송해 말고 수이 잠을 청하시오. 아직도
이틀 원로(遠路)가 남았으되, 훈련 삼아 신체 보존 무사히
가사니이다."

〈산채(山寨)에 당도하니〉

(아니리)
잠을 푹 자고 일어나 조반(朝飯) 바삐 지어 먹고 산행 길에
나서는데,

(진양조)

첩첩 쌓인 고개 넘어 산중(山中) 일야(一夜) 노숙(露宿)하고

한나절을 더 오르니 운해(雲海)가 발아래 두둥둥실,

나뭇가지 서리가 자라 상고대 눈꽃이 만발(滿發)타가

삭풍에 체 친 듯 허연 가루가 길 위에 곱게 깔려 있고.

온갖 짐승 오간 자국이 선연(鮮然)하니 그 뉘라 탐정(探偵)
　　　놀음을 마다하리오.

토끼라는 놈이 껑충껑충 좋긋 긴 다리로 비탈을 올라갔다,

일가(一家) 행차(行次) 멧돼지 모자가 줄지어 내리막 종종 킁킁

산양이란 놈은 무슨 심술 일었는지 이 나무 저 나무 돌돌 뿔로
　　　쿵적쿵적

산 넘던 새 날개 쉬러 내렸다가 성큼성큼 긴 다리로 이륙하고

도톰한 고양이 발자국 한길에 어기적어기적.

세상천지 겁 없는 횡보(橫步), 바짝 붙어 들여다보니,

큼지막한 것이 영락없는 맹수라. 대경실색(大驚失色) 나귀 뒤에
　　　바짝 붙어

나귀야 날 두고 달아나지 마라 말어라, 명탐정 놀이를 하는 중에,

사람 키만 한 어떤 큼직한 자국이 눈밭 위에 드문드문 찍혀 있다.

곰이 웅크려 쉬어간 덴가 여남은 개를 유심히 보니 이 또한
　　　큼직한 발자국이라.

세상천지 어떠한 짐승의 발이 이다지도 크단 말인가.

"여보오, 내가 그곳에 발을 디딘 것이오?" 나귀 주인이 뒤를
　　　돌아보며 "예이."

고개를 드니 바위 아래 으슥한 데에 어렴풋한 인적이라.

(아니리)

산채(山寨)에 당도하니, 한 여자 버선발로 쪼르르 내달려 와

하임은 본체만체 중식의 손을 꼭 붙들고,

(진양조)

"마오 마오 가지를 마오. 우릴 두고 다시는 가지를 마오.

대령숙수(待令熟手) 조리장이 진중지제일자산이라.

곳간에 양식이 그득하나 진중(陣中)에 조리사가 없어,

금준미주(金樽美酒) 옥반가효(玉盤佳肴)를 두고 나흘째

　　식재료만 먹었더이다."

(아니리)

중식이 기가 막혀 하임더러 말하기를, "비록 행색 비루하고

낮빛이 도탄(塗炭)이나 이분 명색(名色)이 그대 고용주

우렛소리가 아니런가, 기다리던 흉사(凶事)인가.
운중(雲中)에 잠룡(潛龍)인 듯 불안한 징조(徵兆)가
　　　사위(四圍)에 가득
세상을 훔치는 큰 도적(盜賊)놈의 족음(足音)에 가슴이
　　　덜컥 앉아
천구(天球)가 무너질 듯 우글우글 요란한 포효가
남쪽 하늘을 덮쳐 온다. 초목이 부들 산채가 적막.
등화관제(燈火管制)를 급히 하고 바위 그늘에 숨어드니
암암(暗暗)한 석양(夕陽)이 긴 꼬리를 감춘다.
"육안(肉眼)으로 보이는가?" 대장이 급히 하문(下問)하니,
"아니 보이오." "예도 아니 보이오." "내가 보았소. 두 대였소."
폭격기 날아간다 백린탄(白燐彈) 네이팜탄, 지옥 불을
　　　실은 악귀
닷새 걸어 넘을 산을 한달음에 훌쩍 넘어
남쪽 천지 온통 뒤엎고 삭풍(朔風) 부는 저 너머 마을
달아날 곳 없는 촌민(村民), 저녁 짓는 온기 찾아
지옥 불을 부려 놓으러, 조종사 없는 산채 위로
적기(敵機)가 날아간다. 북쪽 하늘로 날아간다.

(아니리)
이렇듯 산채가 분주(奔走)터니, 엔진 소리 잦아들고 하늘이
잠잠하여 모두 일어나 북쪽 하늘을 바라보다가, 굉음이
남으로 돌아간 뒤 합장(合掌)할 자 합장하고 성호(聖號) 그을

자 성호 그어 각자 믿는 하늘에 경건히 묵념한 후,
하다 만 놀이 이어 하듯 중식에게 메뉴를 졸라 분기탱천
(憤氣撑天)을 짐짓 감추었으되,

〈한낱 용병 신세〉

(아니리)
식후(食後)에 정리하고 하임이 전입(轉入)을 신고(申告)
하니

(진양조)
대장이 어깨를 툭툭 두드리며, "일각(一刻)이
　　　여삼추(如三秋)요,
무리(無理)하기는 바라지 않으나 부디 채비(差備)를
　　　서둘러 주오."
하임이 영문을 알 수 없어 이단에게 물어 왈(曰),
"저 폭격기가 산을 넘어 어디로 향한단 말이오?
이 산채는 무엇이오? 북쪽 나라 편을 들어
남쪽을 치기라도 한단 말이오?"

(아니리)
대장 김이단이 요약하여 답왈(答曰),

(중모리)

"남쪽은 대국(大國)이요 북쪽은 일개 촌락(村落)이라.

남국(南國) 대병이 북진할 적, 땅 잃은 초원 백성을 모아

판잣집 짓고 천막을 세워 새 정착지요, 선언하였으되

모르는 나라 깃발 아래 먹고살 일이 막막하구나.

긴긴 겨울 지나가면 봄날이 오려나 빌었더니

비정(非情)하온 천하대세(天下大勢) 겨울 다음이 또 겨울이라.

기구하다 난민(難民) 신세 남국은 본 적도 없었더니

'포악한 역도(逆徒)'에 '과격주의자' 숱한 비난에 억장이 무너져

지붕에 올라 울분을 토하니 답으로 폭격기가 날아온다.

남천으로 날아온 비행기 여염가항(麗艶街巷)에 불을 놓네.

(아니리)

이렇다 남국이 북촌을 말살키로 하니, 일면(一面)은

정치선전(政治宣傳)이요 이면(裡面)은 병기시연(兵器試演)

판촉(販促) 행사라. 은밀히 개입하여 천하 인심이 돌아오기까지

시간을 벌고, 고가(高價)의 전투기를 하나라도 떨어뜨려

남국이 침탈을 중단케 하는 것이 본 채(寨)의 으뜸 목표니라."

하임이 알아듣고 침소에 들었더니, 아늑하기가 노숙에 비할 바

아니로되 심중(心中)의 가시방석이 무뎌질 줄을 몰랐더라.

(진양조)

전전반측(輾轉反側) 장탄식(長歎息). 용병(傭兵)이로구나
　　내 신세.

약관(弱冠) 나이 큰 뜻 품어 부귀영화 마다하고

학위 따고 신체단련 귀한 인재로 자랐으나

차곡차곡 그 많은 준비를 마쳐 두고, 백수로 지내기 수삼 년이
　　우습구나.

그 잘난 자식 왜 취직을 않나 속 끓이는 모부를 두고

알바 이립(而立) 흉중의 한(恨)을 품속 깊이 감추고

쓰이리라 그 누가 있어 어느 날에 나를 부르리라 믿고

기별(奇別)이 닿자마자 한달음에 내달려 왔더니마는

용병이로구나 이 내 신세, 용병이었구나 반평생이야.

야심(野心)으로 지핀 불길 여기에 이르러 화마(火魔)가 됐네.

뇌파(腦波)가 선명하여 기계가 쉬이 판독을 하고

동작마다 또렷한 특징, 뇌파 신호가 혼동이 없어,

"조종사가 될 아이로구나" 하는 말을 곧이 믿고

외길 낭떠러지 직진으로 달려 한낱 용병이 되었구나.

묻지 마오 구인공고(求人公告), 어떤 일인지 묻지를 마오.

그중에 삼사 할이 용병이라더니 내가 용병이 되었구나.

하산도 귀가도 못하는 직장, 이왕 일이 이리 되었으니

공손지 같은 천하제일 조종사가 되어 보리라!

(아니리)

속으로 일갈(一喝)하고, 소매로 침 닦으며 벌린 입을
다무니 이미 아침이라. 불면(不眠)은 간데없고 열 시간
숙면(熟眠)에 전신(全身)이 개운하여, 두 다리는
날아갈 듯 의욕은 하늘을 찌르는구나. 이단이 이를 보고 크게
안도(安堵)터니 한 남자 불러 간곡히 이른 말이, "하임은
수습(修習)이요 조종 면허획득이 급선무(急先務)라, 선생이
도와 속히 절차를 밟아 한시바삐 작전을 재개토록 하오."
이궁섭 선생이 고개 숙여 승낙하고 과외공부 가르치듯 종일
붙들고 하임을 지도할 제,

〈면허시험을 치르는데〉

(중중모리)

하나를 들으면 열을 알고 안 들은 것도 선행학습(先行學習)
죄다 꿰고 있는 모양이 몹시 한국식 수험생이라.
"명일(明日) 아침 이른 시험, 오후부터는 실습이니
  응시자 하임은 성심(誠心)으로 면허시험에 대비하라."
"예이!" 하임이 득의양양(得意揚揚) 시험을 보러 들어간다.
  맨 첫 줄 교관 성명 한 자 한 자 써 내려가는데
  그때에 궁섭이 달려들어 빈 시험지를 뺏들더니
  뻘건 글씨로 기재하기를 영문으로 "낙방(落榜)"이라.

그 말에 하임이 황망하며 교관 얼굴을 쳐다보니

"나는 이가(二家)에 궁섭(宮涉)이 아니고, 니노미야(二宮)
    와타루(涉)요.

그나마 응시자 귀가 어두워 이가에 중섭이라 들었으니

금일(今日)은 낙방이요 차회(次回) 시험은 하루 뒤라."

하루를 허송(虛送)하고 필기시험을 또 치른다.

'니노미야 와타루'를 또박또박 적어 놓고,

시험 중에 적기(敵機)가 떠 남천(南天)에 고개를 돌렸더니

궁섭이 득달같이 달려들어 "부정행위로 낙방이요."

"첩첩산중 시험장에 내 뉘 답안을 베낀단 말이요?

토 선생이 시험을 보오, 표범이 면허를 달라 하오?"

김이단을 돌아보니 절레절레 어깨를 으쓱.

차일로 삼시(三試)에 도전을 하니 띄어쓰기 구두점 모조리
    감점

시험지에 찍힌 얼룩 온점이라 우겨 감점을 하니

이십 년 우등생 지하임이 참으로 환장할 노릇이라.

"일각이 삼추(三秋)라 하지 않았소!" 흉중(胸中) 한을
    토로(吐露)하나

어느 누구도 듣지를 않고 어영부영 나흘이 간다.

하임이 하도 기가 막혀 중식을 찾아가 하소연하니,

"이단이 우리 장수(將帥)이나, 우리 물주는 엔지오(NGO)라,

지엄(至嚴)하온 만국공법(萬國公法)을 궁섭이 홀로
    대변(代辯)하니

궁섭이 그렇다면 그러한 것이니 하임은 그 말을 따르시게."

(아니리)

이렇듯 저만 빼고 모두 궁섭을 궁섭이라 칭하니, 하임이
속으로 펄쩍 뛰며 하산(下山) 길 멍하니 내려다보다가
산중협로(山中峽路) 아득하여 마음을 다잡았으되, "오지
(奧地) 만년설상(萬年雪上)에 관료제가 웬 말이요,
빨치산 유격대에 어인 공인인증서인가!" 6차로 시험에 들어
새기듯 또박또박 답을 써 내려가니 궁섭이 마지못해
"합격(合格)" 글자를 그리듯 천천히 그려 내는구나. "실기
장비는 지참하였소?" 궁섭의 묻는 말에 하임이 또 기가
막혀, "하늘 아래 땅 열 대, 이십 척(尺) 이족보행(二足步行)
로봇을 뉘라서 일일이 지참하고 다니리오?" 답을 들은
궁섭이 자리에서 일어나며 "절차대로 물었으니, 상관 말고
나를 따르시오." 앞장을 서는데,

(중모리)

시험관을 따라나서 산길을 찬찬히 내려간다.
출입금지(出入禁止) 붉은 표지 바위를 본 듯 무심히 지나
낮게 뜬 해 고운 볕에 엄동(嚴冬)이 한풀 쉬어 갈 제
상서(祥瑞)로운 일편(一片) 구름, 머리 위 둥실 동행이라.
그때에 산길이 황급히 꺾여 내리막으로 접어드니
벼랑 아래 큼직한 동굴 입을 쩍 하고 벌려 있어,
시커먼 배 속으로 빨려들 듯 성큼성큼 걸어 들어가
난데없는 온기 뺨에 닿아 그리움이 발길 붙든다.

암중(暗中)에 궁섭이 이르기를, "장비(裝備)를 임시로
    대여하니
일심동체(一心同體)로 연마하여 실기시험에 임하라."
하임이 홀린 듯 다가서니 어둠이 한발 훌쩍 물러나
웅장한 자태 산중거인(山中巨人)이 마침내 모습을 드러낸다.
잡지(雜誌)에서 본 철각(鐵脚), 소문 무성 비밀병기
꽉 움켜쥔 두 주먹은 역발산이기개세(力拔山而氣蓋世)라.
산을 뽑고 천하 덮을 기개 동굴 심처(深處)에 숨었으니
심장이 두근두근, 내가 너를 만났구나!
네가 나를 불렀구나! 고개를 들어 전신(全身)을 보자
날렵한 어깨 위에 고운 레이스 치렁치렁.
하얀 레이스 실로 짠 보화(寶貨)가 백전용장(百戰勇將)
    갑주(甲冑)인 듯
절세예인(絕世藝人) 무복(舞服)인 듯 우상반신(右上半身)에
    수(繡)놓아 있다.

〈손발을 맞추는데〉

(아니리)
하임이 궁섭을 돌아보며, "악명(惡名) 자자한 장비 전신
철갑(鐵甲)이라도 두른 줄 알았더니 곱기가 흡사(恰似)
연회복(宴會服)이요." 궁섭이 외면하며 "일이 그리 되었네."

모깃소리로 대답한 후, 임시면허 발급하고 정비 장비 작전
정보 제참모(諸參謀) 소집하여 새 조종사 권한을 선포한
뒤, 정비 이인(二人)으로 하임을 데려다가 지문(指紋)
안구(眼球) 등록하고, 애지중지 싸 들고 온 하임의 조종용
표준뇌파 패턴을 입력하니,

(중모리)
기계가 알아보고 끼릭끼릭 화답할 적,
산 넘는 적기 소리 남천이 거듭 진동(震動)하니,
지하임이 고무(鼓舞)하여 새벽 연무(演武)를 나간다.
머리에는 헬멧 쓰고 헬멧에는 감지기(感知器) 있어
주먹이라 생각하면 이십오 척 거신(巨身)이
바위만 한 큼직한 주먹을 불끈 쥐고 우지끈
걸음이라 생각하면 어기적 걸음을 걷는다.
어기적어기적 걸음마야 두 발 떼고 허우적허우적
정비대가 깜짝 놀라 손으로 받을 듯 허둥지둥
"실기 초시(初試)도 불합격이요!" 시관(試官)이 판정하니
로봇 장신(長身) 일순(一瞬)간에 피시식 기운이 빠져나가
바람 빠진 풍선인 듯 맨땅 위에 철푸덕.
재시(再試)는 부적격이요, 삼시(三試)도 낙방이라,
"삼시 아직 안 봤나이다." "보나마나 탈락이니라."
사시에 미역국 먹고, 오시에 낙선(落選)하고,
육시에 "육시랄 놈", 칠시에 "셧 더 빽도어"

"응시 태도 불량하여 응시자격 일일(一日) 박탈."
"아이고, 시관 나으리 내 설마 욕을 하였겠소,
주무실 적 뒷문 단도리 부디 잘하란 말씀이요."
칠전팔기(七顚八起) 응시 원서 접수하고 나올 적에,

(아니리)
김이단 대장이 하임을 불러 세워 가만히 타이르기를, 거신은
생각을 읽는 기계요 병장기(兵仗器) 이전에 신체(身體)의
연장(延長)이라. 국제법에 이르기를 사지(四肢) 갖춘
로봇은 개발이 불허이나 신체보조(身體補助)로 시험은
허용이니, 산채가 비록 군문(軍門)의 모양이나 본디 근본은
의료장비 시험장이요. 목전(目前)의 큰 로봇 무기로 보지
말고 누군가 위해 만든 몸으로 대하시게. 저 몸에 주인 있고
하임은 임시로 들인 자라, 몸이 새 주인을 환대(歡待)치
아니한들 누구를 탓하리오. 하임이 침소(寢所)에 앉아
가만히 그 말을 곱씹으니,

(진양조)
반갸사유(半跏思惟). 한 다리를 접고 생각하네.
한 다리 접고 한 손 괴고 접힌 다리 생각하니
선사유(先思惟)에 후반가(後半跏) 선후가 달리 있을쏘냐
유사유(有思惟)에 유반가(有半跏)요 무사유(無思惟)에
　　무반가(無半跏)라.

생각하니 생각대로 접힌 다리, 생각 없이는 부동으로 편 다리
주인이 부리던 기계 몸은 주인이 부리는 대로 접히는 다리
새 조종사 데려다가 대신 생각을 하게 해도
주인 잃은 옛 몸이 새 생각을 따를런가 아니 따를런가.
옛 주인을 흉내 내어 뇌파를 속여 흘려 봐도
펴야 할 때 접으라 하고 접어야 할 때 부득부득 펴라 하는
        이상한 주인
'네놈은 누구냐 필시 도적(盜賊)이 틀림없다.' 충직한 기계가
        어찌 달리 생각할쏜가.
이때에 금동미륵보살(金銅彌勒菩薩)이 머리에 괸 손 번쩍 들고
"나는 사유반가상이 아니요 반가사유상이라 하네.
머리 괴고 천 년을 고민한즉, 이 내 화두(話頭)를 들어 보아라.
때로 사유가 반가를 이끌고 때로 반가가 사유를 부리니
둘을 합쳐야 한 동작인즉, 하임은 우선 몸의 말을 귀담아들으라."

(아니리)
하임이 크게 깨달은 바 있어, 익일(翌日)에 목욕재계
(沐浴齋戒) 후 시험장에 들어 지극정성 거신을 돌아본 후
점검목록 손에 들고 일일이 표시할 적, 응시자 골탕 먹이러
만든 줄 알았던 탑승 전 점검목록이 모두 기체후일향만강
(氣體候一向萬康) 기계 몸 아침 문안이었더라. 혹여 놀랠까
조심히 조종실 들어앉으니, 조종기도 없는 좌석에 붙들 것은
오직 마음이요 조심(操心)이 곧 조종(操縱)이라.

217

〈기계의 마음을 붙드는데〉

(자진모리)

조심조심 조종을 한다. 임시조종사 일을 한다.

화면이 다섯이요, 뚫린 창문은 둘이라.

도합 일곱 눈으로 바깥 풍경 내다보니

훌쩍 높은 시야 아래에 사방이 탁 트였다.

"내가 머리를 비울 터이니 발 가는 대로 뛰놀아라."

기계가 어찌 알아듣고 소음(騷音) 답왈(答曰), 크득크드득.

보무(步武)가 들썩하고 기세는 등등(騰騰) 올라

첫발을 떼었더니 큰 바위를 훌쩍,

큰 보폭(步幅) 자랑하며 성큼성큼 달려가니

기호지세(騎虎之勢)요 맹수의 용맹이라.

이단이 깜짝 놀라 제참모 영솔(領率)하고

황급히 뒤따르며 군중에 이르기를

"경공술(輕功術) 초상비(草上飛) 축지법(縮地法)을 보았는가!

수습조종사 면접터니 지지부진(遲遲不進) 칠전팔기에

마침내 결실 있어 로봇이 다시 깨어나니

특급 조종사 공손지의 환생(還生)이라!"

하임이 무전으로 그 말 듣고 대경(大驚)하여

"원(原) 주인이 공손지요? 그이가 영면(永眠)이란 말이오?"

"환생은 실언이요 다만 휴직(休職) 낙향(落鄕)이니,

하임은 잔말 말고 당장 질주를 멈추거라!"

하임이 우뚝, 마음 고삐를 홱 잡아채니
거신이 발 모으고 벼랑 끝 삐끗 멈춰 서서
아슬아슬 목하(目下) 절경(絶景)을 늠름(凜凜)히 마주할 적
항도령(項道令)이 살아온 듯 기세(氣勢)가 천하를 뒤덮었더라!

(아니리)
정식으로 면허 발급하고 궁섭이 좌중(座中)으로 물러앉으며
이르기를, "이로써 내 일은 다 마쳤으니 지금부터 누구도
나를 찾지 말라." 작전실 개방되어 하임이 조석으로 전략회의
출석터니,

(진양조)
매일 정세 브리핑에 누란지세(累卵之勢) 백척간두(百尺竿頭)
위급지사(危急之事)가 풍전(風前)의 등화(燈火)라.
　　"연이은 폭격에 백성이 무탈하겠나이까"
하임이 물으니 김이단이 답하기를, "조석으로 공습경보(空襲警報)
누항(陋巷)이 전장이요 문전(門前)이 전선(戰線)이나,
불 가에 장(場)이 서고 만성절(萬聖節)에 엘사(Elsa)가
　　　다섯이나 보였다 하니
낙담(落膽) 말고 분발(奮發)함이 원군(援軍)의 도리(道理)로다."

(아니리)
하고 천하 정세를 읊는구나.

(진양조)

비정(非情)쿠나 천하 인심 한 하늘을 이고 사는 신세

텅 빈 우주 덩그런 행성 오도 가도 동그란 땅

이 목숨도 한 목숨이요, 저 생명도 한 생명이나,

먹고사는 다반사(茶飯事)가 누구인들 쉬우리오.

위선(緯線) 경선(經線) 네모 한 칸 일이 천하제일

　　　대소사(大小事)니

지평선 너머 타국 일은 감감 먹먹 뜬소문이라.

어떤 사람은 축구 야구 공놀이가 죽고 사는 첫째

　　　소이연(所以然)이겠으나

생사기로(生死岐路) 전쟁터에 집을 짓고 방공호(防空壕)를

　　　깊게 파고 사는 신세

소문 같고 영화같이 먼 듯하여 귓등으로 흘려 무심코 들었더니

열강(列强)이 무정하고 천하 제국(諸國)이 잠잠하여

지구 한편 어느 촌락(村落)이 불길에 활활 타들어 간다.

불길 위에 집을 짓고 집 위에 다시 불비가 내린다.

다 타 죽으리라 짐작키를 삼월에 꽃핀다 하듯 무덤덤하게

　　　읊조릴 적

꿋꿋이 살아남아 꼿꼿이 선 마을, 벌써 수삭(數朔)이 넘었구나.

기자(記者) 보내 사진 찍고 기사 내고,

　　　"내정간섭(內政干涉)이로다" 시시비비(是是非非)가 일어

그제야 돌아보니, '지평선 너머도 사람 사는 땅이로구나!'

비로소 민심(民心)이 고개 들어 천심(天心)을 긁적긁적

(아니리)

각국 수뇌(首腦)가 개별로 잇따라 성명을 발표하니, 그때에

남녘 모국(某國) 군부가 정세를 급히 읽고, "실기(失期)

전에 군세(軍勢)를 모아 역도(逆徒)를 평정(平定)하리라!"

난민촌 총공세(總攻勢)를 결의할 적,

(자진모리)

대장군(大將軍) 집산이 제장(諸將)을 불러 모아

좌로는 육군이요 우로 공군 도열(堵列)하니

해군은 어디인고? 모국(某國)에 바다가 없어

해군은 무용(無用)이라. 육군에 하명(下命)하길,

"기갑부대(機甲部隊) 주력(主力)으로 험산을 우회(迂回)하되

엄폐(掩蔽) 말고 대로(大路)로 달려 이목(耳目)을 끌어안고,

이천(二千) 보병 선봉(先鋒) 세워 최단거리로 산을 넘어

야간(夜間)에 기습(奇襲)하라." 공군에 이르기를,

"활주로(滑走路) 쉬지 말고 조석(朝夕)으로 폭격(爆擊) 띄워

역당(逆黨) 주력병력 발을 딱 묶어 놓고
민가에 불 놓아 전의(戰意)를 꺾어 버리되,
화력(火力)은 절약(節約) 말고 물을 쓰듯 허비(虛費)하라.”
산채(山寨)에 올라 보니 남천(南天)이 연일 요동(搖動)이라.
지축(地軸)이 들썩거려 지평선(地平線)이 어긋나 있고,
때때로 운중(雲中) 모처(某處)에 엔진을 품은 하늘
천신(天神)이 쇠망치로 천주(天柱)를 땅땅 두드려
천구(天球)가 삽시간에 와르르르르 쏟아질 듯
사람은 깜짝 놀라 더듬더듬 말을 더듬고
혼비백산(魂飛魄散) 뭇짐승은 길 잃은 발자국을
백설(白雪) 위에 맥락(脈絡) 없이 이리저리 흩뿌린다.
그때에 어떠한 커다란 발소리
쿵, 쿵, 성큼 넓은 보폭으로
정상(頂上) 향해 한달음에 쭉쭉쭉 달려간다.
하임이 기계 몸더러 심중(心中)으로 말을 하니
말끝이 채 떨어지기 전 거신(巨身)이 타다다닥
경사(傾斜)를 뛰어오른다. 레이더 신호 받아
운중잠행(雲中潛行) 폭격기를 노려보듯 꿰뚫어 보고,
바위 위에 신체 탄탄히 고정하고
등에 인 대공화기(對空火器)를 쓱 하고 꺼내 들어,
적폭격기(敵爆擊機) 구름 아래 삐쭉 나오기를 기다린다.
레이스 어깨 우에 대공포 거치(据置)하고
조준경에 눈 딱 붙여 천시(天時)를 대기(待機)할 적

짙은 구름 헤치고 서광(瑞光)이 일시(一時) 쭉 뻗어
적기가 모습을 드러낸다.
때로구나! 뇌파(腦波)가 거신에 흘러들어
손끝을 까딱 구부리니
벽력(霹靂)이 등을 때린 듯, 일성굉음(一聲轟音)이 산을 갈라
불꽃이 쑥, 긴 포연(砲煙) 꼬리를 물고
긴 잠에서 깨어난 용이 쏜살같이 뻗치고 나가
박차고 나간 탄두(彈頭) 구름을 꿰뚫었구나.

(아니리)
적기를 격추하고, 장비 챙겨 황급 하산(下山) 동굴에
은신하니, 집산이 위성(衛星)을 몰아 백 리 반경을 더듬었으되,
보이느니 산이요 관목(灌木)에 기암(奇巖) 뿐이라.
수차(數次)에 요격(邀擊)하고 곳곳 은신처 숨어드니, 없는
대공포대에 금쪽같은 전투기가 똑똑 떨어져 집산이 자다가도
벌떡 일어나 생각하되 가히 귀신이 곡할 노릇이라.

(진양조)
함구령(緘口令) 내려 공륙양병(空陸兩兵) 단속(團束)하고
미간(眉間)을 내 천(川)자로 그려 전전긍긍하던 차에,
젊은 대령 이합이 보고하며 여쭈오되, "소인이 연유(緣由)를
　　　밝히겠사오니
선봉 이천 중 정예 오백 수색대를 따로 내어 주사이다."

(아니리)
군용배낭을 짊어지고 서둘러 산을 오르는데,

〈설표조우(雪豹遭遇)〉

(중모리)
설산(雪山) 위에 눈이 내려 허연 천지가 희끗희끗
어질어질 시야를 가려 심산(深山) 절경이 분분(紛紛)할 제
발 크고 꼬리 두툼한 맹수 비탈 아래를 내려다본다.
큰 고양이 같고 작은 범 같은 몸에는 표문(豹紋)이
　　분분(紛紛)하고
소복소복 적설(積雪) 위에 큰 발자국이 사뿐사뿐
긴 꼬리를 둥실 말아 귓등 위에 살포시 덮고
돌 구르는 비탈 고처(高處) 위에 몸을 말고 앉았다가
산양(山羊)이 아래를 지나칠 적 귀를 쫑긋 바짝 엎드려
짐짓 용맹 눈표범 한 마리가 저 아래 먹이를 노려본다.
떼구르르르르 눈사태인 듯 헛디뎌 구르는 바위인 듯
우당탕탕 돌을 치고 벼랑을 아래로 내달린다.
허탕 치고 허탈하니 쉬던 곳을 우러르다가
슬금슬금 큼직한 발로 되돌아 길을 올라간다.
그때에 하임이 한데에 앉아 단사표음(簞食瓢飮) 밥술을 뜨며
기암설산(奇巖雪山) 눈 내리는 절경에 넋을 놓고 앉았다가

등정(登頂)하는 용맹한 설표 두 눈이 딱 마주쳐
수저를 들지도 놓지도 못하고 두 짐승이 서로 주저주저
중식이 다가서며 훠이! 설표가 깜짝 놀라 또르르르르르
줄행랑을 놓는구나. 하임이 한숨을 내려놓는다.

(아니리)
하임이 대경(大驚)하여, "방금 그것이 무엇이오? 내가 지금
호환(虎患)에 횡사(橫死)할 뻔한 것이오?" 중식이 기가
막혀, "본디 산신령(山神靈)은 범이어야 마땅하나 이 산
신령님은 비할 바 없이 자잘하여 사람 보면 겁먹고 자라 보면
토끼보다 더 화들짝 놀라오만, 멸종위기종 귀하신 몸인지라
함부로 촉수(觸手)하면 아니 되오." 식사를 마치고 무리에
합류하여, 산채 옮기는 행군 길 마저 갈 적,

(중모리)
이합이 빈 배낭을 메고 오백 군사 영솔(領率)하여
없는 길 발로 내어 한식(寒食)으로 끼니 때워
인기척을 몰래 감추고 심산(深山)으로 들어간다.
뭇짐승이 수군수군 큰 나무는 삐쭉삐쭉
침엽(針葉)을 바람에 비벼 뜬소문을 쑥덕쑥덕
관목(灌木)이 사방에서 프스스스스, "관군(官軍)이 숲으로
　　들어왔네."
어찌 된 바람인가 등 뒤에서만 사부작사부작

고개를 돌려 쳐다보니 적막(寂寞)이 홀로 우두커니
"동요(動搖) 말고 진군하라" 나직이 하명하고
새 눈에 새 길 내어 성큼성큼 전진하니
먼 데에서 어떠한 주둥이 길쭉한 산짐승 무리가
아우우우우우 아우우우우우
뜻 없는 하울링(howling)이 내통(內通)인 듯 수상쩍다.
방아쇠울 검지 끼운 군사, 연신 뒤를 보는 군사
눈밭에 헛디뎌 풀썩 소리에 총구를 바짝 들이대는 군사
채근(採根)하여 일일삼봉(一日三峰)이 잡듯이 산을 뒤졌건만
보이나니 돌뿐이요 새 눈 덮인 벼랑 끝이라.
있지도 않은 대공포대 어디로 가서 찾는단 말이오.
오백 정예 별동(別動) 산행이 모두 허사(虛事)가 되었구나.

〈둘 다 왼발〉

(아니리)
호언장담(豪言壯談)한 말이 식언(食言)이 될 듯하여
서리 낀 계급장을 하릴없이 들여다볼 적, 한 군사
헐떡이며 달려와 하온 말이, "작일(昨日) 원처(遠處)로
정찰 나간 수색병이 인적을 발견하고 주야로 추적하여
거동수상자(擧動殊常者)를 생포하여 왔나이다." 대면하여
보니 백면백발백의(白面白髮白衣) 삼백(三白)의

외인(外人)이요, 직업은 동물학 박사라. 허가지역 무단이탈
산중배회 연유를 심문하니 삼백이 조아려 여짜오되,

(진양조)
"설표는 영역 짐승이요 만수지상(萬獸之上)의 포식자라,
 순시경로(巡視經路)가 대개는 불변이나 근자(近者)에 한
      설표 군이 첩경(捷徑)을 마다하고
 원로(遠路)로 우회하는 조짐이 있어, 영문을 캐고자 하나이다."
 이합이 그 말을 반겨 듣고 언 눈썹에 안광(眼光)이 번뜩하여,

(아니리)
"그 영문 나도 궁금하니 동행하여 같이 알아보리라."

(중중모리)
그때에 대장 김이단은 새 진지(陣地) 터를 점지한 후
참호 파고 길을 내어 숨은 방어선 구축할 제
임시조종사 지하임이 천막 문을 휙 밀고 들어와
만면(滿面)에는 수심(愁心)이 가득 흉중(胸中) 의혹을
      털어놓는다.
"이보시오 대장 나으리, 공손지가 어떤 조종사요,
 천하제일 특급 파일럿, 만(萬) 지망생(志望生)
      모범(模範)일진데
 휴직 낙향 자리를 비웠으되, 돌아올 기약이 전혀 없고

반년을 공석에 앉아본즉 전임자 심란(心亂)이 조종석 가득.
마음 읽는 기계를 두고 선(先)과 후(後)로 이어진 인연
인수인계한 기계 몸이 매일 세 번은 귀띔하고
조종사 마음 조종사가 제일 먼저 읽어 내니
진중(陣中) 제군(諸軍)이 쉬쉬한들 하임이 어찌 모르리오.
전임조종사 깊은 근심 막다른 길에 이르렀으되
같은 미로 내 발로 덥석 걸어 들어와 갇힌 신세
연일(連日) 층층(層層) 남의 근심이 내 근심으로 쌓여 있고
임시직 조종사 불안한 직책에 내 신세를 자주 돌아보네."
익일에 하임이 연무를 나가니 기계발 걸음걸음 엇나가 있고
오른 다리 잃은 기계 몸 주인 왼 다리 감각 두 번을 내어
좌우가 모두 왼 다리인 듯 왼발 다음이 또 왼발
왼발로 두 번을 내딛는 습벽(習癖) 왼 신발 두 쪽을 양발에
    신은 듯.
지엄한 만국공법 이르렀으되 그 말이 실로 옳은 말이라
"이 기계는 사람 몸의 연장이요 병장기 개조는 금지로다."
공손지 습벽대로 걷는 몸을 뉘라서 임시로 부리리오
임시조종사 허망한 이름 허명무실(虛名無實)이 따로 없다.

(아니리)
이단이 하임을 따로 불러내어 손지 물건 모아 둔 상자를
개봉하니, 베개 바늘 실에 실패[絲牌, bobbin]가 가득하고
실로 짠 레이스 조각이 패물 모양으로 들었더라. 이단이 하임

보며 타이르는 말이, "본디 손지는 파일럿 될 재목(材木)이
아니요, 보빈 레이스(bobbin lace) 장인지재(匠人之才)라.
임상시험 대상 되어 우연히 새 몸을 얻었더니 그 몸에 매인
임무가 있어 전장에 오래 머물렀다가, 유혈 살상 끔찍하여
임시로 임상을 포기하였으니. 혹여(或如) 손지의 심중이
궁금하거든 그 레이스 일견(一見)을 권하노라."

〈레이스를 들여다보는데〉

(아니리)
하임이 사다리를 올라 로봇 어깨 늘어뜨린 레이스를 자세히
들여다보는데,

(자진모리)
베개 위에 도안 깔고 도안 위에 시트지 덮고
시작점 비스듬히 핀 꽂아 정렬하고
보빈 막대 칠십 쌍에 실을 매어 핀에다 걸고
크로스 트위스트(cross twist) 홀 스티치(whole stitch)
      하프 스티치(half stitch)
2번 실은 3번 위에 2번 실 1번 위
4번은 3번 위 놓고 2번은 3번 위에 놓아
다시 2번은 1번 위로 4번은 3번 위*

달그락달그락 보빈 꼬아 더블 스티치(double stitch) 엮어 내어
엣지(edge)에 핀 꽂고 다음 줄로 휘리릭 넘어가
잘그락잘그락 보빈 막대 열 손가락에 조물조물
하프 스티치 꽃이 피고 토션 그라운드(torchon ground)
　　　여백 내어
구멍 숭숭 리넨실 그물에 별도 바람도 들고 난다.
네모꼴로 테를 잡고 윤곽선은 두 줄 넣어
다이아몬드꼴 모여드니, 거미줄 부채꼴 흩어진다.
흑백 실로 지은 우주(宇宙), 음양 조화가 덩달아 일어나
이발이기수지(理發而氣隨之)요,
　　　기발이이승지(氣發而理乘之)라.
구름은 둥실 뜨고 바람은 선들선들
낫 같은 발톱 비쭉 비늘이 언뜻언뜻
저그럭저그럭 야문 손끝에 천지음양의 기운이 흘러
응축(凝縮)하고 농축(濃縮)하여 백방(百方)으로 터져 나와
당당히 선 로봇 우상반신 철갑(鐵甲) 위에
날개를 쫙, 훨훨 펼쳐 있어
화룡(畫龍)에 점정(點睛)하고 백룡(白龍)이 포효(咆哮)하여
보빈 레이스 웅장한 날개 천지를 뒤덮었구나.
뜻 없이 고운 장식 기벽(奇癖)인 줄만 알았더니
사다리 올라 가까이 보니 광폭(廣幅) 레이스 한가운데

* 박혜원, 『기초부터 차근차근 보빈레이스』, 팜파스, 2018.

반절(半折)에 미완(未完)이나, 날개를 쭉 편 마음이
이미 천구(天球)를 뒤덮었구나!

(아니리)
하임이 용문(龍紋)에 손을 얹고 공손지 다부진 솜씨 찬찬히
쓰다듬을 적, 구름 뚫고 한 줄 서광(瑞光)이 직사(直射)로
내리쬐어 흡사(恰似) 예언 속 한 장면인 듯 사다리 위를 환히
비추었더라.

(중중모리)
그때에 이합이 눈표범을 좇아 사냥터 순행 길 다 돌아보고
철야(徹夜)로 지도를 궁구(窮究)하여 능선(稜線) 하나 턱
    골라낸다.
오백 군사 사방을 둘러 수색대로 선봉 세워
"토끼 한 마리 놓치지 마라" 포위망을 좁혀 가니
  산채 초병은 눈 속에 숨어 새하얀 사위(四圍)를 경계(警戒)하다
기백(幾百) 군사 포위망 알아보고 정신이 아찔 졸음이 싹 달아나
"보고를 올릴까 어째야 좋을까나" 허둥지둥 주저하는 차에
  벌건 불덩이가 슝 넘어가 대장 막사(幕舍) 앞 둥 하고 떨어져
포탄 총탄이 무수히 날아드니 산채가 무방비(無防備) 혼비백산
어떤 군사는 경보(警報)에 놀라 전화통 붙들고 "여보시오,
    여보시오!"
어떤 군사 놀란 꿩 마냥 머리만 숨기고 숨바꼭질

또 어떤 군사는 구덩이 들어가 "벼락은 친 데를 또
    안 치느니라."
이단이 멍한 귀 틀어막고 막사 밖으로 뛰쳐나와
"이 애, 초병아, 기관총 붙들어라!" "예이!" 반격을 지휘하여
숨긴 방어선 사람 채우고 달아난 정신 붙들어 매어
    삼면초가(三面楚歌) 한 길 퇴로, 구사일생(九死一生)으로
      달아난다.

〈거인 반격〉

(아니리)
이합이 언 입으로 대소(大笑)하여 왈(曰), "병법에 이르기를
위사필궐(圍師必闕)이요 궁구물박(窮寇勿迫)이라, 포위할
때는 한 길을 터주고 궁지에 몰린 도적 다그치지 말라
하였으니, 만약 적장이 구명도생(苟命徒生) 안도(安堵)하면
그때를 노려 엄살(掩殺)을 하리로다." 포위망 느슨히 풀어
정상(頂上) 방향으로 사냥감 몰아갈 적, 쫓기던 한 군사 슬피
울며 패잔병 신세를 늘어놓는구나.

(중모리)
"산채 통째로 팽개치고 담요 한 장을 못 챙겨 나와
엄동설한 토끼몰이에 달아날 길 보이지 않네.

언 발걸음 천근만근 해는 빨리도 떨어지고
백만한파(百萬寒波) 대병(大兵)이 일어나 산속 퇴로(退路)를
    휘몰아친다.
이단 궁섭 높은 뜻을 마음으로 흠모하여
이역만리(異域萬里) 낯선 전장 제대한 군대를 또 입대
전역 날짜도 아니 세고 진짜 싸움을 하였더니만
가상(嘉尙)한 뜻 힘이 다해 이 밤에 세상을 하직한다."
다른 군사가 위로하며 "네 말이 참으로 허망하다.
우리 로봇 우리 조종사 때맞춰 모습을 감췄으니
후일을 기약하며 긴 싸움이 이어질진대
덧없는 내 이름 석 자에 무슨 회한(悔恨)이 남으리오."
그때에 하임이 거신에 올라, 쫓는 토벌대(討伐隊)를 가만히
    뒤따르니
매복엄폐(埋伏掩蔽)는 바위와 같고 기동운신(機動運身)은
    구름과 같네.
이합의 한 수하(手下) 산채에 남아, 대공포대 수색(搜索)을
    하던 차에
텅 빈 무기고에 큼직한 격납고. "무엇인가 빠져나갔구나!"
급히 이합에게 무전(無電)을 하여, "아이고 대령님 뒤를 조심하오.
작은 물고기 다 잡는 그물에, 월척(越尺)이 수월히 빠져나갔소."
이합이 군사더러 "진군을 멈추라!" 가만히 귀를 기울인다.
눈 밟는 발소리 싹 사라져 밤 새소리에 하울링 소리
열 겹 야음(夜陰)이 산을 둘러 코앞이 당장 세상 끝 같고
눈 닫히자 귀 열린다, 심장이 쿵쾅 방망이질이라.

(아니리)
귀신이고 짐승이고 뭐라도 하나는 쑥 튀어나올 듯 칠흑 암흑
노상에 어정쩡 멈춰 서서, "귀신이면 썩 물러나고, 사람이면
모습을 드러내고, 짐승이면 진중에 동물학자 있으니 가서
각(各) 점고(點考)를 받으라!" 속으로 호령할 적,

(중중모리)
눈앞에 섬광이 번쩍, 일발(一發) 예광탄(曳光彈) 빛줄기 핑!
깜깜한 총탄이 예광탄 쫓아 토벌대 머리 위 후두두두두두
이단 반격(反擊)에 이합이 놀래, 불 뿜는 고지(高地) 밑 납작
　　엎드려
"여봐라, 부관아!" "예!" "적탄(敵彈) 쏘는 데 어디인지
　　보이느냐."
"적탄은 하나도 아니 보이고 저승사자만 보았나이다."
"황망 중에 별소리구나. 사자(使者)가 어찌 생겼더냐?"
"구척장구(九尺長軀) 훤칠하니 사위 삼게 생겼나이다."
　부관이 대답을 맺자마자 불꽃이 핑, 총 맞아 풀썩.
　이합이 황당하여 두 눈을 질끈 감고
"안 보인다, 안 보인다, 그 사자 내 눈에 아니 보인다."
　실눈을 슬쩍 뜨고 저 아래를 내려다보니
　이십오 척 훌쩍한 거인이 허연 옷을 빼입고 섰구나.
　겨우 아홉 척 저승사자면 스물다섯 척 염라(閻邏)인가?
　번쩍 뜬 눈이 감기지 않고 산중 거인을 바라본다.

거인이 성큼 오르막 올라 토벌대 뒤꽁무니 바짝 붙어
난사(亂射) 총탄을 다 튕겨 내고 우수(右手)를 높이 치켜들어
쾅, 퍽, 벌레 잡듯이 쓸어 내니
전열(戰列)이 깨어지고 포위망 찢어져 이단이 틈새로 파고든다.
혼불부신(魂不附身) 퇴각 길에 철모 소총 다 버리고
침낭 버리고 건빵도 버리고 다 버리고 도망을 간다.

〈유언을 듣는데〉

(아니리)
이단이 토벌군을 몰아내고 하임 거신 앞세워 산채를 수복한 후
사망자 수습하여 노출된 진지 버리고 다른 봉우리 새
진을 칠 적, 한 군사 내달으며 "궁섭 박사 총상이 위중하여
금일로 고비를 맞겠나이다." 이단이 하임 대동(帶同)
병상에 찾아가니 궁섭이 손 뻗으며 겨우겨우 하온 말이,

(진양조)
"이단은 내 동지요, 은인이요 벗이라.
자경단(自警團) 험난한 길 세상 사람이 다 말릴 적
한마디 말도 없이 같은 전선에 나와 섰네.
굳은 맹약은 없었으되 양인(兩人)으로 도원결의(桃園結義)로다.
이 내 한 몸 난 자리가 크지는 아니하리오만

높다고는 못 할 대의(大義)를 홀로 지고 가겠구나.
착한 공손지 꾀어내어 심산(深山) 전장(戰場)을 헤매이며
양수(兩手)에 혈(血)을 물들이고, 불식간(不識間)
　　　군문(軍門)에 묶이게 한 죄.
기계 몸에 손을 대어 맹포수심(猛暴獸心)을 흘려 넣어
막아설 곳에서 찢어발기고 제압할 것을 척살(擲殺)케 하여
세상 신실(信實)한 공손지가 벌건 양손을 내려다보며
제 안에 없는 독살스러운 살기(殺氣)를 자책하게 만든 죄.
낙향 공석 조종석을 빈자리로 두지 못해
임시조종사 구인(求人) 내어 또 다른 청춘을 꾀어다가
높다 하지는 못할 대의, 낮다 하지도 못할 명분
그리 말할 줄 뻔히 알고 땔감으로 소진한 죄.
이단은 내 동지요, 은인이요 벗이라.
천근만근 이 많은 짐을 홀로 지고 가겠구나."

(아니리)
이렇듯 슬피 울고 하임을 돌아보며, "면허발급 엄격함은
오직 이런 연유라. 발급된 면허는 삼십여 협약국 모두
유효하니, 만일 하산커든 사양 말고 일신영달(一身榮達)
성심껏 활용하오." 망자(亡者) 천도(薦度)하고 기지 수습
일상을 회복할 적,

(중모리)

중식이 식량을 점고(點考)하고, 없어진 식재료 목록을 살펴

석식(夕食)은 두고 중식(中食)은 줄여 식단 안배(按排)

    다시 하니

뭇 군사 불같이 화를 내어 대장 앞세워 항의하며

"중식(中食)은 절대 양보 불가니 차라리 석식을 줄여 주오."

조리장 그 말에 기가 막혀, "엠티이에프(MTEF)가 따로 없네.

적군이 기지를 침탈(侵奪)할 적 탄약고 막사는 손 아니 대고

식량 창고 저장 채소에 고기만 탈탈 털어 갔나이다.

모닝 쓰리 이브닝 포(morning three evening four),

    조삼모사(朝三暮四)가 웬 전략인고."

김이단이 그 말 듣고 긴 한숨 탄식하며

"전투에서는 이겼으되, 전쟁에서는 완패로구나.

야전지휘관(野戰指揮官) 직(職)을 얻어 뭇 군사 목숨을

    떠맡았으니

입이 열 개라도 할 말이 없소. 텐 마우스에 노 워드(ten

    mouthes no word)라.

(아니리)

경무장(輕武裝) 선봉대 추적을 따돌렸으되 격퇴가 아니고

임시 퇴각이라. 본대가 중화기 이끌고 들이닥칠 게 자명함이요

사냥도 조달도 모두 불가하니, 다만 몸을 가벼이 하여 지체

말고 다음 산 속히 이동함이 상책(上策)이라." 대장 명 받잡고

주간(晝間)으로 몸 숨기고 야음(夜陰)에 이동할 적,

〈기암절벽이 마주 보는데〉

(자진모리)
이합의 오백 선봉 수색대 보고가 올라오니
대장군 집산이 제참모 소집하여
두 눈이 번뜩 안광(眼光)으로 하명(下命)하길
"사냥개 짖었으니 토끼몰이를 나가리라."
천구(天球)에 위성 걸고 천오백 군사 재촉하여
중화기 야포(野砲)를 군마(軍馬) 수레에 매어 놓고
육군 헬기 세 대 내어 산 위에 풀어 놓아
정찰기 높이 떠 매의 눈 내다보며,
"포획 섬멸은 중책(中策)이요, 상책(上策)은 채증(採證)이라.
지엄한 국제법에 허용치 못할 괴물이니
포위하여 몰아넣되 걸려들지 않거들랑
사진(寫眞)으로만 포획하라!"
어용기자(御用記者)를 잔뜩 풀어
배낭 지워 등산 올려 족흔(足痕) 찍으면 기사(記事)로 쓰고
'내정간섭에 외세개입 용병(傭兵) 사주(使嗾)한 사악한 음모
불법무기를 처단하세!'
이합이 말을 얻어 마상(馬上)에서 지휘하며
이천 군사 영솔하여 위풍당당 진군할 적
북풍이 눈을 쓸어 족적(足跡)이 모두 묘연(杳然)한데
어떠한 큰 발자국 꾹꾹 박혀 있어

"이놈이 그놈이로다" 전마(戰馬)를 내달리니

사천여 군홧발이 우루루루루 달려들어

헬리콥터 두다다다 눈 먼지 휘감아 올라

적막강산(寂寞江山)에 모진 풍파가 닥쳤구나.

하임이 조종석 올라 이단에게 여짜오되,

"상방(上方)이 소란하니 헬기 당도하였나이까?"

그때에 이단은 절벽 길 협로(狹路) 위에

기암절벽(奇巖絶壁) 끼고 서서 맞은편 절벽을 바라보며

"세 대가 절벽 따라 위쪽에서 내려오느니라."

집산이 전황을 보고 받고

대장군 헬기에 친히 오르며

"저 토끼 내 것이니 아무도 건들지 말라.

내가 가서 직접 끝을 보리라!"

기관포 대롱대롱 대전차포 철컹 지고

시커먼 공격기(攻擊機)가 설산을 훌쩍 넘어

마주 선 절벽 사이 외치면 닿을 듯 넓은 틈으로

도용도용 내려간다.

남은 헬기 따라 내려와 허공중(虛空中) 도열(堵列)하여

"대장군 명을 받잡나이다!"

집산이 살펴보니 거인은 간데없고

가련한 오합지졸(烏合之卒)이 협로에 붙었을 적,

상승기류(上昇氣流) 풀쩍, 강설(降雪)이 역류하고

스노우 볼(snow globe) 기념품이 여반장(如反掌)으로

　　뒤집힌 듯

협곡에 강풍이 불어닥쳐 저 아래 언 계곡 포효(咆哮)한다.
헬기가 휘청, 백설은 난무(亂舞).
집산이 조종기를 고삐 쥐듯 콱 붙들어
역풍(逆風)을 억누르고 역린(逆鱗)을 거역하니
강설(强雪)이 분분(紛紛)하여 시야가 가렸으되
긴 바위 그늘 뒤에 거인의 형상이 숨었구나.
집산이 실소(失笑)하며
무전으로 하명(下命)하길,
"허허실실(虛虛實實) 함정이로다. 미끼는 놓아두고
나를 따라 방포(放砲)하라!"
공중에 붙박인 듯 자리를 딱 잡고
버얼건 불꽃을 좍 좍
늘어선 석 대가 주둥이 까딱하며
기관총 다발을 도르르르르
거신이 속수무책(束手無策) 꽝 푸석
굵은 포탄 잔 총알에 와지끈 퍽석
깨지고 절단 나고 녹아내리고 증발하고
훌쩍한 장신(長身)이 산산이 흩어질 적
집산이 잔해를 보며 깜짝 놀라 하는 말이,
"기계가 아니고 큰 눈사람이었구나!"
어용신문 머리기사가 급히 뇌리(腦裏)를 스치기를
'대장군 집산의 눈사람 섬멸 대작전'이라.
정신이 아득할 적,

맞은편 절벽 위 헬리콥터 꽁무니 뒤에
거신이 어깨 위에 대공포를 들쳐 메고
방아쇠를 움쩍 또 한 번을 움쩍.
두 줄기 포탄이 절벽을 치고 나가
꾕음이 쿠르르르 낙석이 와르르
두 대는 위로 줄행랑 놓고
두 대는 핑그르르르르르르
빙빙 돌아
저 아래 언 강을
바자작 쩍
쪼개는구나.

〈기계가 꾸는 꿈〉

(아니리)
이렇듯 집산이 호위기 두 대 잃고 구사일생(九死一生)으로
사지(死地)를 탈출하였으되, 대신 운전할 사람이 없어
친히 헬기 몰고 산 넘어 먼 기지 하릴없이 귀환터니, 생각만
해도 정신이 아찔 손이 벌벌 떨려 시커먼 대장기가 하늘
위 갈지자 만취 운전이라. 활주로에 대충 주기(駐機)하고
발레파킹 헬기를 맡겨 놓은 후, 달려 나온 어떤 장수
돌아보며 갈라진 목소리로 하온 말이,

"여봐라, 보안사령관아!" "예!" "로봇 조종술 귀한 재주
일급 조종사는 잘해야 전 세계 스물 미만이라. 근자(近者)에
갑자기 사라진 자가 있을 터이니, 행성을 다 뒤져 속히
찾아내어 그 식솔(食率)을 겁박(劫迫)하라."

(중모리)
이때에 하임의 노모(老母)는, 불 꺼진 하임의 빈방을 보고
'그때가 왔구나' 짐작을 하여 매일 마음을 졸이다가
전쟁 소식에 거인 소문 '하임이 간 데가 저기인가?'
내심으로만 안부를 하고 내색도 없이 반년이라.
한 날은 외인(外人) 삼인이 흘끔흘끔 수상한 눈매로
귀갓길을 따라나서 밤 골목으로 들어선다.
구불구불 없는 길을 이 골목 저 골목 들락날락
띄엄띄엄 가로등 불에 늘었다 줄었다 그림자를
따라오는 거동을 보니 저것이 필시 미행이로다.
'하임에게 일이 있어 나를 잡으러 오는구나.'
후다다다 뛰어가니 미행이 득달같이 달려들어
막다른 길 닫힌 대문 아무 문이나 두드릴 제,
그때에 시커먼 장정(壯丁) 무리 야음(夜陰) 중에서 쑥
      튀어나와
모친의 앞을 딱 막아서니 미행이 묵묵 퇴각이라.

(아니리)

모친이 크게 놀라 여짜오되, "뜻밖의 도움 고맙소만 그쪽은
뉘신지요?" 한 장정 다가서며 속삭이듯 하온 말이, "나랏일로
온 몸이라 긴말은 못 하오나 하임의 해외 취업 나라에서
각별히 챙겨 보고 있사오니, 따로 기별이 없거든 희소식으로
여겨 일야(一夜)라도 평안히 잠드사이다." 간곡한 말을
남기고 어둠 속으로 홀연히 사라질 적,

(중모리)

산중에 눈이 내려 족흔이 금세 지워지니
철야행군 풀었던 짐을 등에 도로 올려놓고
짐승 발자국 하나 없이 새하얀 산길 위에
거인 하나 짐차 셋이 터덜터덜 걸어갈 제
노상(路上)에 문득 기계가 멎어 행군 중에 단 휴식이라.
하임은 조종석 갇혀 있고 정비사 기계를 껐다 켰다
무전(無電)은 활짝 열려 있되 말하는 자가 아무도 없어
얕은 오수(午睡)가 꾸벅꾸벅 꾸던 꿈을 꾸다 말다
눈을 들어 사방을 보니 백사(白絲) 단색(單色) 고운 레이스
적설(積雪)이 푸슬푸슬 족하(足下) 십리(十里) 수놓아 있고
훌쩍 큰 키 너른 보폭 성큼성큼 달리는 모양
기계 몸이 꾸는 꿈이 역류하여 들어온다.
눈밭 위의 깊은 발자국 그 위로 금방 새 눈 덮듯
다그락다그락 보빈이 놀아 새 수(繡)가 말끔히 놓아지고

달릴수록 얕은 족흔 눈밭이 하나도 아니 패여
어깨 위에서 커다란 무언가 펄럭펄럭 휘날린다.
돛처럼 부푼 두 날개를 훨훨 펴고 날아올라
벼랑 너머 하늘길을 한 발 한 발 내디디고
천구 아래 창공 가운데 천하 중심을 활공(滑空)하여
내가 있는 바로 여기가 우주 만물의 축(軸)이로구나.

(아니리)
화들짝 잠이 깨어 어깨를 매만지며 곰곰이 해몽(解夢)하니
거신 흉갑에 수놓은 레이스 용문 꿈이라. 하임이 무전 너머
이단에게 아뢰옵길, "궁섭 선생 유언 고해(告解) 반만 맞는
말씀이라. 공손지 여린 성정(性情)에 용몽(龍夢) 품고
승천군림(昇天君臨) 하였으니, '양수(兩手)에 혈흔(血痕)'
궁섭 선생 남긴 말이 이야기의 전부는 아닌 듯하더이다."
이단이 묵묵으로 부답(不答)하고, 정비대 노심초사 거신이
잠에서 깨어날 적,

〈집산 총공세(總攻勢)〉

(자진모리)
그때에 각국 수뇌가 급전(急傳)으로 상의하여
남국(南國) 북촌(北村) 기운 형세 개입키로 합의하고

항공모함 한 대를 내어 먼바다 대 놓으니

국제정세 큰 장기(將棋)판, "집산아, 장 받아라!"

집산이 그 말 듣고 "여봐라, 대통령아." "예이."

"네가 가서 멍군 받고 하루만 지체하면

　금야(今夜)에 공륙(空陸) 대병 마을로 짓쳐 들어가

　역도(逆徒)를 일소(一掃)하리로다!"

이러한 위급지세 북촌민이 바람을 읽고

천막촌 판자촌 중 캠핑카 골라내어

낡은 엔진 수리하고 바퀴에 바람 채워

닦고 조이고 기름칠 캠핑카 기갑부대(機甲部隊)라.

심야에 남국 공군이 폭탄을 가득 싣고

산 넘어 북쪽 초원 어렴풋 불빛이 새어

백린탄 네이팜탄을 소나기마냥 쑥

쏟아붓고

활활 타오르는

불길을 봉화(烽火) 삼아

남국 육군 대병이

물밀 듯 밀려든다.

전차 장갑차 앞줄 세워 마을 초입(初入)에 들어서니

불길이 확 치솟아 건물만큼 높았으되

인적은 온 데 간 데 웬 고물 캠핑카만

수십 대나 휑뎅그렁 불빛만 껌뻑껌뻑

이합이 대경(大驚)하여 "우매한 공군놈들

지도도 아니 보고 불빛만 쳐다보고

여기가 촌락이라 화력을 쏟아부었으니

이 마을은 거짓 마을이요 참 마을은 어디인고."

육군 대병을 셋으로 나눠 껌껌한 마을을 찾아간다.

어둑어둑 천막촌 자락에, 거인 형상이 어른어른

탐조등을 탁 켜니 남국 군사가 깜짝 놀라

전차는 방포(放砲)하고 사람은 총질하여

이십 척(尺) 눈사람이 빙수(氷水) 마냥 풍비박산(風飛雹散)

'또 눈사람이로다' 흠칫 놀라 물러날 적

뒤통수 선득하여

침을 꼴깍 삼킬 적에,

북촌 민병대(民兵隊)가 사냥총 엽총 꼬나들고

컴컴한 들판을 나와 난민촌 학익진(鶴翼陣) 포위망 싸고

총성이 두두두두두두

총탄을 쏟아내니

남국 군사가 총구 돌려 황급히 응사(應射)할 적

하임이 거신에 가만히 앉아

마을회관 단층건물 돌담 뒤 누웠다가

번쩍 몸을 일으키며 "이 거인이 참 거인이니라!

여기 이 조종사가

진짜 조종사니라!"

거신이 적진 배후를 후다닥 달려들어

깨지나니 장갑차요 뒹구나니 총칼이라

헛디디고 발 삐고 뒹구르고 박 터지고
"전군은 퇴각하라!"
전차 포수(砲手)는 포탄 까먹고 입 대포를 빵야빵야
기관총 사수는 탄띠 떼어 어깨에 두르고 선거 유세
혼 나간 통신병은 무전기 들어 셀카 찍고
어용기자는 카메라 들어 천문사진을 찍고 앉아,
침략군이 총 버리고
초원으로 달아날 적
지평선 좁은 틈새로
몰래 새벽이 오는구나.

(아니리)
남국 대병 몰아내고 전장을 수습터니 시가전(市街戰)
난민촌이 가일층(加一層) 폐허(廢墟) 꼴이라. 하임이
개문(開門) 스위치를 눌렀으되, 출구가 일그러져 재차 고립
감금이요, 연료 소진(消盡)하고 컴퓨터 불통(不通)하여
하릴없이 그 자리에 비석처럼 서 있었더니, 촌민
수인(數人)이 다가와 우러르며 하온 말이,

〈미륵(彌勒)이 현신(現身)하여〉

(진양조)
"바람 앞에 촛불 켜고 목숨이라 불렀건만
산 너머 대붕(大鵬)이 날개를 편단 소식
폭풍 태풍 광풍이 불어 훅 하고 꺼버릴 줄
우린들 몰라 자식을 키우고, 꿈을 꾸고 버티었을까.
대붕 앞에 뭔가가 있어 바람이 자는구나
산맥(山脈)만 한 관세음보살 설벽 치고 드러누워
그 큰 풍파 다 막는구나 믿어 짐작하였거늘
우리 부처 미륵신이 어찌 겨우 요만한가.
사방 트인 초원 위에 천하대세 모진 바람
모두 막아서는 데는 혈혈단신(孑孑單身) 족(足)할런가.
홀로 선 저 작은 거인 사방(四方) 다 막고 지붕까지 이어
풍전등화(風前燈火)를 지키었네.
        나무관세음보살(南無觀世音菩薩)이로구나."

(아니리)
하임이 말뜻 몰라 눈만 껌뻑 내다보니, 합장(合掌)하고
절하는 모양이 치성(致誠)인 줄은 알았더라. 맞절하고
이단에게 교신(交信)으로 아뢰온 말이, "일시격퇴하였으되
재침(再侵) 방책(方策)이 전무(全無)하니, 자칫 이대로
서서 최후를 맞겠나이다."

(중모리)

동남쪽에 해가 올라 긴 그림자 짧아진다.

구름 편대 출격하여 백설 융단폭격이라

간밤의 포화는 덮여 있고, 백일색(白一色)이 만건곤(滿乾坤)이나

남루한 난민촌은 어찌 우뚝 솟아 있나.

남천이 쿠글쿠글 비행기가 언뜻언뜻

패퇴한 남국 대병 지평선 다시 올라섰다.

보라 송골 승냥이 떼 멀리서 노려보니

언 심장이 바삭바삭 침을 꼴딱 삼키는데

대병이 일시 진격하고 굵은 폭격기 선회비행(旋回飛行)

성큼 다가서는 꼴이 우르르르 해일(海溢)이 일 듯

쩍 벌린 악어 턱에 도열(堵列)한 이가 선득한데

갑주(甲冑) 창검(槍劍) 다 버리고 맨몸으로 맞서 있네.

촌민이 둘러서서 근심 걱정 노심초사(勞心焦思)

새까맣게 태운 마음 거신 앙견(仰見)에 무응답이라.

"그간 참말 애쓰셨소 다음 생은 성불(成佛)하오."

두 눈을 질끈 감고 악어(鰐魚) 턱[顎]을 바라볼 적,

해일이 우뚝 멈춰 서고 악어 턱이 허물어져

별안간 침묵이 초원을 휘감는데

북풍이 잔잔할 제 이단 타전(打電) 이른 말이,

"연합군 진격하여 집산이 휴전 수용이라.

지평선 저 너머에 국제정세가 돌아섰네."

눈물 섞어 하온 말에 하임의 굳은 결기

툭 하고 무너져 내려
굵은 눈물이 뚝뚝뚝
목놓아 설리 울었더니
조종기 꺼진 거신이 스르르 왼손을 들어 올려
오른 어깨 해진 레이스 손바닥을 척 포개는구나.

〈설표 귀환〉

(중중모리)
얼씨구나 절씨구 국제정세가 돌아왔네.
남국은 비행금지구역 연합군이 감시하고
집산은 실권(失權)하여 가택(家宅)에 연금(軟禁)이요,
이합은 낙향하여 개명 변장 사냥꾼 행세
국경선 회복하고 설표도 영역 찾아
벼랑을 후다닥 구르니 얼씨구나 지화자
거신은 트럭에 실어, 발 질질 끌고 옮겨
조사단이 물었으되 목격자 아무도 없고.
질질 끌린 자국이 초원에 선연하나
아무도 추적 않고 새 눈이 덮였구나.
조종석 뜯어 내고 하임을 끄집어 내어
직항으로 비행기 태워 집으로 돌려보내니
이웃이 알아보고 "어데 여행 다녀왔는가?"

말끔히 소제(掃除)한 집 온기가 따사롭다.
난민촌 다섯 엘사가 초원으로 달려 나가
지평선 저 너머 다른 세상 닿았다 하니
지화자 좋을시구 국제정세가 돌아왔네.
지엄한 만국공법 균세(均勢)가 호시절(好時節)이라.

(아니리)
궁섭 선생 첫 기일(忌日)에 산채 식구가 모여드니, 맨 앞줄
서 있는 이 다름 아닌 공손지라. 하임을 끌어안으며 어깨를
쓰다듬을 적, 하임이 두 팔 뻗어 공손지 펼친 날개 보이는 듯
쓰다듬고, 양인이 의기로 투합하니 일평생 지음(知音)으로
남았더라.

(엇중모리)
중식이 식당 개업 번창하여, 이단 대장이 단골 되어 찾아오고
임시조종사가 천하를 호령했단 소문이나,
　　지구는 나날이 뜨거워져 만년설이 녹아 가니
그 뒤야 뉘 알리요, 어질더질.

인터뷰

김창규의 우주

김창규는 한국 SF가 걸어온 길목마다 있었고 현재도 서 있는 작가다.
한국 최초의 PC 통신 SF 동호회에 있었고, 최초의 SF 웹진에
있었다. SF라는 말을 쓰지 못했지만 명백히 SF 작가의 등용문이 되었던
과학기술창작문예 공모전에서 중편 부문을 수상했고, 기성 출판된
작품에 수여되는 SF 어워드 중단편 부문을 1회에서 4회까지 연속으로
수상했다. 걸출한 해외 SF 대가들의 작품을 번역하는 번역가이며,
각종 워크숍과 아카데미, 대학교 등 SF를 가르치는 자리에도 여러 해에
걸쳐 서 왔다. 한마디로, 김창규는 SF가 불리는 곳이라면 어디든
빠짐없이 참여해(심지어 이 『오늘의 SF』 2호는 물론 1호에도 중편
소설을 실었다!) 활동해 왔다.

　　그래서인지 작가 김창규보다는 상대적으로 SF에 대해서
이야기하는 자리가 더 많았던 듯하다. 시대적 특성도, 자리의 한계도
있었을 테지만, 모처럼 SF 작가를 다루기로 작정하고 만난
이 지면에서는 다른 무엇보다도 '작가 김창규', '김창규의 글'에 관해서
더 많은 이야기를 하고자 한다.

　　매 작품마다 묵직한 매력과 주제의식을 품고 다양하게 빛나는
김창규의 우주를 좀 더 친근하게 느끼고, 기꺼이 탐험하게 만드는
기회이기를 바란다.

　　(인터뷰는 시대에 맞추어 메일과 메신저로 진행되었다.)

인터뷰에 익숙하신가요?

　　　　이젠 인터뷰를 해도 긴장하지는 않습니다.

인터뷰를 한다고 하면 기대되는 싫은 것과 좋은 것이
있다면요?

소설로 표현하지 못할 것은 없지만 소설이기 때문에
얘기하지 않아야 할 것은 있죠. 인터뷰에서는 독자께 그런
이야기를 할 수 있어 좋습니다. 하지만 아무래도 편집
과정에서 문맥 일부가 생략되면서 진의가 잘못 전달되지
않을까 하는 걱정은 있죠.

좋은 것은 부풀리고 싫은 것은 없애는 인터뷰 되도록
노력하겠습니다. 일단, 어떻게 지내고 계신가요?
근황에 대해 말씀해 주세요.

장편소설 둘, 중장편 둘을 쓰거나 설계하고 있습니다.
선호하는 장르에는 변함이 없으나 글을 구현하는 방법에서
변화를 꾀하고 있고, 그 과정에서 변하는 저 자신을
보면서 즐기는 중입니다. 그리고 온라인 강연이나 강의에
익숙해졌습니다. 소설이 아닌 글도 쓰고 있고요.
그중 하나는 SF 쓰기에 관한 조언을 체계적으로 엮은 책이
되겠네요.

변화를 꾀하고 계신 와중이지만, 구체적인 집필 과정에
관한 질문들을 먼저 드려 볼게요. 머릿속에서
지면으로 옮기기까지 다양한 경로를 통해 글감을 글로
구체화시킨다고 하셨습니다. 그중 가장 쉽고 빠르게
완성된 글과 어렵게 오래 걸려서 형상을 갖춘 글을 꼽아
주실 수 있을까요?

시간을 측정해 보지는 않았습니다만, 「뇌수」라는 글이
가장 빨랐다고 기억합니다. 「뇌수」는 그해에 제가 사는
동네에 떨어져 있는 은행잎의 수가 눈에 띄게 줄었다는
점을 문득 깨닫고 메모해 두었다가, 말 그대로 '한번 자리에
앉아서' 끝까지 써 내려간 글입니다. 메모 내용은

"줄어든 은행잎의 자리는 무엇이 채웠을까?"였을 겁니다.
결과물이 나온 글 가운데 가장 오래 걸린 것은
「바늘」이라는 작품입니다만, 아직 작품집에 싣지는
않았습니다. 아주 오래된 글이기도 하고요. 군 복무를
하면서 부대에서 완성했는데요. 군인 수첩에 초안을
쓰고 편지지를 원고지 삼아 틈틈이 고쳤습니다. 완성한 뒤
면회 온 지인에게 건넸고, 지인이 타이핑해서 당시
'하이텔'이란 네트워크 서비스에 올려 주었어요. 창작에
걸린 시간이 크게 중요하다고 생각하지는 않습니다만,
돌이켜 보니 그렇군요.

글을 지면으로 옮길 정도로 머릿속에서 잘 익었다고
판단하는 시점 또는 기준이 정해져 있나요?

이건 정말 주관적인 표현을 쓸 수밖에 없겠네요. 글의 어느
지점에서 주동인물의 심정을 상상했을 때, 슬픔이든
기쁨이든 그와 함께 느끼고 감정이 격해질 수 있으면
숙성했다고 판단합니다. 저는 '나도 울컥할 때'라고
부릅니다.

그렇게 해서 글로 옮기기 시작하면 순서대로 죽 쓰시나요?
아니면 써지는 부분부터 쓰고 메우는 편일까요.

중편 이상 긴 글은 손이 먼저 나아가는 부분부터 쓰는
경향이 있습니다. 단편은 순서대로 씁니다.

집필 중 자주 힘이 들어가고 어려운 부분이 있는지
궁금합니다. 거기에 부딪치면 어떻게 그 위기를
넘기시는지도요.

　　　　가상의 인물이 품는 정서를 독자에게 전달하는 방법은
　　　　여러 가지죠. 그 가운데 이질적인 정경을 묘사해서
　　　　공감을 이끄는 방법이 있는데요. 정경 묘사를 말 그대로
　　　　무한히 이어 가고 싶은 충동이 생기곤 합니다. 자칫
　　　　글 전체의 속도감을 떨어뜨릴 수 있어서 자주 사용할 수는
　　　　없지만, 낯선 '세계 정서'를 좋아하는 편이라 자주
　　　　갈등합니다. 결론은 늘 최적 지점을 찾는 타협이죠.

위기를 넘어 글을 완성했는데, 작품집에 싣기 위해서는
이미 완성했던 글을 다시 봐야 하죠. 예전에 썼던
글을 퇴고하거나 개작할 때 가장 신경 쓰는 부분이
무엇인가요?

　　　　당시의 제 머릿속을 돌이켜 보고 100퍼센트 동조할 수
　　　　있는지 가늠하는 일이 제일 중요합니다. 그다음엔
　　　　시대착오적이거나 진부한 표현을 공들여 찾아 고칩니다.

집필의 전 과정 중에서 어느 부분을 가장 좋아하시나요?

　　　　소설화할 수 있는 테두리 내에서 세계 설정이
　　　　딱 맞아떨어지고, 그 세계가 이야기의 가능성을 크게
　　　　넓혀 줄 때면 SF만이 주는 쾌감을 느낍니다.

좋아하는 것과 별개로, 상대적으로 쉽다거나 강점이
있다고 생각하는 부분이 있으신지요?

일단 작업을 시작하면 하나의 글을 기법이나 과정이나
이미지로 분해할 수 없는 단단한 단일체로 상상하고
머리에 담아 두기 때문에 드러나는 강점을 생각해 본 적은
없습니다. 작품에 따라 늘 다르다고 표현하는 게
맞겠죠.

그래서 그런지 작가님의 글은 작품마다 다양한 매력으로
빛납니다. 별들이 다 비슷하게 빛나는 것 같지만 사실
알고 보면 다들 아주 다른 것처럼요. 작품집 두 권에서
연작으로 이어지는 단편들 외에는 정말 분위기도 소재도
다양하고 흥미로웠어요.
　　작가 생활과 장르에 관한 질문들로 넘어가 볼게요.
과학기술창작문예에서 수상하기 전에도 창작 활동을
하셨나요?

　　　　홀로 재미 삼아 써 보거나 하이텔 과학소설 동호회에
　　　　습작을 올리곤 했습니다. 동호인들과 함께 단편집을
　　　　내기도 했고요.

그때에만 있었던 버릇이나 주제의식 중 남은 게 있나요?
또는 남기고 싶었던 것이나요.

　　　　굳이 그 시절 버릇을 꼽아 본다면, 주인공이 순간적인
　　　　통찰을 얻거나 이른바 '비전'을 보는 장면을 자주
　　　　그렸습니다. 아, 주인공이 홀로 거대한 문제와 대면하며
　　　　외로워하는 장면도 즐겨 넣었네요. 지금도 그런 취향은
　　　　완전히 사라지지 않은 듯합니다.

왜 굳이 SF를 (주로) 쓰게 되었는가를 스스로
인지하고 납득하는 이유가 있는지 궁금해요. 어쩌다가
이 길로 들어서게 되셨나요?

> 한때 자문했던 궁금증이기도 합니다. 제가 찾은 답은,
> "쓰거나 읽는 과정에서 상상력을 가장 많이 자극하는
> 동시에 내부 논리를 잊지 않아야 하는 장르라서"입니다.
> 그 교집합에 크게 매료되었죠. 이 대답은 제 인생관과
> 어느 정도 연관되기도 합니다.

SF는 재미있는 거짓말이라고 생각한다고 말씀하신 적이
있어요. (작품집 『우리가 추방된 세계』(아작, 2016)
작가 후기에서도 말씀하셨어요!) 그래도 거짓말해서는
안 되는 부분이라고 생각하는 것이 있나요?

> 말씀대로 언젠가 단체 인터뷰에서 SF는 "세상에서 가장
> 재미있는" 거짓말이라고 말한 적이 있습니다. 사실
> 모든 소설이 일정 부분 이상 지어낸 이야기이고 허구이므로
> SF에만 적용되는 말은 아니고, 제가 힘주어 말했던
> 부분은 '가장 재미있다'는 지점이었지만요.(웃음) 제가
> 얘기한 거짓말이라는 건 어디까지나 창작 기법이므로, 특정
> 시대를 살아가는 사회 구성원으로서 목소리를 글에 싣는
> 경우에는 해당되지 않겠죠. 또한 허구가 이끌어 내는
> 효과를 극대화하기 위해 역사적 사실을 변형하는 방식으로
> 활용할 순 있겠지만 왜곡을 위한 왜곡은 안 된다고
> 생각합니다.

비슷하지만 조금 다르게, 과학적 사실을 작품에
적용할 때 정해 두는 한계선이 있을까요? 아무리 허구라고
해도 이 정도까지 해서는 안 된다 싶은 것 말이에요.

작가 입장에서, 이 질문에 대한 제 대답은 창작 활동을
해 온 시기에 따라 달라질 수 있겠군요. 우선 질문이 살짝
모순이지만 SF 자체에 그런 면이 있으니 넘어가기로
하고요.(웃음)

　　기본적으로는 한계가 없다고 생각합니다. 글을
설계하면 그 글에 고유한 틀이 생기지만 그건 그 작품의
틀일 뿐이죠. 일반론으로 말하자면, 과학과 허구의
결합이라는 조합을 기껏 수용하고선 한계를 정해 두는 건
바람직하지 못하다고 봅니다. 단, 윤리나 도덕과 교차하는
지점이 거의 반드시 발생하는데 그런 경우에는 세심하고
깊은 고민이 필요하다고 생각합니다.

퇴고에 관해서도 그렇고, 소재는 열어 두되 윤리나
도덕에 관해서는 고민하고 거듭 살피는 게 인상 깊습니다.
최근에는 SF가 여러 매체로 옮겨지니까 더욱 필요한
태도라고 생각해요. 혹시 영상이나 시각적 이미지로 옮겨질
것을 염두에 두고 작업하시는 편인가요?

　　글에 따라 다릅니다. 스스로 '영상화가 불가능한 글'이라고
처음부터 정하는 경우도 많습니다. 더 정확히 얘기하면
시각 이미지를 활용하거나 영상 매체로 재생산하기 적절한
글과 그렇지 않은 글을 처음부터 결정하고 쓰는 편입니다.

　　또 발표 여부를 떠나서 처음부터 영상 매체용
SF 시나리오나 대본을 쓰기도 합니다. 대자본이 투입되지
않아도 무방한 SF 영화/드라마의 각본과 연출을 해
보고픈 사적인 소망이 늘 있다 보니 시각 이미지 활용이나
각색에 거부감은 전혀 없습니다. 처음 글 실마리를
떠올리는 순간은 물론이고 글을 쓰는 도중에도 언어가 아닌
여러 감각이나 이미지만으로 머릿속을 채우는 경우도
많고요. 많은 작가들이 그러지 않을까요.

마침 이번 여름에 여러 SF 단편소설을 단편 드라마로 만든
'SF8' 프로젝트가 화제였죠. 그중 〈블링크〉의 원작이
작가님의 소설 「백중」이었고요. 자신의 작품을 영상으로
본 감상은 어떠셨나요?

> 소설 「백중」과 영상 〈블링크〉의 차이점은 대부분
> 매체가 다르기 때문에 어쩔 수 없었던 부분에 있었습니다.
> 연출자분과 대본 작가분이 어떤 고민을 하시고 왜
> 그런 결론에 도달하셨는지 생각하면서 즐겁게 보았습니다.
> 소설에서 중요했던 요소를 거의 다 짚어 주셔서
> 고마웠고요. 각색 작업을 해 본 터라 고충도 충분히
> 이해했습니다. 단, 「백중」에선 경찰력 말단인 주인공이
> 아슬아슬한 위치에서, 몸으로 구르면서 고생하는
> 면면이 중요합니다. 후속 이야기로 갈수록 그 점이 더
> 중요하기도 하고요. 그런 면이 많이 생략되어 조금
> 아쉬웠습니다.
>
> 내용과 별개로 크게 감동받은 지점이 있습니다. 저는
> 웨이브 서비스를 통해서 보았는데요. 〈블링크〉에서는
> 연출자분이나 주연 배우분들 이름보다 원작자 이름이 먼저
> 소개됩니다. 원작이 있는 국내 장르물 영상에서 원작자를
> 그만큼 존중해 주시는 경우를 처음 보아서 놀라웠고
> 고마웠습니다.
>
> 여담으로 소설 「백중」은 더 긴 형태로, 더 많은
> 이야기를 담아서 선뵐 것 같습니다.

아작에서 단편소설들을 모아 작품집 두 권으로 나눠
출간하셨습니다. 『우리가 추방된 세계』와 『삼사라』(아작,
2018), 두 권의 작품집에 수록된 단편들의 원래 발표
시기가 다양해요. 시기가 아니라 다른 요소로 묶으신 것
같은데, 각각 어떤 기준으로 묶으셨나요?

작품집을 발표순으로 엮지 않는 건 드물지 않은 일이라
생각하고요. 불변의 기준이 있진 않았습니다. 단, 극적인
효과나 경이감을 강조한 글과 독자에게 함께 시간을 들여
사색해 보자고 청하는 글로 나누어 볼 수 있을 텐데,
그 두 가지 글을 권별로 적절히 배분하기는 했습니다.

단편소설이라고 해도 작품 속 세계를 조형하는 데에
공을 들이신 인상이고, 그래서 연작소설로 이어지기도
하는 것 같습니다. 예를 들어 「백중」과 같은 인물,
같은 세계로 이어지는 「해부천사」가 있죠. 이미 발표한
연작 외에도 다음 이야기를 같은 세계에서 펼치고 싶은
작품이 있나요? 또는 장편소설로 만날 수 있는 세계?

있습니다. 둘 이상이고요. 여러 사정상 말씀 드릴 수 없는
프로젝트는 빼놓을게요. 예를 들어 《과학동아》에서 처음
발표했던 「우주의 모든 유원지」라는 단편은 시공간상
꽤 방대한 스페이스 오페라의 일부이고, 해당 작품의 앞뒤
이야기가 결정되어 있습니다. 동 잡지에 게재한 「양자의
아이들」과 같은 세계에서 벌어지는 일입니다. 그리고
「유가폐점」이라는 단편은 시리즈물과 연결할 예정이며,
이 시리즈물 역시 작중 세계의 부피가 작지 않습니다.

「백중」은 더 긴 형태로, 더 많은 이야기를 담아서 선뵐 것
같다고 하셨으니, 여러 편이 기다리고 있네요.
『발푸르기스의 밤』은 혹시 더 이어지지 않나요?

이어집니다. 『발푸르기스의 밤』은 장편 분량의
결말까지 이미 마련된 글입니다. 기억하는 분이 많지는
않겠지만 연재가 중단된 『세라페이온』과 함께 꼭
완결하고픈 글입니다.* 제가 특별히 마음에 품는 글이기도

하고요. 다만 고민에 대한 답을 아직 얻지 못해 보여
드리지 못하고 있습니다. 『발푸르기스의 밤』은 SF 장르에
특화된 오락성 상상력이 많이 담기는데, 그 요소를 표현하는
스타일을 시대 감각에 맞게 수정해야 합니다. 결론이 나면
뒷이야기를 완성할 수 있을 겁니다.

기대하고 있겠습니다. 앞서 두 작품집과는 달리
『SF가 세계를 읽는 방법』(에디토리얼, 2020)에서 선보인
소설들은 짧은 데다 교양적인 목적도 있었습니다.
가장 중점을 두었던 부분, 어려웠던 부분은
무엇이었을까요?

『SF가 세계를 읽는 방법』은 신문 지상에 올렸던 칼럼을
엮은 책입니다. 형식 면에서 픽션과 논픽션을 반씩 섞어야
하는 독특한 칼럼이었고요. 칼럼이기에 독자께 전달하고
싶은 몇 가지 메시지가 있었습니다. 사회적이거나 자연적인
현상을 국소적으로 판단하기보다는 시스템 내의 일이라는
관점에서 판단하는 힘을 기를 것. 무조건적인 발전만
바라보지 말고 낙오하거나 소외된 이들에게 눈길을 줄 것.
감성도 중요하지만 후에 큰 영향을 미칠 수 있는 결정에
있어서는 이성적인 판단을 중시할 것. 그런 메시지들이었죠.
　　메시지나 계몽하려는 의도가 이야기 밖으로 지나치게
도드라지는 소설은, 적어도 저는 그리 좋은 글이
아니라고 생각합니다. 알고 있음에도 『SF가 세계를…』에
모아 놓은 글의 경우는 원문의 성격상 처음부터 그런
단점을 내포할 수 밖에 없었죠. 게다가 좁은 칼럼 지면을

---

* 『발푸르기스의 밤』은 장르문학 잡지 《판타스틱》에서 2008년에
　연재되었고, 『세라페이온』은 마찬가지로 《판타스틱》에서 2010년에
　연재되다가 동명의 웹진으로 옮겨 2011년까지 이어졌다.

픽션과 논픽션 두 부분으로 나누다 보니 픽션 부분은
투박할 수밖에 없었습니다. 그런 조건에서 최대한 거친
면을 다듬으려 애쓰느라 힘들었습니다.

이 인터뷰에서는 작가 김창규에 집중하려고 했습니다만,
아주 안 다루고 넘어갈 수도 없겠습니다. 작가 외에
번역가와 교수라는 직업을 갖고 계신데, 각각의 직함이
창작에 영향을 미치는지요?

직함보다는 활동에서 의식할 만큼의 영향을 받습니다.
그중 부정적인 영향은 상쇄하려 노력하고요. 특히
번역이 그렇습니다. 감탄할 만큼 잘 지었거나 경이감이
가득한 작품을 번역하는 경우 아무래도 제가 이상으로
여기고 지향하는 글 꿈이 변하기도 합니다. 독자일 때보다
더 꼼꼼히 공부하는 셈이죠. 하지만 낱낱이 분해하고
재조립하기 때문에 독자였다면 놓치지 않았을 좋은 점이
손가락 사이로 빠져나가기도 합니다.
　　학생들과 만나는 것은 다른 각도에서 보면 동시에
다양한 취향의 창작자를 다수 대면하는 상황이기도
합니다. 제 글의 스타일과 더불어 늘 고민하는 지점 중
하나가 자유로운 장르 혼용이라, 학생들과 함께하면서
자칫 잊기 쉬운 유연성을 회복하곤 합니다. 학생들은
눈치채지 못하겠지만 저는 항상 고마워하고 있습니다.

번역 작업에서 받는 영향에 관해 말씀해 주셨는데,
대단한 거장들의 대표작을 정말 많이 번역하셨지요.
그중 번역자로서 한 편, 독자로서 한 편을 추천해
주실 수 있을까요?

번역자로서 추천하는 번역서라니, 너무 낯간지러워서
고사하겠습니다.(웃음) 대신 독자로서 두 작품을 추천하고
싶습니다. 말씀대로 다들 유명하고 좋은 작품들입니다만,
윌리엄 깁슨William Gibson의 『뉴로맨서』(황금가지,
2005)와 차이나 미에빌China Mieville의 『이중 도시』(아작,
2015)가 마음에 남았습니다. 차이나 미에빌은 좋아하는
작가이기도 하고요.

작가로서 큰 영향을 받은 작가도 꼽아 주세요.

글에 얼마나 녹아들었는지는 모르겠습니다만, 프랭크
허버트Frank Herbert, 데니스 루헤인Dennis Lehane,
프란츠 카프카Franz Kafka, 로저 젤라즈니Roger Zelazny의
영향을 나누어 받았다고 생각합니다.

SF를 창작하는 것 말고도 가르쳐야 하는 입장에서
조심하는 부분 또는 명확히 하려고 노력하는 부분이
있을까요?

제가 강연이나 강의에서 대하는 분들은 모두 창작자를
지향하거나 이미 창작 활동을 하고 계십니다. 사실상
분야에 따른 경험량에 차이가 있을 뿐, 그분들이나 저나
다같이 동등한 창작자죠. 무엇보다 제 조언을 듣는 분들과
저 사이에 높낮이가 있다는 생각이 무의식적일지라도
들지 않도록 늘 조심합니다.

SF를 창작하려고 하는 사람들에게 이 자리를 빌려 꼭 해
주고 싶은 말이 있다면요?

두 가지만 말씀드리고 싶습니다. 글이 앞으로 나아가면서
길을 잃는 경우를 많이 봅니다. 의욕과 창작의 즐거움이
앞서다 보니 그렇고, 길을 잃기 전으로 되돌아가려니 두 배로
힘들어서 그렇습니다. 장르를 막론하고 좋은 글은 분명한
목적지에서 시작된다는 점을 잊지 마시고요.
두 번째로, SF에서는 해당 작품의 장르를 SF로 만들어
주는 요소가 이야기 구조나 주제와 한 몸이어야 합니다.
그 요소를 제거해도 본질적인 변화가 없다면 그 글은 SF를
흉내만 낸 다른 무엇일 겁니다. 본인 작품에 대한 애정에
앞서 그 점을 꼭 고민해 주세요. 물론 SF를 쓸 때만 해당되는
얘기입니다.

작가로서 밟고 싶은 다음 걸음과 먼 걸음에 대해서 이야기해
주세요.

창작 작업을 놓고 종종 그 순간의 제게 걸맞은 방법론을
고민합니다. 고민은 대개 스타일 변화로 이어지고요. 지금
그 주기가 돌아온 터라 이것저것 사고실험을 해 보고
있습니다. 그에 맞춰 시리즈물을 두엇 기획 중인데, 스타일을
결정하면 곧바로 시작할 생각입니다.
한편으론 어릴 적부터 가졌던 소망을 실현하고
싶습니다. 즉, 좋은 SF 영화/드라마를 만들거나, 적어도
그 과정에 깊이 참여하고 싶습니다. 물론 제가 당장
할 수 있는 건 글의 형태, 그러니까 이른바 독창성을 띠는
시나리오나 대본을 완성하는 일이고, 써 나가고 있습니다.
제 개인적인 소망 목록의 제일 높은 곳에 자리 잡은 일이라
어찌 보면 가장 먼 걸음의 목적지라고 할 수 있겠군요.

삶이 마음먹은 대로 나아가지 않는다는 사실을 알기
때문에 구체적인 계획보다는 다양한 창작을 도모한다는
느슨한 생각을 품고 있습니다. 그게 가장 즐거운 일이니
할 수밖에 없죠.

인터뷰어: 최지혜
인터뷰이: 김창규

칼럼

한국 SF의 또 하나의 줄기, 순정만화

전혜진

한국에서 SF를 읽고 쓰는 사람들이 질리도록 들어 온 악담이 있다. 바로 "한국은 SF의 불모지"라는 이야기다. 다행히도 이제는 이런 말들을 한마디로 헛소리로 치부해 버릴 수 있을 만큼 한국 SF는 전례 없는 호황을 누리고 있다. SF 작가들의 직역 단체인 한국과학소설작가연대에 가입한 작가가 50명을 넘어간 지 오래요, 가입하지 않은 작가까지 헤아리면 그 두 배를 넘어서며, 온라인 서점의 한국문학 순위를 살펴보면 SF 작가들의 이름을 어렵지 않게 찾아볼 수 있으니까.

　　하지만 여전히 편견 어린 시선들은 남아 있다. SF가 아주 최근에야 창작되고 읽히기 시작한 신생 장르라는 듯한 기사들은 여전히 여기저기에서 튀어나온다. 최근에는 김초엽을 시작으로 베르나르 베르베르Bernard Werber와 테드 창의 소설이 인기를 끌었다는 놀라운 기사도 보았는데, 베르베르의 『개미』가 국내에 수입된 것이 1993년, 김초엽 작가가 태어난 해의 일이었다는 것을 생각하면 정말 할 말은 많지만 하고 싶지도 않다.

　　김초엽이나 천선란, 심너울, 이산화와 같은 작가들뿐만이 아니다. '환상문학웹진 거울'의 작가들, 2000년 이후 과학기술창작 문예 공모전을 통해 세상에 이름을 알린 김보영, 김창규, 배명훈, 정소연, PC통신 시절부터 우리 곁에 있었던 듀나, 그 이전에 있었던 복거일, 그보다 더 이전에, 한국의 SF는 1920년대부터 시작되어

1960년대 한낙원을 중심으로 여러 작가들에 의해 본격적으로
창작되었으며, 최초의 SF 작가 단체인 'SF 작가클럽'이 1969년에
결성된 것만 보더라도 한국 SF의 역사가 짧다는 이야기는 하기
어려울 것이다.

물론 크고 작은 시련과 위기도 있었지만, 방주와도 같이 SF를
아끼고 보호했던 이들과, SF를 꾸준히 사랑하는 독자들이
있었기에 위기를 넘을 수 있었다. 그리고 이 과정에서 만화, 특히
순정만화 쪽에서 발표된 SF 작품들은, 어린이와 청소년 사이에서
꾸준히 독자층을 키워 그들을 지금의 열성 독자와 창작자로
만들어 내는 데 큰 역할을 했다.

한낙원 등이 한국에서 SF를 본격적으로 쓰기 시작했던
1959년, 1960년대 한국 SF 만화의 서문을 여는 김산호의
『라이파이』가 발표되었다. 이후 신동우(『싸워라 지구함대』)와
이정문(『설인 알파칸』, 『철인 캉타우』), 신문수(『로봇 찌빠』),
고유성(『로보트 킹』), 김형배(『헬로! 팝』) 등이 1960년대부터
1980년대 초반까지 한국 SF 만화를 이끌었다.

하지만 과학을 장려하던 독재 정권의 몰락과 함께, 청소년
SF 소설은 물론 소년만화 장르 속 SF 역시 기세가 수그러들었다.
그렇다고 한국 SF 만화의 역사가 여기서 멈춰 선 것은 아니다.
그 배턴을 이어받듯이 SF 장르는 순정만화 속에서 새로운 대세로
자리 잡았다. 다케미야 게이코竹宮惠子의 『지구에…地球へ…』나
하기오 모토萩尾望都의 『11인이 있다!』, 사사키 준코佐佐木潤子의
『나유타那由多』 등 SF 걸작들이 발표되던 일본 순정만화의
영향을 받으며 한국 순정만화 작가들에게도 SF에 대한 역량과
열망은 무르익어 가고 있었다. 그리고 이를 증명하듯, 강경옥의
『별빛속에』(1987~1990)가 대성공을 거두었다.

『별빛속에』의 성공 이후 작가들의 열망과 시장성을 확인한
출판계의 수요, 그리고 순정만화 전문 잡지인 《르네상스》의
창간(1988)이 맞물리며, 한국 순정만화계에는 SF 걸작들이
쏟아져 나오기 시작한다. 신일숙의 『1999년생』, 김진의 『푸른
포에닉스』, 김혜린의 『아라크노아』, 황미나의 『레드문』 등
순정만화의 거장으로 꼽히는 작가들이 줄지어 SF 장편을 발표했다.
특히 1980년대 후반에서 1990년대 초반의 SF 순정만화
중에는 ESP 능력자(초능력자)를 다룬 이야기들이 많아, 로봇이나
머캐닉mechanic이 주류를 이루었던 당시 소년만화 SF와는
구별된다. ESP 능력자물은 『지구에…』나 『나유타』와 같은 일본
SF 순정만화의 영향을 받았다고도 볼 수 있으나, 한국 SF
순정만화에서는 역사와 왕권, 국가의 운명이나 반역, 전쟁과 같은
선 굵은 고전 영웅 서사의 형태로 변주되었다. 이들은 SF는 남성의
이야기라는 당대의 편견을 넘어, 적극적으로 여성 주인공들을
선 굵은 영웅의 운명으로 밀어 넣었다. 『별빛속에』의 시이라젠느는
여왕으로서 카피온 행성의 운명을 짊어지며, 『1999년생』의
크리스는 ESP 능력자이자 군인으로서 외계인 지휘관인 자헬
킬레츠에 맞선다. 『1999년생』의 지나는 경찰 간부 후보생으로
화성에 보내졌다가 아라크노아와 만나고 모험을 시작한다.
아직 여성이 사관학교에 들어가는 것이 허락되지 않았고, 여성은
결혼하면 퇴직하는 것이 당연하니 특별한 사정이 없으면
평균 결혼연령인 26세가 되면 퇴직한다고 봐야 한다는 말이 재판부
판결문에 적혀 나오던 시대, SF 순정만화의 주인공들은 이미
왕으로서 나라의 운명을 손에 쥐고, 군인이나 경찰, 전사,
과학자로서 앞으로 나아가기 시작했다.

　　만화 평론에서 한국 순정만화 속 SF에 대해 적극적으로

언급하는 것은 바로 이 시기, 이 작가들에 국한해서다. 마치 일부
거장만이 순정만화 속에 SF를 담아냈으며, 그것이 아주 특별한
경우였다는 듯이. 하지만 이는 사실과 다르다. 오히려 1990년대
중반에 접어들며 순정만화는 당시 대학가에서 주목받던 여성학,
페미니즘의 영향을 받아 여성들이 창작하고 여성들이 향유하는
매체로서 그 깊이를 더해 간다.

1997년 발표된 이미라의 『남성 해방 대작전』은 성 권력이
전복된 가모장적 세계를 배경으로 한다는 면에서 『이갈리아의
딸들』(황금가지, 1996)의 영향을 받았지만, 지금의 독자들에게도
충격을 줄 만큼 강력한 메시지들을 담고 있다. 권력을 쥔
강하고 냉철한 여성 캐릭터들이 독자에게 대리만족을 주는 한편,
참혹한 수난을 당하는 남성 캐릭터들을 통해 여성이 겪는
차별을 적나라하게 보여 주는 것이다. 여성이 대학에 진학할 수는
있었지만 아직 평등하게 일할 수 없었던 1990년대, 강경옥의
『라비헴폴리스』는 평범한 여성들이 적극적으로 일하는 미래상을
제시하기도 했다.

그렇다고 SF 순정만화가 오직 페미니즘만을 다룬 것은
아니다. 차별받는 이들의 이야기를 귀담아듣고, 개인의 투쟁으로
혹은 연대와 혁명으로 나아가는 이야기들은 SF 순정만화의
오랜 테마였다. 김혜린의 『아라크노아』와 강경옥의 『노말시티』는
실험체로서 만들어진 인간의 권리를 이야기하며 차별받는
소수자의 문제를 논하고, 이보배의 『이블자블 대소동』과
김우현의 『밀레니엄』은 계급에 따라 살아가는 구역이 갈라진
시대를 배경으로 신분 차별, 독재, 노동자와 자본가의 대립에 대해
이야기한다. 서문다미의 『END』는 생동감 넘치는 액션을
선보이며 한국 SF 순정만화를 읽고 자라 작가가 된 첫 세대의

새로운 스타일을 제시했고, 박소희의 『궁』은 대체 역사 속에서
21세기까지 이어진 대한제국 왕실의 모습을 다루며 새로운 장르의
시조가 되었다. 천계영의 『좋아하면 울리는』은 그야말로 기술이
바꿔 놓은 미래의 모습을 보여 주는 정통 SF 속에서 첫사랑이라는
가장 내밀한 이야기를 변주하는 훌륭한 사고실험이었다.

　　이와 같은 SF 세계관은 자기 세계와 스타일을 일관되게
관철시키는 작가들만의 전유물이 아니었다. 가장 당대의 트렌드에
부합하는 자극적인 소재들을 주로 다루던 작가들이나, 신인
작가들의 작품 목록에서도 SF 작품들은 꾸준히 나타났다.
차경희의 『걸스 온 탑』이나, 원혜정의 『오늘은 조선 한양에서』,
김락현이 전혜진의 스토리로 연재한 『리베르떼』 등이 그렇다.
이와 같은 흐름은 웹툰에도 이어졌다. 민송아의 〈나노리스트〉,
뺑의 〈그리고 인간이 되었다〉, 네온비와 피토의 〈세기의 악녀〉,
지애의 『에이리언 아이돌』 등이 이 흐름을 이어 가고 있다.

　　순정만화는 여성의 장르로서 만화계 내에서도 차별을 받았다.
평단에서는 순정만화의 성취를 종종 무시했고, 출판사들은 여성
작가와 남성 작가의 원고료를 차별했다. 순정만화계에서 꾸준히
다양한 소재와 형태를 갖춘 SF 작품들이 쏟아져 나왔지만, "SF는
남성의 장르"라는 근거 없는 믿음을 갖고 있던 일부 팬들은
"순정만화치고는", "SF의 탈을 쓴" 같은 경멸적인 수식어와 함께
"진정한 SF가 아닌 것 같다"라는 말로 깎아내리기도 했다.

　　하지만 순정만화는 SF를 통해 차별받는 이들의 이야기에
먼저 주목했다. 페미니즘을 대형 서사에 녹여 냈고, 아직 한국이
배경이고 한국인이 주인공인 SF가 낯설었던 1980~1990년대에
이미 한국계 여성 주인공들을 세계로, 우주로, 머나먼 미래로
이끌어 가는 대중적이고 진보적인 장르였다. 지금 한국에서 SF를

읽고 쓰는 사람의 최소 절반 이상이 여성일 수 있는 기반은,
어쩌면 SF 순정만화에 있을지도 모른다. 소설뿐 아니라
순정만화에서도, 19금 펄프 픽션부터 우아한 계보까지, 그 역사와
흐름을 살펴보아야 하는 이유가 거기에 있다. 평론에 홀대당하고
팬덤에게는 근거 없는 깎아내림을 당했지만, 늘 그 자리에서
계보를 이어 가던 또 하나의 가닥을 이해하지 않고는, 한국 SF의
역사를 온전히 갖추어 낼 수 없으므로.

SF와 과학기술 그리고 우주 개발

유만선

초등학교 시절 처음 접한 SF 영화, 〈스타워즈〉 속의 우주선은 나에게 꽤 큰 충격을 주었다. 엄청나게 거대한 몸집의 제국군 전함 주위로 저항군의 주력 전투기인 엑스윙과 제국군의 타이 파이터들이 서로 꼬리에 꼬리를 물고 날아다니며 광선총을 쏘아 대는 장면은 종이비행기나 접어 날리던 당시 꼬맹이에게는 그야말로 신세계였다. 생각해 보면 내가 기계공학 그것도 항공우주 분야의 연구를 하게 된 계기가 SF에 있었던 것인지도 모르겠다.

　SF는 나 같은 별 볼 일 없는 공학자뿐만 아니라 역사 속에 이름을 남긴 유명한 로켓 공학자들에게도 깊은 영향을 주었다.

　1898년 로버트 고다드Robert. H. Goddard라 불리는 16세의 청년은 허버트 조지 웰스Herbert George Wells의 유명한 SF 고전인 『우주 전쟁』을 읽고 우주에 대한 흥미를 가졌다. 16년 후인 1914년, 32세의 고다드는 스미스소니언협회로부터 재정 원조를 받아 전에 없던 로켓 모터의 설계에 착수했으며, 1926년 3월 16일 매사추세츠주의 어번에서 세계 최초의 액체 연료 로켓을 쏘아 올렸다. 당시 권위 있는 신문이었던 《뉴욕 타임즈New York Times》는 진공상태인 우주에서는 로켓이 밀고 나아갈 공기와 같은 물질이 없어 로켓 추진이 불가능하다는 기사를 올리며 "고다드가 고등학교에서 배워야 할 지식을 가지고 있지 않은 것

같다"라고 비난했다.* 이러한 우주여행 방식에 대한 몰이해와
그로 인한 비난에도 불구하고 고다드는 묵묵히 연구를 수행했으며
지금은 근대 로켓의 아버지라고 불린다.

유명한 로켓 공학자인 베르너 폰 브라운Wernher von Braun
또한 웰스의 『달 세계 최초의 인간 The First Men in the Moon』과
쥘 베른의 『달나라 탐험』을 탐독했었다고 한다. 제2차 세계
대전이라는 비운의 시기에 독일에서 활동한 그는 첫 실력을
V-2라는 성능 좋은 미사일을 만들어 적국이었던 영국을 공격하는
데에 쓰고 말았으나, 이후 동료 연구자들과 함께 미국에
투항하여 높이 110미터가 넘는 거대한 로켓 새턴V를 개발해,
1969년 인류를 최초로 달에 올려놓았다.

상상해 보건대 언론이나 대중으로부터 첫 액체 로켓 개발에
대해 의심의 눈초리를 받았던 고다드나 패전국 독일 출신으로
미국에 건너가 '특별한' 관리 대상이 되어 지구 밖 천체를 향한
우주로켓 개발에 뛰어든 폰 브라운 모두 성공에 이르는 길이
그리 순탄하지는 않았을 것이다. 이때, 그들의 로켓 개발에 대한
의지를 유지시켜 준 것은 어린 시절 읽었던 SF 소설이
아니었을까?

최근까지도 우주를 꿈꾸는 이들의 SF에 대한 사랑은 계속되는
것 같다. 지난 2020년 5월 민간 로켓 기업으로는 처음으로
인간을 우주에 올려놓은 스페이스X의 CEO 엘론 머스크Elon Musk
또한 어린 시절 SF 덕후였던 것은 잘 알려진 사실이다. 심지어
그는 2018년 트위터에 유명한 SF 작가인 아이작 아시모프의

---

* 《뉴욕 타임즈》는 오랜 세월이 지나 1969년 인류의 달 착륙이 있기 전, 과거에
잘못된 지식을 바탕으로 고다드를 비판하는 기사를 썼던 것에 대해 사과했다.

'파운데이션' 시리즈가 스페이스X사의 설립에 중요한 바탕이
되었다고 고백하였다.* 아마존 창업자로서 또다른 민간
우주로켓을 개발하고 있는 제프 베조스Jeff Bezos 또한 한여름을
통째로 아이작 아시모프와 로버트 하인라인의 작품을 읽으며
보낼 정도로 SF를 사랑하는 것으로 알려졌으며, 그의 반려견에게
카말라Kamala**라는 이름을 붙일 정도로 미국의 유명한 SF
시리즈물인 〈스타트렉〉의 광팬이기도 하다.***

　　이처럼 SF는 우주에 무언가를 올리려는 많은 과학기술자들,
기업의 CEO들이 우주여행의 필수품인 로켓 개발에 더욱
적극적으로 뛰어들게 하는 훌륭한 자극제가 된다. 심지어 SF는
우주 개발 분야에 직접 뛰어든 특수한 몇몇을 넘어 일반 시민들
속에 폭넓게 자리 잡음으로써 그 나라의 항공우주 개발에 중요한
역할을 한다. 실제 앞서 언급했던 브라운은 당시 천문학적인
세금이 들어갈 것이 예상되었던 달 탐사 프로젝트에 대한 지지를
얻기 위해 디즈니 채널과 손잡고, 당시 SF에 열광하던 미국
국민을 대상으로 홍보했다. 1950년대 미국에는 1500만 대가 넘는
텔레비전이 보급되어 있었으며, 폰 브라운은 이것을 국민에게
우주를 향한 동경을 심어 줄 좋은 환경 변화로 이해했다. 그는
바쁜 와중에도 1950년대 디즈니에서 제작한 세 편의 우주 관련
영화와 캘리포니아에 건설된 디즈니랜드의 기술자문technical
advisor 역할을 수행했다.****

　*　Taylor Locke, "Elon Musk Shares the Science Fiction Book Series that Inspired
　　Him to Start SpaceX," CNBC Make it, Feb. 22, 2020.
　**　스타트렉에 등장하는 유명한 여성 캐릭터의 이름이다.
　***　"How Star Trek and Sci-Fi Influenced Jeff Bezos," *Wired*, Jan. 26, 2019.
****　Mike Wright, "Article on Von Braun and Walt Disney," NASA website.

한편, SF는 미래의 과학기술자가 될 어린이·청소년들이나 국가적 기술 개발을 지원할 납세자들로부터 지지를 끌어내는 것 이상의 실질적인 기여도 한다. 한 사례로 하와이대학교 등*의 연구에 따르면, 인간과 컴퓨터의 상호작용을 의미하는 HCI Human-Computer Interaction 분야에서 발표되는 논문에 SF에 대한 언급이 늘고 있다고 한다. 연구팀은 1982년부터 2017년까지 세계적인 HCI 분야 컨퍼런스에서 발표된 논문들 proceedings 중에 SF가 언급된 논문 수의 연간 추이를 조사했는데, 2012년까지 5편 이내에 머물던 SF 언급 논문 수가 2013년부터 증가하여 2012년의 3~5배에 이르는 것을 확인했다. 이는 SF 속에 언급된 기술들이 실제 연구자들에게 점차 의미 있는 자료로 참고되고 있다는 것을 의미한다. 또한, 미국 애리조나주립대에서는 과학상상센터 Center for Science and the Imagination를 만들어 새로운 발견이나 혁신을 위해 작가와 예술가 그리고 과학자를 모아 함께 연구하고 있다. 이곳의 센터장인 에드 핀 Ed Finn은 "SF 영역은 기술적·사회적 변화에 대한 거의 모든 종류의 사고실험이 가능한 곳으로, '정의 justice'와 '젠더 gender' 그리고 '물리 법칙 physics'에 이르기까지 모든 종류의 문화적 설정에 의한 상상이 가능하다" 라고 말한다.**

학교와 같은 연구 분야를 넘어 다양한 산업 분야에서 선두를 지키고 있는 세계적 기업들 또한 SF에 기반을 둔

---

*   Philipp Jordan et al., "Exploring the Referral and Usage of Science-Fiction in HCI Literature," A. Marcus, W. Wang (eds.), *Design, User Experience, and Usability: Designing Interactions.*, vol. 10919, Springer, 2018.

** Lorraine Longhi, "Science Fiction: Shaping the Future," *Knowledge Enterprise*, Arizona State University, June 3, 2014.

미래학자들을 채용하여 근미래에 구현 가능한 새로운 기술들과
그 사회적 영향 등을 검토하고 있다.* 여기에는 프록터앤갬블
P&G부터 제너럴모터스와 포드 그리고 인텔 등의 기업들이 있다.
실제 인텔에서 미래학자로 일하고 있는 브라이언 존슨Brian
David Johnson은 10년 후를 내다본 인텔의 실행 가능한 비전
actionable vision을 개발하는 데에 기술 조사나 트렌드 분석과 함께
SF를 사용한다. 그는 이러한 작업을 미래주조future casting라
부른다.**

　　항공우주 분야에서 미국항공우주국NASA이나 유럽우주국
ESA 등 관련 연구 기관 또한 SF를 통해 우주 개발에 대한
아이디어를 얻었고, 또 얻기 위해 노력하고 있다. NASA는 달
탐사 로켓이나 우주정거장, 우주왕복선 등의 설계 과정에서
이전에 발표된 SF 소설이나 영화를 참고하곤 했다. 예를 들어
달 탐사 프로젝트 중에 달 착륙 방식에 대해 많은 논쟁이
오갔는데, 크게 지구에서 발사한 로켓을 직접 착륙시키는 방법
Direct Ascent mode, DA 그리고 달 궤도선과 착륙선을 분리시키는
방법Lunar Orbit Rendezvous mode, LOR을 놓고 의견이 분분했다.
이때, SF 잡지《어메이징 스토리즈Amazing Stories》1939년 4월 호나
잭 코긴스Jack Coggins가 그린《스릴링 원더 스토리즈Thrilling
Wonder Stories》1954년 겨울 호 표지에 묘사된 달 착륙선의 모습이
실제 탐사 방식과 탐사선 설계 과정에 중요한 참고 자료로
활용되었다고 한다. 참고한 SF 잡지에서 묘사된 달 착륙선과

---

　*　Sapna Maheshwari, "What It's Like to Be a Corporate 'Futurist'," *BuzzFeed News*,
　　Aug. 5, 2013.

　**　Brian David Johnson, *Science Fiction Prototyping: Designing the Future with Science
　　Fiction*, Morgan & Claypool Publishers, 2011.

1969년 실제 달에 착륙했던 이글호의 모양에는 상당한 유사성이 있다.*

　　ESA 또한 과거부터 제시되어 온 SF 속의 많은 아이디어들이 오늘날의 기술로 구현 가능하거나 머지않아 구현 가능한 시점이 올 수 있다는 생각에서 미래 기술에 대한 예측이나 기술 개발의 방향 설정을 위해 SF 작가들과 엔지니어들 간의 소통을 중요시한다. 실제 ESA에서 내놓은 「우주 개발을 위한 SF로부터의 혁신 기술들」이라는 자료를 보면 추진 기술 propulsion techniques, 우주 식민지화 colonization of space, 발사 시스템 launch systems 등 일곱 종류의 우주 기술과 관련해 SF 속에 나타난 아이디어들이 일목요연하게 정리되어 있다.** 예를 들어 추진 기술 부분을 살펴보면, 현존하는 추진 기술로는 인접한 별까지의 이동이 불가능에 가까운 반면, 1992년 데이비드 웨버 David Weber가 발표한 『분노의 길 Path of Fury』이라는 SF 작품 속에서는 '중력 제어 control of gravity'를 통해 강력한 추동력을 얻고 있다. 한편, 폴 앤더슨 Poul Anderson (『타우 제로 Tau Zero』)이나 래리 니븐 Larry Niven (『테일즈 오브 노운 스페이스 Tales of Known Space』) 같은 작가는 거대한 깔때기 모양의 우주선을 상상했는데, 이 우주선은 깔때기를 통해 항성 간에 낮은 밀도로 흩어져 있는 수소를 모아서 핵융합을 통해 추력을 얻는다. 이밖에도 태양 돛 solar sail, 워프 드라이브 warp drive, 이온 드라이브 ion drive, 반입자 anti-matter 등의 방식들이 SF에서 다뤄진 것을 확인할 수 있었다.

---

*　Jerry Woodfill, "Spacecraft Types in Science Fiction," Science Fiction Space Technology, NASA Johnson Space Center. (https://er.jsc.nasa.gov/seh/sfcraft.html)

**　D. Raitt, P. Gyger, A. Woods, "Innovative Technologies from Science Fiction for Space Applications," ESA, Oct., 2001.

이렇듯 SF는 항공우주 분야에 몸을 담고 있는 많은 과학 기술자들의 어린 시절에 영향을 주었을 뿐 아니라 미래 과학기술에 대한 풍부한 상상의 집합체로서 우주 개발에 대한 훌륭한 아이디어 제공자의 역할도 한다.

"새로운 단계를 지향하고, 인류의 이익을 위해 미지의 세계를 밝힌다. We reach for new heights and reveal the unknown for the benefit of humankind." 이 문장은 NASA의 멋진 비전을 담고 있다. 이와 같은 비전에 도달하기 위해서 NASA의 과학기술자들은 그들이 아직 발견하지 못한 미지의 것들에 대한 상상력을 길러야 했을 것이다. 이때 필요한 것이 SF이다. 그래서 그들은 상상에 한계를 두지 않는 SF 작가들과 소통하며 사고를 유연하게 하고, 거꾸로 자칫하면 '판타지fantasy'로 빠져 버릴 수 있을 SF 작가들에게 그들이 이미 밝혀낸 미지의 것들과 개발한 기술들을 가감 없이 보여 왔다. 이렇듯 SF와 과학기술 특히 항공우주 분야는 협력을 통해 상승 효과를 불러일으키는, 서로 뗄 수 없는 상호 보완적 관계다.

과학기술과 인문학을 나누고, 서로 간의 벽이 아직은 두텁게 느껴지는 한국 사회에서 SF와 항공우주 분야 과학기술자들 간의 적극적인 소통을 기대하기는 당장은 어려울 것이다. 특히 과학기술을 국가 경제 발전의 도구로만 바라보는 오래된 인식이 과학기술의 '엄숙함'을 강조하다 보니 틀을 깨는 'SF적 상상력'이 끼어들 틈은 아직 없을지 모르겠다. 하지만 우리가 누군가? 역동성과 빠른 변화에 익숙한 한국인들이다. 언젠가 SF 작가들과 과학기술자들이 맥주 집에서 술잔을 기울이며, 다양한 '과학적 상상'을 주고받아 생각을 발전시켜 나아가는 모습을 기대한다.

SF와 여성의 몸, 모호함을 선명하게 그려 내다

이은희

SF를 좋아하는 이유는 다양하다. 과학적 엄밀성이 허구적 이야기와 만나는 순간의 기묘한 콜라보도, 상상력을 바탕으로 과학적 허구를 가미한 신나는 활극도, 모순과 부조리를 가상의 세계관에 얹어 드러내는 촌철살인의 짜릿함도 좋지만, 개인적으로는 모호한 상황을 선명한 이미지로 그려 내고 분명한 언어로 풀어 주는 것을 좋아한다. 삶의 순간순간, 뭔가 어긋나고 복잡하게 꼬여서 미묘하게 불편하지만 딱히 그것을 풀어낼 말을 모를 때가 종종 있다. SF는 사실 일어난 적은 없을지도 모르지만, 누구에게나 한번쯤 일어날 법한 이야기들을 현실에서 벗어난 세계관 속에서 구체적인 장면과 언어로 대신 표현해 줌으로써, 미처 구체화하지 못했던 다양한 감정들의 결을 좀 더 분명히 잡을 수 있도록 도와준다.

지금은 많이 나아졌지만, 고등학생 시절에는 꽤나 심각한 생리통에 시달리곤 했다. 아랫배는 무거운 것에 짓눌려 터져 나가듯 아프고 온몸은 물먹은 솜처럼 까부라지곤 하는 느낌은 주기적으로 반복되지만 결코 익숙해지지 않는 느낌이었다. 진통제를 먹으면 그나마 좀 견딜 만했지만, 어른들은 그 별것 아닌 알약 몇 개조차 쉽게 내주지 않았다. 약을 자꾸 먹으면 속 버린다고, 약에 인이 박여 듣지 않을 수도 있다고, 나중에 아이를 가질 때 문제가 있을지도 모른다고 말했다. 그럼 어떻게 해야

하냐는 물음에, 자연적으로 일어나는 일이니 그저 견뎌야 한다고
답했다. 이상했다. 백번 양보해서 약물 자체의 위험성을
경고하는 걱정들은 받아들일 수 있었지만(덧, 일반 의약품으로
살 수 있는 진통제는 중독성이 매우 낮습니다. 생리통은
주기적이므로 고생하지 말고 아프기 전에 드세요. 삶의 질을
바꾸는 것은 무리지만 좀 더 견디기 쉬워집니다), 임신을
위해서라니. 그건 받아들이기 힘들었다. 그건 먼 나라 이야기였고,
언젠가 있을지도 모를 그 이벤트 한두 번을 위해 지금 당장의
고통을 견뎌야 한다는 것은 이해하기 어려웠다. 하지만 딱히 그
심정을 표현할 말을 알지 못했기에 그저 받아들일 수밖에
없었다.

그 답답함은 한참의 시간이 흐른 뒤, 코니 윌리스Connie
Willis의 『여왕마저도』(아작, 2016)를 접한 순간, 분명한 언어로
떠올랐다. 자연의 순환에 동화되는 삶을 살기 위해 사이클
리스트가 되기로 결심한 퍼디타. 그녀는 몸 안에 이식된 월경 회피
장치를 제거하고, 배란을 멈추게 만드는 암메네롤을 끊겠다고
가족들에게 선언한다. 이에 그녀의 엄마와 할머니와 언니는
경악하며 그녀의 선택을 만류하려 든다. 하지만 무슨 말을 해도
퍼디타는 고집불통이다. 그녀에게 가족들의 설득은, 자연이
여성에게 준 여성만의 고유한 특징을 무시하라고 종용하는
기득권의 압제와 부당함으로만 받아들여질 뿐이었다.
결국 가족들은 그녀의 고집을 꺾는 데 실패했지만, 곧 퍼디타에
대한 그들의 걱정은 기우였을 뿐임이 밝혀진다. 월경이 사라진
세상이었기에, 퍼티타는 그것을 단지 신화적인 이미지로만
상상했던 것이 결정적 이유였다. 월경의 실상―출혈, 생리통,
부종, 호르몬 변화로 인한 불안정한 기분 등―을 마주하게 된

퍼디타는 몸서리를 치고는 이러한 불합리를 이전 세대의
여성들은 어떻게 견뎠는지 모르겠다며 혀를 내두른다. 그때 그녀의
엄마가 하는 말이 압권이다. "압제의 시절이었지." 맞다, 월경을
하는 것은 자연스러운 일일 수 있지만, 그로 인한 증상들을
고스란히 견디라고 하는 것은 명백한 압제이며 개인에 대한
폭력이다. 누구도 두통이나 복통으로 괴로워하는 이들에게 통증은
자연스러운 것이라며 약 없이 견디라고 하지 않으면서 왜
생리통은 견뎌야만 하는 '자연스러운' 증상이어야 하는 걸까.

    생물은 다양하고 복잡하지만, 생물 진화의 명제와 원리는
단순하고 간단하다. 살아남아라, 그리고 복제하라. 이를
위해서는 끊임없이 변이해라. 너무 극적으로 변이하면 오히려
죽을 수 있으니 한 번에 조금씩 미세하게 변하고 또 변하고,
그렇게 다양해져라.

    번식이 가능한 성체가 될 때까지 살아남을 수 있고, 번식에서
약간의 우위를 점할 수 있는 개체의 변이는 각각 자연선택과
성선택의 허들을 넘어 차곡차곡 쌓여 종의 분화를 유도한다. 지금
우리가 마주하는 수많은 생명체와 그들 저마다의 기상천외한
생존 전략들은 그 단순한 진화 원리의 다양한 변주일 뿐이다.
강해서 살아남은 것도 아니고, 그래야 할 당위성이 있어서 번성한
것도 아닌, 그저 살아남았기에 강한 것이고, 번성했기에
그러했을 것이라 여겨질 뿐인 것이다. 그것이 자연스러운 것이다.
그러니 그중 일부의 생명이 암컷과 수컷이라는 성적이형으로
나뉜 것도 생존을 위한 다양성의 발현 기법 중 하나였을 것이다.
또한 그들 중 암컷이라고 불리는 성별이 발생 중인 초기 개체를
최소한의 생존이 가능한 수준까지 자신의 몸 안에서 키워서 세상에
내보내는 번식법이 나타난 것도, 분비선의 일부에서 영양액이

분출되도록 하여 갓 난 새끼들을 먹이고 보듬어 생존 가능성을
더 높이는 양육법이 나타난 것도 모두 그 단순한 명제에 충실한
결과였을 뿐이다.

인간이라는 종에서 여성이라는 한쪽 성별이 생물학적
재생산에 관여된 거의 모든 부담을 지게 된 것도 그저 그런
우연한 변이의 결과였을 것이다. 의도는 없었지만, 그러한
방식으로 진화했기에 여성이 사라지거나 혹은 일정 임계 수준
이하로 줄어들면 인간은 곧 멸종한다. 제임스 팁트리 주니어James
Tiptree Jr.의『체체파리의 비법』(아작, 2016)에서 부동산업자는
지구라는 비싸게 팔아먹을 수 있는 매력적인 행성에서 유일한
걸림돌인 인간을 제거하는 방식으로 여성에 대한 혐오감을
양산한다. 지독한 혐오감에 몸서리치던 남성들이 여성들을 모두
잡아 죽이고, 자연스럽게 인류가 모두 박멸될 수 있도록 말이다.
여성의 몸은 역설적이게도 종의 번성에 중요하기에 오히려
그 존재가 지워지기 쉬운 아이러니한 상황에 놓이게 됨을 SF
작품들은 여실히 보여주었다. 심지어 이런 현상은 여성의
몸 그 자체뿐 아니라, 여성이 수행하는 가사노동에도 그림자를
드리운다. 김보영 작가는『천국보다 성스러운』(알마, 2019)에서
"그녀는 밥을 하지 않으면 가치 없는 사람으로 취급받을
것이다, 하지만 그녀는 밥을 하기에 가치 없는 사람이 된다"라는
단 두 문장으로 여성에게 지워진 이중적 딜레마를 꼬집는다.
여성의 몸은 생물학적 재생산에서 너무도 중요하기에 여성은
재생산을 위한 삶을 살아야 한다고 여겨지며, 그렇기에 일터에서
사회에서 권력에서 너무도 쉽게 배제된다. 과학도가 되기를
꿈꾸며 수학과 화학을 공부하던 10대 소녀가 토로한 몸의
괴로움에 어른들이 던진 말이, 미래의 아이를 위해서 참아야
한다는 것이 고작이던 것처럼 말이다.

생물학적으로 매우 중요하기에 인간 사회의 다른 영역에서
오히려 지워지기 쉬운 여성의 위치는 위기 상황에 더욱 잔인하게
드러날 가능성이 높다. 인간 여성의 생물학적 재생산 능력은
매우 소중한 것이기에, 개인의 영역으로 둘 수 없고, 인류 전체의
존속을 위해 집단에서 통제되어야 하는 무엇이 된다. 마거릿
애트우드 Margaret Atwood의 『시녀 이야기』(황금가지, 2002)는 그런
사회의 극단적이고 전형적인 모습을 보여 준다. 환경오염의
결과로 임신율이 떨어지고 기형아 발생률이 기하급수적으로
치솟는 길리어드의 사회에서 여성은 오로지 생식 가능성에 따라
엄격하게 통제된다. 생식력을 초월한 사회적 지위를 지닌
여성은 성공한 남성에게 '아내'라는 형태로 일종의 명예훈장처럼
부여되며, 생식 가능성만을 지닌 가임기 여성은 월경혈의 색임이
분명한 붉은 옷을 입은 채 출산의 도구이자 일종의 보상으로
시녀가 되어 '그의 것'으로 주어진다. 그녀들은 인간을 다른 동물과
구분 지어 준다는 인지와 이성의 여부가 아니라, 대개의 다른
동물도 가지고 있는—혹은 그쪽이 훨씬 더 효율이 좋아 보이는—
난소와 자궁의 기능 여부에 따라 '인생人生'의 방향이 갈린다.
길리어드에 비하면 전면 방임 체제처럼 통제도가 낮아 보이는 많은
인간 사회에서조차 은밀하게 강제하듯이.

　　여성을 규정하는 생물학적 재생산 기능은 너무도 강렬해서
그것이 원래의 기능이나 의도와는 전혀 상관없게 되어도
사라지지 못한다. 여성적 신체의 특성인 넓은 골반과 부풀어
오른 젖가슴은 원래 출산과 수유의 기능을 최적화한 진화적
결과물일 터이지만—심지어 대다수 여성의 몸과는 다른, 일종의
이상향에 가까운 몸이지만—그 자체가 여성을 의미하는
메타포가 되고 말았다. 도대체 아이를 낳아 기를 일이 없는

로봇들이 여성형이라는 이유로 잘록한 허리와 넓은 골반을
가진 형태로 디자인될 이유가 무엇이며, 볼링공처럼 커다란 가슴을
매달고 있을 이유는 또 무엇일까(심지어 그 가슴이 로켓포의
형태로 발사되기까지 한다!). 많은 SF 영화와 애니메이션에
등장하는 남성형 로봇들이 꽤나 다양한 형태로 변주되는 것과는
달리, 여성형 로봇들은 둥글고 부풀어 오른 가슴과 엉덩이의
기본 형태에서 벗어나질 못한다. 애초에 이성생식을 하지 않는
로봇들을 굳이 성적이형을 닮도록 따로따로 디자인하는 것
자체가 쓸데없는 자원 낭비에 가까움에도, 굳이 여성형에게만
전형적인 신체적 특징을 부여하는 것은 무슨 심보일까.
남성형 로봇에게서 남성 신체의 가장 전형적인 특징인 외부
성기는 굳이 감추어 평평하게 만들면서 여성 신체의 특징을 한껏
적나라하게 드러낸 여성형 로봇의 몸을 만들고, 로봇이라는
이유로 더욱 거리낌 없이 그 융기들을 드러내게 한다. TV 어린이
만화 속에서 등장했던 아프로디테와 디아나와 비너스가
가슴에서 미사일을 쏘는 장면은 수십 년이 지난 지금도 뇌리에
선명하다. 어린 시절에도 그러한 전투 방식의 의미를 도무지
이해할 수 없었고, 심지어 부끄럽다는 생각까지 들어 그 장면이
나올 때마다 일부러 화면에서 눈길을 돌렸던 것도 기억난다.
그리고 이제는 안다. 인간을 인간이 아닌, 여성이라는 성별의 한
부류로만 바라볼 때, 얼마만큼 인격을 거세하고 존재 가치를
유린할 수 있는지 말이다.

　이렇게 여성의 몸에 덧씌워진 지나친 생식주의적 관점은
나아가 재생산으로 이어지지 않는 성적인 행동을 모두 불결하고
무가치한 것으로 전락시키며, 이러한 행동을 하는 여성의 몸
역시도 그와 비슷하게 가치 없는 것으로 대우해도 상관없다고

여기게 한다. 이를 가슴 시리도록 드러낸 것이 팻 머피 Pat
Murphy의 「채소마누라」*였다. 농부인 핀은 남자라면 아내가
있어야 할 것 같다는 생각에 여성의 몸과 비슷하게 자라나는
'채소마누라' 씨앗을 사서 땅에 심는다. 자극에 반응이 가능한
채소마누라가 그의 거친 행동에 두려움을 느끼며 물이
졸졸졸 흐르는 것을 닮은 소리로 울자, 그는 채소마누라의 발목을
묶고는 그 가냘픈 울음을 더 듣기 위해 그녀를 더욱 학대한다
(물론 핀은 마지막에 자신의 잘못에 대한 대가를 제대로 받기는
한다). 성적 욕구만을 위한 여성적 존재는 비록 두려움과
슬픔을 느낌에도 불구하고, 제멋대로 길러 먹다가 뽑아 버리는
채소의 가치와 별반 다를 것이 없다는 듯이 말이다.

　　생물의 진화란 주어진 환경에서 번성하고 존속하는 데 가장
적합한 개체만이 솎아지는 과정이다. 하지만 유전자의 변이로
인해 새로운 종이 나타나는 데 걸리는 시간은 각 개체에 주어진
평생의 삶을 찰나에 불과하게 만들 만큼 긴 시간이다. 현재
인간의 몸을 형성한 진화적 특성들은 호모 사피엔스가 다른 호모
속의 친척들로부터 갈라져 나온 구석기 시대 이후 거의
변화하지 않았다. 하지만 그 세월 동안 인간을 둘러싼 환경은
천지개벽이라고 해도 좋을 만큼 변해 버렸다. 이제 우리 몸은
자연의 산물임에도 불구하고 우리를 둘러싼 환경적 조건과는 맞지
않는 구석이 많아져 버렸다. 여성의 몸에 운명처럼 얽혀 있는
재생산의 가능성 역시도 마찬가지다. 여성의 몸으로 태어났으니
반드시 아이를 낳아야 한다는 당위성은 옅어졌고, 아이를 낳는다
하더라도 모유를 먹여 키우는 것을 대체할 방법은 다양하다.

*　아이작 아시모프 외, 『마니아를 위한 세계 SF 걸작선』, 정영목 옮김, 도솔, 2002.

누구나 알지만 누구도 짚어 주지 않았던 인류의 재생산 방식에
대해서 역시 SF는 분명한 이미지로 보여 준다. 인류의 재생산
방식은 불공평할 뿐 아니라, 지극히 비효율적이기까지 하다. 인간
여성은 9개월의 긴 임신 기간을 거쳐 대개는 한 명의 아이만을
낳으며 아이의 성별이나 기타 유전적 특성을 고르지도 못하고,
심지어 낳을 시기를 조절하지 못하는데도 불구하고 오랜 돌봄이
필요한 매우 미성숙한 개체를 낳는다. 대부분의 동물은 한 번에
많은 수의 새끼를 낳으며, 개미와 진딧물은 상황에 따라 새끼들의
성별과 유전적 특성을 조율해 공동체에 필요한 자손을 골라
낳을 수 있고, 곰은 짝짓기를 통해 만들어진 수정란을 바로 자궁에
착상시키지 않고 체내에 간직하는 착상 지연embryonic diapause을
통해 가장 적절한 출산 시기를 결정할 수 있으며, 대개의 생물은
유아기를 곧 벗어나는 것에 비한다면 더더욱. 생물학적 재생산의
의미가 생존 가능성이 높은 자손을 만들어 내는 데 있다는 것을
고려하면, 인간의 방식은 지나치게 비효율적이다. 『멋진
신세계』에서 〈가타카〉(1998)와 〈아바타〉(2009)에 이르기까지,
수많은 SF 작품에서 유전자 맞춤 아기와 인공 자궁 시스템과
급속 성장 프로토콜이 등장하는 것은 우연이 아니다. 그리고 그런
사회의 여성과 남성은 지금보다는 불균형이 해소된 사회를
살아가듯 보이는 것도. 아직은 기술적인 문제—혹은 윤리적인
문제—로 이런 시스템이 보편화되지 않았지만, 이쯤에서 한번쯤
생각해 보려 한다. 인간은 자연의 일부이며 환경 속에서
살아가는 존재임이 분명하지만, 인간을 둘러싼 환경 조건이 구석기
시절과는 달라진 21세기 사회에서 '자연스러움'과 '환경에의
적응'이 구체적으로 어떤 의미인지. 변한 사회에서 원래의 몸을
가지고 살아가려면(생물학적 진화의 속도는 대개 우리 삶의

기준이 되는 시간보다 훨씬 더 장구하기에) 우리가 기존에
가져 왔던 스스로에 대한 가치관과 인식의 변화가 선행될 필요가
있을 것이다. 그것이 인간에게는 자연스러운 것이고 진화적
적응도를 높이는 것일 테니.

리뷰

언어를 가지고 싸우는 여성의 모습

송경아

조애나 러스, 『SF는 어떻게 여자들의 놀이터가 되었나』
나현영 옮김, 포도밭출판사, 2020년.

지금 이 글을 읽는 모두가 동의할 말을 한마디 해 보겠다. SF의 꽃은
소설이다. 모든 SF 독자들은 SF를 소설로 접하기 시작해서
지금도 SF 소설을 읽고 있을 것이다. 그러나 의외로, SF를 이론적으로
이해하려는 욕구도 만만찮게 뿌리 깊었다. 1990년대 초 로버트
스콜즈Robert Scholes와 에릭 랩킨Eric S. Rabkin의 SF 문예이론서 『SF의
이해』가 출간된 것이 단적인 예이다. 국내 학계 어느 곳에서도
장르소설을 진지하게 취급하지 않던 시절 이런 책이 번역되어 나올 수
있었던 것은 오로지 SF 팬들의 수요를 믿었기 때문이었다. 자신이
즐기는 장르를 분석하고 이해하려는 SF 독자들의 지적 욕구는 근년
셰릴 빈트의 『에스에프 에스프리』, 심완선의 『SF는 정말
끝내주는데』, 이경희의 『SF, 이 좋은 걸 이제야 알았다니』 등의
뛰어난 이론서와 비평서, 에세이 출판을 이끌어 냈다.
　　그중에서도 조애나 러스의 『SF는 어떻게 여자들의 놀이터가
되었나』는 1970년대에 이미 일관되게 '페미니즘'이라는 렌즈로 SF를
들여다본다는 점에서 남다른 위치를 차지하고 있다. SF/판타지/
과학기술에 대한 작가의 이론적 시각을 간명하게 설명하는 초반부를
지나면, 4장부터는 'SF와 여성'이라는 주제를 향해 롤러코스터처럼
치닫는다. 러브크래프트Howard Phillips Lovecraft와 공포소설의 매력을
잠깐 다루는 5장을 제외하면 이 책의 나머지 부분은 SF를 여성의

시각으로 보는 데 온전히 몰두한다. 저자는 남성 SF 작가들이 작품
속에서 여성을 조야하게 재현하고 성적으로 정복하려는 방식에
분노한다(4장). 할란 엘리슨Harlan Ellison의 「소년과 개」를 분석하며
남성들의 호모소셜homosocial이 어떻게 여성을 (상징적으로) 죽이고
지워 버리고 침묵하게 하는지 뚜렷이 보여 준다(6장). "'착한 척하는'
이웃집 소녀를 비난하거나 파멸시키며 사회에 저항하고 있다고
생각하는 것은 동네 슈퍼마켓에서 도둑질을 하면 공산주의자가
된다고 생각하는 것과 마찬가지로 어처구니없는 일이다"(173쪽)라는
신랄한 조롱은 여성 독자인 내가 「소년과 개」를 읽었을 때 느낀
당혹감과 껄끄러움을 시원하게 날려 주었다(「소년과 개」를 읽은 여성
독자들은 작품의 결말 부분에서 대체로 나와 비슷한 감정을
느꼈으리라고 생각한다. 포스트아포칼립스 세계에서 소년과 개의
우정은 여성 인물을 지워 없앰으로써 굳건히 자리 잡는다).
꼭 「소년과 개」가 아니라도, 한때 거장으로 칭송받던 김기덕 감독을
비롯하여, 이웃집 소녀를 파멸시키며 사회에 저항하는 제스처를
취하는 이야기꾼들이 얼마나 많은가!

　　　7장은 남성의 언어와 서사로 여성의 체험을 말하는 것, 중심의
언어로 주변의 삶을 이야기하는 것이 가능한지 질문한다. 「여주인공은
무엇을 할 수 있는가? 또는 여자는 왜 글을 쓸 수 없는가?」라는
도발적 제목은 마치 1988년 가야트리 스피박Gayatri Spivak의 논문
「서발턴은 말할 수 있는가?」를 미리 묻는 듯하다. 그렇다.
서유럽-남성의 문학이 여성뿐만 아니라 러시아 소설이나 미국 흑인
작가의 소설 같은 주변부 서사를 억압하고 소외시킨다는 러스의
통찰은 탈식민주의와 맞닿아 있다. '여성은 최후의 식민지'라는 점을
생각하면 당연한 일이다. 이런 문화적 구속과 억압, 우리가 상속한
가부장제의 신화를 부수고 새로운 세계로 나아갈 수 있는 가능성을
러스는 '탐정소설/초자연적 소설/SF'(215~217쪽) 등의
장르소설에서 찾는다. 이런 소설의 인물들은 개인이 아니라 공동체의
정신을 투사하는 인물이며, 우리가 실제로 겪는 경험을 억압에서
해방시켜 언어화할 가능성을 지니고 있기 때문이다.

　　물론 이 책에 시대적 한계가 없는 것은 아니다. 예를 들어 러스는
〈스타트렉〉과 대비하여 〈스타워즈〉가 "인종차별에 지독한
성차별까지 버무려진 (…) 권위주의와 도덕적 백치 상태를 옹호하는
작품"(82쪽)이라고 통렬하게 비판한다. 그러나 21세기에
〈스타워즈〉는 "아주 평범한 백인 이성애자 남성인 뼈드렁니 동정남"
(86쪽)을 영웅으로 만드는 단조로운 시선에서 벗어나 더 복잡하고
깊이 있는 서사로 거듭났다. 그 시대 로맨스 소설 장르인 '모던 고딕'이
역동적인 사건과 수동적인 여주인공을 결합해 관습적인 여성상을
미화한다는 비판은 여주인공의 능동성이 강조되는 최근 로맨스/로맨스
판타지 소설의 변화에는 잘 들어맞지 않는다.

　　하지만 그런 한계보다 중요한 것은, 이미 반세기 전에 남성의
주류 문화와 남성의 무기인 언어를 가지고 대결하는 여성의 모습이다.
비평은 어떤 작품에 찬사나 비판을 던지고, 독자는 그것을 보며
즐거워하거나 속 시원해할 수 있을 것이다. 그러나 그 단계를 넘어
언어에서 문화의 주류적 시각을 비판하는 건강한 공격성과
현실의 한계를 부술 가능성을 보고 싶은 독자라면, 이 책을 읽을 때
소설 못지 않은 감동을 느낄 수 있을 것이다.

문지방 너머의 세계

문지혁

마거릿 캐번디시, 『불타는 세계』
권진아 옮김, 아르테, 2020년.

1.

어느 젊고 아름다운 귀족 부인이 상인의 배에 납치되어 세상 끝으로
끌려간다. 태풍에 휘말린 배는 북극의 얼음 바다에 이르고, 곧
거대한 빙산 사이를 헤매다 우연히 다른 세계로 넘어간다. 납치했던
사내들이 모두 죽은 뒤 여인이 도착한 곳은 '불타는 세계'라 불리는
새로운 세계였고, 거기서 그녀는 '외계'에서 온 그녀를 신성시하는
황제와 결혼해 황후가 된다. 황후는 불타는 세계의 주민들과 대화를
나누며 세계와 우주의 이치를 헤아리고, 나중에는 자신이 속해 있던
예전 세계로 돌아가 고국을 괴롭히는 적국들을 모두 물리쳐
굴복시킨다. 이 이야기를 받아 적는 뉴캐슬 공작부인은 '영혼'의
형태로 불타는 세계에 방문하여 황후의 가장 친한 벗이 되고,
그들은 '두 사람 다 여성임에도 불구하고' 플라토닉 연인이 된다.

2.

요약하기 어려운 이 이야기를 요약하면서 드는 생각은 뜬금없게도
'문지방 threshold'에 대한 것이다. 전통적인 스토리텔링의 구조에서
볼 때 이 이야기는 지나치게 많은 문지방을 넘는다. 영웅의 여정에서
문지방은 주인공이 일상의 영역에서 비일상의 영역으로 넘어갈 때
한 번, 그리고 모든 싸움과 임무를 마친 다음 비일상에서 다시 일상의

세계로 복귀할 때 한 번, 이렇게 두 번 넘기 마련이다. 그런데 어찌 된 일인지 이 소설의 주인공은 이를 반복해서 넘는다. 배로 납치되어 북극에 가고, 북극에서 다시 불타는 세계로 넘어가며, 거기서는 다시 황제의 섬으로, 의전실로, 계속해서 새로운 트랜지션transition이 일어난다. 거기서 끝이 아니다. 이때까지가 물리적 문지방들이었다면, 이제 황후가 새로운 세계에서 과학과 수학, 기하학과 웅변학, 논리학에 관해 토론할 때는 낯선 형상의 주민들이 끊임없이 등장하여 정신적이고 논리적인 문지방을 넘는다. 경험철학자 곰인간, 천문학자 새인간, 화학자 원숭이인간, 정치학자 여우인간, 수학자 거미인간, 웅변가 앵무새인간, 건축가 거인… 알레고리로까지 읽히는 이 각기 다른 주민들이 황후와 벌이는 논쟁은 그 범위와 주제가 너무 다양하고 독특해서 마치 세계에 관한 방대한 박물지를 읽는 것 같은 독서 체험을 선사한다.

　　게다가 소설의 2부에서 황후는 자신의 고국이 위기에 처해 있다는 소식을 듣고 다시금 옛 세계로 돌아가는 길을 찾아 고국을 구하는 여정을 떠난다. 영웅 서사의 주인공이라면 진작 찾아 나섰을 귀향의 과정이다. 그러나 그녀는 '물속으로 가는 배'(그렇다, 이 소설은 SF다)를 개발해서 불타는 세계의 주민들과 함께 자신이 넘어온 문지방을 다시 넘은 다음, "그 세계의 남은 모든 지역이 황후의 요구를 수락하고 고국의 군주이자 지배자인 영국 국왕에게 항복"하게 만들고는 다시 불타는 세계로 돌아온다. 이 이야기에서 원질신화monomyth적인 스토리텔링의 귀향은 이뤄지지 않거나, 오직 반대 방향의 귀향만이 이뤄진다. 문지방은 두 번 넘는 것이 아니라 세 번, 네 번, 일곱 번, 열 번 넘는 것이 된다. 비일상의 세계로 떠난 영웅은 영영 돌아오지 않는다.

3.

그러나 책을 덮은 뒤 나에게 더 높게 느껴지는 문지방은 책 바깥에 있다. 그것은 1666년의 저자가 가정에서, 사회에서, 문화와 국가에서

느꼈을 문지방이다. 서문에서 그녀는 말한다. "나는 욕심은 없지만,
야심은 과거와 현재, 미래의 그 어떤 여인보다도 크다. (…)
알렉산드로스나 카이사르처럼 세상을 정복할 힘도, 시간도, 기회도
없지만, 한 세상의 지배자로 살지 못하니 나만의 세상을 만들어 냈다.
운명의 여신과 운명의 세 여신들이 내게는 세상을 주려 하지 않으니
말이다." 여성에게 세상의 지배자로 살 기회를 주지 않던 세계에 살던
그녀에게는 개인의 힘만으로 도저히 뛰어넘을 수 없는 문지방이
존재했다. 그리고 그녀는 그 높은 턱과 벽에 굴복하는 대신, 이야기
속에서 '나만의 세상을 만드는' 길을 선택했다. 태양이 사라져도
수많은 별들로 인해 결코 어둡지 않은 밤 없는 세계, 낯선 세계에서 온
여인이 황후가 되는 세계, 엔진과 잠수함과 폭탄과 보석이 눈부시게
공존하는 이 불타는 세계 blazing world를.

　　오늘날 우리에게 SF가 중요한 이유는 그것이 세계를 비추는
거울이자 우리의 내면을 밝히는 인지적 지도이기 때문만은 아니다.
내 생각에 SF가 정말로 중요한 이유는 그것이 바로 세상이 우리
앞에 심어 놓은 각자의 문지방을 뛰어넘게 해 주는 도구이기
때문이다. 17세기에 갇혀 있던 뉴캐슬 공작부인은 이 이야기를 통해
자신 앞에 놓인 턱을 훌쩍 뛰어넘었다. 그녀는 자신이 창조한
세계에 '불타는 세계'라는 이름을 붙였고, 354년 후의 우리는 뉴캐슬
공작부인이 아니라 마거릿 캐번디시라는 이름만을 기억한다.
세계는 그렇게 만들어지고, 또 극복된다.

　　4.

그러니 일상과 바이러스와 저마다의 문지방에 갇혀 허우적대는
21세기 대한민국의 우리는, 4세기를 지나 뒤늦게 도착한 그녀의
메시지 나머지 부분을 저장해 두어야만 한다.

　　"그러니 이런 세상을 만들었다고 누구도 나를 비난하지 않기
바란다. 모든 사람에게 그런 일을 할 수 있는 능력이 있기 때문이다."

천선란 세계의 중력장과 거짓말

길상효

천선란, 『어떤 물질의 사랑』
아작, 2020년.

"나는 지구를 살리는 일에 별 관심 없어."

이유 없는 갈증을 느끼며 지구 밖을 꿈꾸다가 마침내 호프호에 올라 우주로 향하는 화자는 굳이 한 번 더 되된다. 「사막으로」에서의 이 거짓말은 곧장 들통나고 마는데, 호프호의 목적지가 대기와 중력, 기압 등 모든 것이 지구와 흡사한 행성이라는 대목에서다. 가혹한 지구 중력을 끊어 내고 사막을 건너 닿고자 하는 곳이 결국, 다시, 고작 지구인 천선란 세계의 중력은 강력하다. 그의 손에 이끌려 우주를 유영하다 보면 어느덧 지구를 내려다보고 있거나 지구에 도착해 있거나 지구 깊숙이 하강하게 된다.

"나보고 우주로 나가래. 다른 별에 가서 바다를 살리고 오래. 미친 거 아니냐?"

「레시」의 승혜는 한술 더 뜬다. 중얼거리는 정도가 아니라 펄쩍 뛴다. 죽어 가는 바다로부터 해양생물을 이주시키기에 앞서 토성의 위성 엔셀라두스의 바다에 녹조류를 풀고 관찰하는 임무를 맡고서다. 지구에서의 실수를 반복하지 않을 승혜를 알아보고 어지럼증과 구토로 괴롭혀 기어이 지구 밖으로 내보내는 것은 다름 아닌 지구다. 손가락 하나가 더 있는 태내의 아이를 그대로 받아들인 승혜가 엔셀라두스의 주인인 여섯 손가락의 레시를 그대로 받아들일 것을 믿은.

망해 가는 지구 위에서 망하지 않을 도리가 없게 된 인간은 차라리
지구 내부로 빨려 든다.「검은색의 가면을 쓴 새」의 은지는 지금껏
인류가 알고도 모르는 척했던 일에 대해 책임지고 싶지 않다고, 애초에
저어새 따위에 관심도 없었다고 잘라 말한다. 멸종된 지 9년 만에 떼
지어 나타난 저어새를 지구의 희망으로 삼기는커녕 인간은 그 발원지를
욕망을 집어삼키는 구멍으로 만들고, 뛰어들고, 돌아오지 못하는데,
창문 하나 없는 3평짜리 방에서 모든 감각을 잃어버린 은지 또한
구멍을 향해 몸을 날린다. 그리고 아득히 하강한다. 독자의 심장이
아득히 내려앉는 것은 하강을 마친 은지가 그 구멍의 끝에 난 문 앞에
오래도록 서 있는 장면에서부터다.

2020년 바로 지금이 그 서막인 것만 같은「두하나」는 인류를
종말 직전까지 몰아가며 그 이후 아름답게 살아남을 지구를
기대하면서도, 끝내 인류를 살아남게 한다. 지구는 절망의 시대를
묵묵히 버티는 섬세한 자들, 절망으로부터 내달려 고독의 다리를
건너오는 여인을 향해 배운 적 없는 가락을 함께 흥얼대는
생존자들에게만큼은 자리를 내어 주고, 인류는 다시 시작한다. 의심이
오래도록 떠돌며 그 속에서 용서는 쉬이 이루어지지 않을지라도.

표제작「어떤 물질의 사랑」은 감정에 특히 천착하는 다른
두 편을 아우르며 대체 공감이란, 사랑이란 어디에서 오는가를 각기
다른 방식으로 묻게 한다.「그림자놀이」에서 공감은 인류가 다음
인류를 꿈꾸며 뇌 속의 거울을 깨뜨림으로써 차단된다. 하지만 공감의
기제는 파괴되었어도 공감의 기억을 지닌 신체가 이라에게 자꾸만
가슴께를 문지르도록 하고 결국 감각을 통해 공감에 이르는 길을
찾게 한다.

「마지막 드라이브」에서는 조수석의 로봇을 사랑하도록 설정된
로봇 더미Dummy가 150회의 충돌 실험이 반복되는 동안 단 한 번의
예외 없이 온몸으로 동승자를 끌어안는다. 오류 없는 당연한 연산의
결과일 뿐임에도 그것을 의심의 여지 없이 사랑이라고 정의하는
우리가 실은 눈앞의 사랑을 두고는 얼마나 옹졸한가를「어떤 물질의

사랑」이 일갈하고 있다. 알에서 태어났을 수도, 그래서 배꼽이 없을
수도, 성별이 바뀔 수도, 스킨십에 감흥이 없을 수도, 다른 행성에서
왔을 수도, 그래서 몸에서 이따금 비늘이 떨어질 수도 있는 이도
받아들이지 못하면서 사랑은 무슨 사랑이냐고. 천선란의 세계에서
공감과 사랑이란 적어도 우주를 가로지를 정도는 되어야 하는 것이다.
신체를 통해 입출력되는 감각의 형태이든, 안드로이드가 내놓는
연산값이든, 어떤 물질의 화학 작용이든.

　　천선란은 이미 우리 곁에 도착했음에도 여전히 외로움을 내던지며
걷고자 한다. 「사막으로」에서의 아버지에 따르면 외로움이 적재되어
무너질 수도 있는 길을. 길을 잃지 말라고 당부하는 대신 외로움의
하중을 경계하라고 말할 수 있는 사람은 길을 놓아 본 사람이다. 평생의
업이 된 길 위에서 외로움을 견디며 내하중에 엄밀해 본 사람이다.
부디 천선란이 놓으며 나아가는 길이 그의 평생의 업이 되기를. 우리를
그의 중력장에 가두고 오래도록 그 거짓말을 들려주기를.

　　"나는 지구를 살리는 일에 별 관심 없어."

투명 러너를 자처한 작가

황성식

황모과, 『밤의 얼굴들』

허블, 2020년.

세상은 해결 불가능해 보이는 소통의 문제로 뒤덮여 있다. 그것의
해결을 꿈꾸다 보면 현실에 없는 어떤 매개체가 필요함을 느끼게 된다.
사람 사이의 간격을 단번에 메워 줄 누군가 혹은 그 무엇. 소통의
문제는 그만큼 해결이 요원하다.

황모과는 일본에서 오랜 시간 경력을 쌓아 온 독특한 이력의
소유자다. 그런 경계인으로서의 정체성이 작용했기 때문일까. 작가는
첫 번째 작품집 『밤의 얼굴들』 속에서 도무지 소통할 수 없을 것
같은 사람들을 서로 이어 준다. 한국과 일본, 산 자와 망자. 한 세대
이상을 건너뛴 혈연관계. 잊힌 과거와 알 수 없는 미래.

그 소통의 핵심은 가상 공간에 있다. 그곳에서는 누구나 서로
만나 이야기를 나누고 서로의 이름을 확인할 수 있다. 이야기 속에서만
존재하는 그 공간은 화해와 치유의 가능성을 나타낸다.

그곳의 이름은 '니시와세다역 B층'일 수도, '모멘트 아케이드'일
수도 있다. 증강현실일 수도 있고, 가상현실일 수도 있다. 심지어는
과학 너머의 영적 세계일 수도 있다. (저자는 이들 세계의 경계를 굳이
설정하지 않는다.) 따지고 보면 산 자에게 영적 세계는 하나의
가상공간 아니던가. 우리가 자주 잊는 중요한 사실 하나는, 소설 자체도
하나의 가상공간이라는 점이다. 황모과의 책은 그 자체로 "기억
데이터를 사고파는 기억 거래소", 모멘트 아케이드를 이룬다.

* * *

작가의 이력이 반영된 듯 상당수의 작품들이 도쿄를 배경으로
하고 있다. 작품 속의 도쿄는 조금은 음침하고 낯선 얼굴을 한 도시다.
그곳의 사람들은 증오가 느껴질 정도로 서로에게 관심이 없다.
타인에게도, 역사에도, 사회문제와 이웃 나라에도. 무관심 속에서
누군가는 반드시 소외되기 마련이다. 그래서 도쿄는 소외된 것들이
많은 도시다. 아무도 봐 주지 않는 사람과 장소 들. 엄밀히
존재하지만 존재하지 않는 것처럼 여겨지는 것들. 비단 도쿄만의
일은 아닐 것이다.

　　그런데 다행스러운 점은, 그런 무관심이 상상의 좋은 토대가
된다는 것이다. 괴담은 언제나 아무도 신경 쓰지 않는 곳에서 무럭무럭
자라나는 법이니까. 작가는 상상된 가상공간을 실마리 삼아 그 아래
숨어 있는 소외된 자의 이야기를 밖으로 끄집어낸다.

　　(…) 우리 주변에 이런 비밀을 품고 있는 곳이 엄청 많아.
　　우리는 그저 하나씩 발견해가는 거야. 역사 속으로 시간여행을
　　하는 거지.(「니시와세다역 B층」, 114쪽)

　　그것은 사람 사이를 갈라놓는 빈 공간을 상상력으로 메우려는
시도다. 빈 곳은 도처에 있다. 꽁꽁 감춰 둔 한 사람의 마음속부터,
알려지지 않은 죽음에 이르기까지. 현실은 가상공간 없이는
제대로 된 지도를 만들 수 없는 것처럼 보인다. 황모과 작가가 상상에
동원하는 두 가지 도구는 과학기술science과 이야기fiction다. 그대로
SF를 구성하는 이 두 요소는, 마치 원래부터 그 지도를 만들기 위해
존재했던 것처럼 요긴하게 쓰인다.

　　믿기 힘든 이야기일 수 있어요. 하지만 감춰진 이야기를
　　밝혀내는 일은 역사나 제도가 남긴 공백을 메우는 것, 상상하는
　　것에서부터 시작한다고 믿어요.(「연고, 늦게라도 만납시다」,
　　41쪽)

　　이야기 속 다수의 주인공들이 그렇듯이 작가는 매개자나 영매의
역할에 충실하다. 그것은 소설가나 후손 혹은 경계인으로의 사명감
없이는 불가능한 일이다. 거기에는 매개자를 통한다면 불가능해
보이는 소통이 가능하지 않을까, 하는 기대가 반영되어 있다. 적어도
황모과의 작품들 안에서 과거와 미래는 현재에서 성공적으로 만난다.
과학과 문학이 단절된 시공간을 잇는다. 타인과 타인은 서로를
이해한다.

　　다섯 번째로 수록된 단편 「투명 러너」에는 일본 아이들의 놀이에
등장하는 재미있는 가상 개념이 나온다. 야구처럼 머릿수가 맞아야
하는 게임에서 인원이 한 명 부족할 때, '투명 러너'라고 불리는 가상
인물을 불러낸다. 마치 모자란 한 명의 멤버가 존재하는 것처럼
게임을 진행하는 것이다. 놀이가 끝나고 집으로 돌아갈 때면 '가이산
(解散: 해산)!'이라고 외쳐 줘야 한다. 그래야 투명 러너도 자기
역할을 마치고 사라질 수 있기 때문이다.

　　이 투명 러너는 가상공간을 차지하고 있는 경계인 혹은 인격을
지닌 가상공간 자체로 볼 수 있겠다. 우리가 그토록 꿈꾸던
소통의 매개자다. 황모과는 이 투명 러너를 자처하며 나타난 작가다.
투명 러너에 대한 작품 속 설명을 빌어 말하자면, 당신과 나
사이에 '유능한 통역사가 앉아', '소곤소곤 우리 귀에 대고 동시통역
하고 있다'. 가상을 상상하지 않고 인간과 사회라는 게임이 성립될 수
있을까. 주자는 언제나 모자라다. 하지만 이제는 홈으로 돌아갈 수
있다는 희망을 품게 됐다. 우리의 지도는 느리지만 조금씩 완성되어
간다. 당분간 '가이산!'을 외칠 일은 없을 것 같다.

신현득의 『거꾸로 나라의 여행』

듀나

크리스토퍼 놀란Christopher Nolan의 신작 〈테넷〉(2020)을 보면서
주인공이 거꾸로 시간이 흐르는 사물과 마주치는 장면들이 친근하다고
생각했다. 직접 본 적은 없더라도 책을 읽으면서 상상했던 장면과
비슷했다. 몇 초 만에 답이 나왔다. 신현득의 『거꾸로 나라의 여행』.
적어도 나에겐 거꾸로 시간이 흐르는 사물이나 세상에 대한 이야기는
〈테넷〉이 처음이 아니었다.

　　내가 갖고 있는 책은 계림출판사 '소년소녀 한국현대창작동화'
시리즈 중 한 편이다. 이 시리즈 중 갖고 있는 유일한 책이라,
다른 어떤 작품이 있었는지 모르겠다. 시리즈이긴 한 건지도 확신이
안 선다. (1977년에 잡지에 연재된 소설을 보완해 1979년에 낸
책이고 하드커버이다.) 이 글을 쓰기 전에 검색을 좀 해 봤는데, 중고로
나온 책 한 권과 어렸을 때 이 책을 읽은 독자의 트윗 몇 개가
결과물의 전부였다. 신현득의 동시와 몇몇 작품들은 여전히 출판되고
있지만 이 책은 완전히 잊힌 것 같다.

　　제목이 내용 절반은 소개해 주는 책이다. 시간이 거꾸로 흐르는
세계에 다녀온 기행문 형식의 소설이다. 머릿말의 다음 인용구를 보면
작가도 이것이 SF적인 아이디어라는 걸 분명히 인식하고 있는 것
같다. "이 이야기는 공상 과학 소설에서, 시간을 타고 과거나 미래의
세계로 가는 타임머신과는 다르다는 것을 말해 둔다." 자신의
아이디어에 대한 자부심이 느껴진다.

　　이야기를 끌어가는 1인칭 화자는 용철이라는 국민학교 6학년생
남자아이다. 용철은 철수와 함께 서울을 떠나 동해안으로 여행을

떠난다. 당시엔 국민학교 6학년 아이들이 보호자 동반 없이 그런
여행을 떠나도 되었었나? 모르겠다. 내 주변엔 그런 애들은 없었던 거
같긴 하지만 개인의 경험만으로 단정 지을 수는 없다. 그래도
용철과 철수가 그렇게까지 진짜 아이들처럼 굴지 않는다는 점은
말해도 될 거 같다.

두 아이들은 낙산사 근처에서 해수관음상 건설 현장을 구경한다.
이 관음상은 1977년에 완공되었으니, 이 책의 시대 배경이 그 전임을
짐작할 수 있다. 정확히 말하면 1976년이다. 아이들은 근방에서
할머니 한 명을 만나는데, 알고 봤더니 관세음보살이다. 할머니는
손바닥에 구슬 몇 개를 올려놓고 보고 있는데, 이들은 각각의
지구이다. (생각해 보니 『거꾸로 나라의 여행』은 내가 평행 우주의
개념을 접한 최초의 책이었던 것 같다.) 할머니는 베르길리우스처럼
굴면서 두 아이들을 그 세계 중 하나로 데려가는데, 그곳이 거꾸로
나라이다.

거꾸로 나라는 '미러 유니버스'인데 시간이 거꾸로 흐르는 곳이다.
물은 아래에서 위로 흐르고, 사람들은 음식을 먹는 대신 뱉어 내고,
해는 서쪽에서 떠서 동쪽으로 진다. 광부들은 석탄을 광산 안에 넣고,
요리사들은 음식을 재료로 만들고, 나무꾼은 나무를 살린다. 소설
대부분은 인과가 바뀐 이 세계의 묘사이다.

주인공들이 거꾸로 나라의 사람들과 대화를 나누면서 이 대칭성이
깨진다. 작가가 이야기 전개를 위해 타협을 한 것이다. 거꾸로
나라 사람들은 거꾸로 행동하긴 하지만 말은 거꾸로가 아니다. 그리고
자기네들이 사는 세계의 시간이 거꾸로 흐른다는 사실을 인식하고
있다. 단지 그것이 거꾸로라고 생각하지 않을 뿐이다. 당연히
여기저기에서 논리가 깨진다. 그리고 조금씩 이상해진다. 예를 들어
이 세계 사람들은 모두 자기네들이 살았던 저승을 기억하고 있다.
아이들은 곧 다가올 소멸을 두려워한다.

용철과 철수는 서울로 가 거꾸로 나라의 자기 자신과 만난다.
그리고 이들은 거꾸로 나라의 학교에 간다. 이들을 맞은 교사는 거꾸로

나라의 장점에 대해 이야기한다. 시간이 미래로 흐르는 세계에서
역사의 기록은 불완전하다. 하지만 거꾸로 나라에서는 과거로 가면서
그 세계의 역사를 직접 확인할 수 있다.

　　당시 읽으면서도 이건 좀 오싹하다고 생각했다. 신현득의 거꾸로
나라는 미래의 기억을 갖고 있는 사람들이 어떤 저항도 없이 이미
고정된 과거로 쏠려 가는 곳이다. 그리고 지금도 그렇지만 1970년대
한국 사람들에게 과거는 그리 좋은 곳이 아니었다. 20여 년만 지나면
이들은 한국전쟁을 맞는다. 그걸 거치면 일제강점기가 기다리고 있다.
20세기를 기억하는 사람들에게 조선시대가 좋게 보일 리가 없다.
그런데도 이들은 이 모든 걸 막을 수 없다니 끔찍한 실존주의 연극
같다.

　　한 가지 더. 용철과 철수는 거꾸로 나라 사람들에게 미래가 어떻게
되느냐고 묻지 않는다. 책의 설정을 보면 그들은 인류가 멸망할
때까지의 기억을 갖고 있었을 텐데. 집으로 돌아온 뒤에야 그 사실을
깨닫고 한탄하지 않았을까? 하지만 미래에 대한 정보를 얻었다고 해서
그들이 할 수 있는 일이 뭐가 있었을까.

작가 소개

정세랑

2010년 《판타스틱》에 「드림, 드림, 드림」을 발표하며 작품 활동을 시작했다. 2013년 『이만큼 가까이』로 창비장편소설상을, 2017년 『피프티 피플』로 한국일보문학상을 받았다. 소설집 『옥상에서 만나요』 『목소리를 드릴게요』, 장편소설 『덧니가 보고 싶어』 『지구에서 한아뿐』 『재인, 재욱, 재훈』, 『보건교사 안은영』 『시선으로부터』 등이 있다.

전혜진

라이트노블 『월하의 동사무소』로 데뷔했다. 작품으로는 『홍등의 골목』 『감겨진 눈 아래에』 『280일: 누가 임신을 아름답다 했던가』 등이 있다. 『레이디 디텍티브』와 〈펌잇〉 등 만화·웹툰 스토리 분야에서도 활동 중이다. 최근 에세이 『순정만화에서 SF의 계보를 찾다』를 출간했다.

박문영

소설·만화·일러스트레이션을 다룬다. 제1회 큐빅노트 단편소설 공모전에서 「파경」으로 데뷔했다. 『그리면서 놀자』, 『봄꽃도 한때』(공저), 『천년만년 살 것 같지?』(공저), 『3n의 세계』 등을 만들었다. SF와 페미니즘을 연구하는 프로젝트 그룹 'sf×f'에서 활동 중이다. 제2회 SF 어워드에서 중편 『사마귀의 나라』로 대상을, 제6회 SF 어워드에서 장편 『지상의 여자들』로 우수상을 받았다. 근작으로 중편 SF 『주마등 임종 연구소』가 있다.

이지용

SF 연구자, 문화비평가, 건국대학교 몸문화연구소 학술연구교수, DGIST 기초학부 겸직 교수, 장르비평팀 텍스트릿 소속이다. 『한국 SF 장르의 형성』을 썼고, 『비주류선언』 『착한 몸 낯선 몸 이상한 몸』 『한국 창작 SF의 거의 모든 것』 등을 공저했다.

민규동

한국영화아카데미를 졸업하고, 파리 8대학 영화과에서 MFA 학위를 받았다. 한국영화아카데미 시절 〈창백한 푸른 점〉을 공동 연출한 김태용 감독과 함께 〈여고괴담 두 번째 이야기〉로 데뷔했다. 〈내 생애 가장 아름다운 일주일〉 〈내 아내의 모든 것〉 〈허스토리〉 〈무서운 이야기 1, 2, 3〉 등을 연출했다. 드라마와 영화, 방송 채널과 OTT 플랫폼의 경계를 넘는 'SF8'을 총괄 기획하고 〈간호중〉을 연출했다.

이다혜

《씨네21》 기자. 장르문학 전문지 《판타스틱》의 편집, 취재 기자를 거쳤다. 네이버 오디오클립 〈이수정 이다혜의 범죄영화 프로파일〉, 팟캐스트 〈이다혜의 21세기 씨네 픽스〉를 진행한다. 『출근길의 주문』 『처음부터 잘 쓰는 사람은 없습니다』 『교토의 밤 산책자』 『아무튼, 스릴러』 『어른이 되어 더 큰 혼란이 시작되었다』 『조식: 아침을 먹다가 생각한 것들』 『이수정 이다혜의 범죄영화 프로파일』 『코넌 도일』 등을 썼다.

정소연
서울대학교에서 사회복지학과 철학을
전공했다. 현재 법률사무소 보다
변호사이다. 2005년 과학기술창작
문예 공모에서 스토리를 맡은 만화
「우주류」로 가작을 수상했다.
『미지에서 묻고 경계에서 답하다』
(공저)『옆집의 영희 씨』『이사』 등을
썼고, 다수의 SF 단편집에 작품을
실었다. 옮긴 책으로는『노래하던
새들도 지금은 사라지고』『허공에서
춤추다』『어둠의 속도』 등이 있다.

문이소
증권회사와 애니메이션 회사를 다녔고
어린이 책에 그림을 그리며 이야기를
만들기 시작했다. SF 동화와 청소년
소설을 주로 쓴다. 단편「마지막
히치하이커」로 2017년 제4회 한낙원
과학소설상을 수상했다.『나의 슈퍼걸』
(공저), 한낙원과학소설상 수상
작가들의 SF 앤솔러지『우주의 집』에
참여했다.

고호관
대학원에서 과학사를 전공한 뒤
동아사이언스에서 과학 기자로 일했고,
현재는 SF와 과학 분야의 글을 쓰고
번역한다.「하늘은 무섭지 않아」로
제2회 한낙원과학소설상을 받았다.
지은 책으로 SF 앤솔러지『아직은 끝이
아니야』(공저)와 과학 교양서
『우주로 가는 문: 달』 등이 있고, 옮긴
책으로『아서 클라크 단편 전집
1960-1999』『링월드』『신의 망치』
『머더봇 다이어리』 등이 있다.

김혜진
한국예술종합학교 연극원 연극학과
예술전문사(MFA)를 졸업했다.
친구들과 극단을 만들어 활동했다.
공연 담당 기자, 대안학교 연극
교사 등을 거치며 글을 쓰다 2011년
「소녀들이 사라져간다」로 플랫폼
문화비평상 공연 부문에 당선돼
연극평론가로도 잠시 활동했다.
2017년「TRS가 돌보고 있습니다」로
제2회 한국과학문학상 중단편 부문
가작을 수상하며 SF 소설을 쓰기
시작했다. 이 소설은 시네마틱 드라마
'SF8'〈간호중〉으로 만들어졌다.
SF 미니소설집『깃털』이 있다.

손지상
소설가, 서사 작법 연구자, 만화평론가,
번역가다. 중앙대학교 심리학과를
졸업했다. 2008년 단편「당신의 꿈를
삽니다」로 사이버문학광장 문장 장르
부문 연간 단편 최우수상을 수상하며
본격적으로 작품 활동을 시작했다.
2015년 제1회 크리틱M 만화평론가
신인상 우수상을 받았다. 작품집
『데스매치로 속죄하라: 국회의사당
학살사건』, 장편소설『우주아이돌
해방작전』『우주아이돌 배달작전』,
작법서 '스토리 트레이닝' 시리즈 등을
출간했다.

황모과

일본에 이주해 만화가 스튜디오에서
제작 스태프로 일했고 만화 관련
통·번역 매니지먼트 일을 병행했다.
「모멘트 아케이드」로 제4회
한국과학문학상 중단편 부문 대상을
수상했다. 2020년 시네마틱 드라마
'SF8' 원작「증강 콩깍지」를 집필했고,
소설집『밤의 얼굴들』을 출간했다.
제22회 재외동포문학상을 수상했다.

배명훈

2005년「스마트 D」가 제2회
과학기술창작문예에 당선되어
데뷔했다. 연작소설『타워』, 소설집
『안녕, 인공존재!』『총통각하』
『예술과 중력가속도』, 중편소설
『청혼』『가마톨 스타일』, 장편소설
『신의 궤도』『은닉』『맛집 폭격』
『첫숨』『고고심령학자』『빙글빙글
우주군』, 에세이『SF 작가입니다』
등을 썼다. 2010년 제1회 문학동네
젊은작가상을 수상했다.

김창규

2005년 과학기술창작문예 중편
부문에 당선되었다. 제1회, 3회, 4회
SF 어워드 단편 부문 대상, 제2회
SF 어워드 우수상을 수상했다.
하드 SF를 즐겨 쓴다. 작품집으로
『우리가 추방된 세계』『삼사라』가
있고, 다수의 공동 SF 단편집에
참여했다.『뉴로맨서』『이중 도시』
등을 번역했으며 창작 활동 외에도
SF 관련 강의를 진행한다.

최지혜

SF, 판타지, 호러 등 장르문학 전문
편집자. pena라는 필명으로 작가 활동도
겸하고 있다. 제5회 SF 어워드 중단편
부문 심사를 맡았으며, 현재
'환상문학웹진 거울' 편집위원이다.

유만선

국립과천과학관 연구관. 연세대학교
기계공학과를 졸업하고 동 대학원에서
박사 학위를 받았다. 일본 우주항공
연구개발기구(JAXA), 미국 스미스
소니언재단에서 방문 연구원을 지냈다.
현재는 과학기술을 전시, 교육, 문화
행사의 형태로 대중에게 전달하는 일을
하며, 2013년 국내 최초 공공 메이커
스페이스인 '무한상상실'을 운영했다.
국립과천과학관 유튜브에서 '그림으로
보는 과학뉴스'를 진행한다.
『공학자의 세상 보는 눈』을 썼다.

이은희

연세대학교 생물학과 및 같은 학교
대학원에서 신경생리학을 전공하고,
고려대학교에서 과학언론학 박사
과정을 수료했다. 과학책방 갈다의
이사이자, '하리하라'라는 필명으로
과학을 쓰고 알리고 기획하는
과학 커뮤니케이터로 일한다. 지은
책으로『하리하라의 과학블로그 1,
2』『하리하라의 바이오 사이언스』
『하리하라의 생물학 카페』『하리하라의
몸 이야기』등이 있다. 제21회
한국과학기술도서상 저술 부문을
수상했다.

송경아
연세대학교 전산학과를 졸업하고
동 대학원 국어국문학과 박사
과정을 수료했다. 1994년 「청소년
가출 협회」를 발표하며 작품 활동을
시작했다. 지은 책으로 장편소설
『누나가 사랑했든 내가 사랑했든』,
소설집 『성교가 두 인간의 관계에
미치는 영향에 대한 문학적 고찰 중
사례연구 부분인용』 『우모리
하늘신발』 『테러리스트』 『책』
『엘리베이터』 『백귀야행』 등이
있다.

문지혁
소설가. 번역가. 지은 책으로 장편소설
『초급 한국어』 『비블리온』 『P의
도시』 『체이서』, 단편집 『사자와의
이틀 밤』, 옮긴 책으로 『라이팅 픽션』
『끌리는 이야기는 어떻게 쓰는가』
등이 있다. 대학에서 글쓰기와 소설
창작을 가르치고 있다.

길상효
신소재공학을 전공하고 영화학
석사 과정을 수료했다. SBS 창사 기념
미니시리즈 극본 공모에 당선되어
청소년 드라마 〈공룡 선생〉 극본을
집필했다. 『점동아, 어디 가니?』
『너를 만났어』 등을 쓰고, 『산딸기
크림봉봉』 『살아남은 여름 1854』
등을 번역했다. 첫 SF 중편소설 「소년
시절」로 제3회 한국과학문학상
가작을, 동화 『깊은 밤 필통 안에서』로
제10회 비룡소문학상 우수상을
수상했다.

황성식
한국콘텐츠진흥원, CJ문화재단 지원을
받으며 다년간 시나리오를 습작했다.
2018년 「개와는 같이 살 수 없다」로
제3회 한국과학문학상 중단편 부문
우수상을 수상하며 데뷔했다. 2020년
스릴러 단편 「알프레드의 고양이」로
제8회 교보문고 스토리 공모전 단편
부문 우수상을 수상했다. 장르에 애정을
가지고 여러 가지 시도를 하는 중이다.

듀나
1992년부터 영화 관련 글과 SF를
쓰고 있다. 장편소설 『아르카디아에도
나는 있었다』 『민트의 세계』,
소설집 『구부전』 『두 번째 유모』
『면세구역』 『태평양 횡단 특급』
『대리전』 『용의 이』 『브로콜리 평원의
혈투』를 썼고, 연작소설 『아직은
신이 아니야』 『제저벨』, 영화비평집
『스크린 앞에서 투덜대기』, 에세이집
『가능한 꿈의 공간들』 등을 썼다.

오늘의 SF 2호

발행일
2020년 11월 25일

발행인
김영곤

편집위원
고호관, 듀나, 정세랑, 정소연

글쓴이
고호관, 길상효, 김혜진, 듀나,
문이소, 문지혁, 박문영, 배명훈,
손지상, 송경아, 유만선, 이다혜,
이은희, 이지용, 전혜진, 정세랑,
정소연, 최지혜, 황모과, 황성식

도움
김창규, 민규동

편집
김유진, 최윤지

디자인
전용완

사진
유영진

문학사업본부 이사
신승철

마케팅
김익겸, 정유진

영업본부 본부장
한충희

영업
김한성, 이광호, 오서영

제작
이영민, 권경민

발행처
아르테

출판등록 2000년 5월 6일 제406-2003-061호
10881 경기도 파주시 회동길 201 (문발동)
전화 031-955-2100   팩스 031-955-2151
전자우편 book21@book21.co.kr

ISBN 978-89-509-9302-3 04810
ISBN 978-89-509-8451-9 (세트)

값 15,000원